O jardim dos Finzi-Contini

Giorgio Bassani

O jardim dos Finzi-Contini

tradução
Maurício Santana Dias

todavia

Para Micòl

Certo, quem dá ouvidos ao coração tem sempre algo a falar sobre o que vai ser. Mas o que sabe o coração? Apenas um pouco daquilo que já aconteceu.

Alessandro Manzoni, *Os noivos*, capítulo VIII

Prólogo

Há vários anos eu desejava escrever a respeito dos Finzi-Contini — sobre Micòl e Alberto, sobre o professor Ermanno e dona Olga — e tantos outros que moravam ou frequentavam, como eu, a casa da avenida Ercole I d'Este, em Ferrara, pouco antes de estourar a última guerra. Mas só tive o impulso e a determinação de fazê-lo efetivamente um ano atrás, em um domingo de abril de 1957.

Foi durante um de meus passeios habituais de fim de semana. Com um grupo de uns dez amigos distribuídos em dois automóveis, seguimos pela estrada Aurelia logo depois do almoço, sem um rumo preciso. A poucos quilômetros de Santa Marinella, atraídos pelas torres de um castelo medieval que haviam despontado de repente à esquerda, viramos em uma estradinha de terra batida e então nos pusemos a passear a esmo pelo areal desolado que se estendia aos pés da fortaleza: esta, examinada de perto, era bem menos medieval do que nos parecera à distância, quando a avistáramos da autoestrada, perfilando-se à contraluz sobre o deserto azul e ofuscante do Tirreno. Atingidos em cheio pelo vento, com areia nos olhos, ensurdecidos pelo estrondo da ressaca e sem nem ao menos podermos visitar o interior do castelo, pois não tínhamos a permissão de não sei que instituição de crédito romana, nos sentimos profundamente frustrados e irritados por termos querido sair de Roma em um dia como aquele, que agora, à beira-mar, nos parecia de uma inclemência pouco menos que invernal.

Caminhamos à toa por cerca de vinte minutos, seguindo a curvatura da praia. A única pessoa contente da comitiva parecia ser uma menina de nove anos, filha do jovem casal em cujo carro eu viajava. Galvanizada pelo vento, pelo mar, pelos loucos remoinhos de areia, Giannina desafogava livremente sua natureza alegre e expansiva. Embora a mãe tivesse tentado proibi-la, ela tirara os sapatos e as meias. E avançava contra as ondas que vinham bater na orla, deixando-se banhar as pernas até acima dos joelhos. E tinha todo o ar de uma intensa diversão: tanto que dali a pouco, quando regressamos ao carro, vi passar em seus olhos negros e vívidos, cintilando sobre duas bochechas tenras e afogueadas, uma nítida sombra de lamento.

Voltamos à Aurelia e, instantes depois, chegamos ao entroncamento de Cerveteri. Como tínhamos decidido regressar imediatamente a Roma, eu estava certo de que seguiríamos em frente. Mas justo naquele ponto nosso carro reduziu a marcha mais que o necessário, e o pai de Giannina pôs o braço para fora da janela. Fazia sinal ao segundo carro, atrás de nós uns trinta metros, de que tinha a intenção de virar à esquerda. Mudara de ideia.

Assim, vimo-nos percorrendo a lisa estradinha asfaltada que leva em um instante a um pequeno vilarejo de casas em sua maioria novas, e que dali, enveredando em serpentina pelas colinas da parte interna, conduz à famosa necrópole etrusca. Ninguém pedia explicações, e eu também permaneci calado.

Saindo do povoado, a estrada em leve aclive fez o carro ir mais devagar. Agora passávamos perto dos chamados *montarozzi*, que se espalham até Tarquinia e além, mais concentrados na área das colinas que no litoral, recobrindo todo aquele trecho de território do Lácio ao norte de Roma, que não é, pois, senão um imenso e quase ininterrupto cemitério. Aqui a grama é mais verde, mais densa e mais escura que na planície circundante, entre a Aurelia e o Tirreno: prova de que o eterno siroco que sopra do mar chega aqui em cima depois de perder grande parte da salsugem, e que a umidade das montanhas não distantes começa a exercer seu influxo benéfico na vegetação.

"Aonde estamos indo?", perguntou Giannina.

Marido e mulher sentavam-se ambos no assento da frente, com a menina no meio. O pai tirou a mão do volante e a pousou nos cachos castanhos da filha.

"Vamos dar uma olhada nuns túmulos de quatro ou cinco mil anos atrás", respondeu com o tom de quem começa a contar uma fábula e por isso não se preocupa em exagerar nos números. "Túmulos etruscos."

"Que tristeza!", suspirou Giannina, apoiando a nuca no encosto.

"Por que tristeza? Na escola lhe disseram quem foram os etruscos?"

"No livro de história os etruscos estão no início, perto dos egípcios e dos judeus. Mas escute, papai: quem você acha que eram mais antigos, os etruscos ou os judeus?"

O pai caiu na risada.

"Tente perguntar a este senhor", disse, com o polegar apontado para mim.

Giannina se virou. Com a boca ocultada pela borda do encosto, lançou-me uma rápida mirada, severa, cheia de desconfiança. Esperei que repetisse a pergunta. Mas nada: no mesmo instante voltou a olhar para a frente.

Seguindo pela estrada, sempre em suave aclive e ladeada por uma fila dupla de ciprestes, grupos de moradores locais, rapazes e moças, vinham ao nosso encontro. Era o passeio de domingo. Andando de braços dados, algumas jovens às vezes formavam correntes femininas de cinco ou seis. Estranhas, dizia a mim mesmo enquanto as observava. No instante em que passávamos por elas, todas nos perscrutavam através dos vidros com olhos risonhos, nos quais a curiosidade se misturava a uma espécie de orgulho bizarro e mal dissimulado desprezo. Realmente estranhas. Bonitas e livres.

"Papai", Giannina perguntou de novo, "por que os túmulos antigos dão menos tristeza que os mais novos?"

Um bando ainda mais numeroso de jovens que ocupavam boa parte da via, cantando sem se importar em dar passagem, forçou o carro a quase parar. O interpelado engrenou a segunda.

"Dá para entender", respondeu. "Os mortos recentes estão mais próximos de nós, e justamente por isso gostamos mais deles. Mas os etruscos, veja, morreram há tanto tempo", e mais uma vez ele ia contando uma fábula, "que é como se nunca tivessem existido, como se *sempre* tivessem estado mortos."

Outra pausa, mais longa. Ao fim da qual (já estávamos bem perto da clareira em frente à entrada da necrópole, cheia de automóveis e de ônibus) coube a Giannina ministrar sua lição.

"Mas agora que você falou isso", proferiu com doçura, "me fez pensar que os etruscos viveram de verdade, e também gosto deles como de todos os outros."

Assim, a visita à necrópole transcorreu sob o signo da extraordinária ternura dessa frase. Foi Giannina quem nos predispôs a entender. Foi ela, a mais nova, que de algum modo nos levou pelas mãos.

Descemos então ao túmulo mais importante, reservado à nobre família Matuta: uma sala baixa e subterrânea, que acolhe uns vinte leitos fúnebres dispostos em seus nichos nas paredes de tufo, densamente adornada de estuques coloridos representando os objetos queridos e fiéis da vida de todo dia, enxadas, cordas, machados, tesouras, pás, facas, arcos, flechas, até cães de caça e pássaros do pântano. Enquanto isso, afastada de bom grado toda veleidade residual de escrúpulo filológico, eu tentava imaginar concretamente o que poderia significar para os etruscos tardios de Cerveteri, etruscos de tempos posteriores à conquista romana, a frequentação assídua de seu cemitério urbano.

Exatamente como ainda hoje, nas cidades da província italiana, a cancela do campo-santo é o término obrigatório de todo passeio vespertino, vinham das habitações vizinhas quase sempre a pé — eu fantasiava —, reunidos em grupos de parentes ou consanguíneos, de simples amigos, quem sabe em bandos de jovens semelhantes às que encontramos agora há pouco na estrada, ou em duplas com a pessoa amada, e mesmo sós, para depois adentrar entre os túmulos cônicos, sólidos e maciços como os bunkers de que os soldados alemães constelaram em vão a Europa durante essa última guerra, túmulos que decerto se pareciam, tanto externa quanto internamente, com as moradias fortificadas dos vivos. Sim, tudo estava mudando — deviam dizer a si mesmos enquanto caminhavam pela rua calçada que atravessava o cemitério de uma ponta a outra, em cujo centro as rodas de ferro dos transportes gravaram pouco a pouco, durante séculos, dois profundos sulcos paralelos. O mundo não era mais o de outrora, quando a Etrúria, com sua confederação de cidades-Estado livres e aristocráticas, dominava a península Itálica quase por inteiro. Novas civilizações, mais rústicas e populares, mas também mais fortes e aguerridas, agora dominavam o campo. Mas, no fundo, o que importava?

Ultrapassada a soleira do cemitério onde cada um deles possuía uma segunda casa, e dentro dela o leito já pronto sobre o qual, em breve, repousaria ao lado dos pais, a eternidade já não devia parecer uma ilusão, uma fábula, uma promessa de sacerdotes. O futuro atropelaria o mundo a seu talante. Ali, no entanto, no breve recinto consagrado aos mortos familiares; no coração daquelas tumbas onde, junto aos mortos, houvera o cuidado de baixar muitas das coisas que tornavam a vida bela e desejável; naquele canto de mundo protegido, abrigado, privilegiado; pelo menos ali (e seu pensamento e sua loucura ainda sopravam, depois de vinte e cinco séculos, ao redor dos túmulos cônicos, recobertos de relva selvagem), pelo menos ali jamais poderia mudar.

Quando fomos embora, já estava escuro.

De Cerveteri a Roma a distância é curta, em geral basta uma hora de carro para fazer o percurso. Contudo, naquela noite a viagem não foi tão breve. No meio do caminho, a Aurelia começou a se congestionar de carros vindos de Ladispoli e de Fregene. Fomos forçados a avançar quase como quem anda.

E então, mais uma vez, na tranquilidade e no torpor (Giannina já tinha até adormecido), eu regressava com a memória aos anos de minha primeira juventude, a Ferrara e ao cemitério judaico situado ao fundo da Via Montebello. Revia os prados extensos pontilhados de árvores, as lápides e os cipos mais densos ao longo das muralhas e das divisões internas, e, como se o tivesse diante dos olhos, o mausoléu monumental dos Finzi-Contini: um túmulo feio, é verdade — sempre ouvi esse comentário em minha casa, desde criança —, mas ainda assim imponente e significativo, se mais não fosse pela própria importância da família.

E meu coração se apertava como nunca ao pensar que naquele túmulo, erigido, ao que parece, para garantir o repouso perpétuo de seu primeiro construtor — dele e de sua descendência —, apenas um, dentre todos os Finzi-Contini que eu conhecera e amara, ao final alcançara esse repouso. Com efeito, fora sepultado ali somente Alberto, o filho mais velho, morto em 1942 de um linfogranuloma; ao passo que Micòl, a segunda filha, e o pai, o professor Ermanno, e a mãe, dona Olga, e dona Regina, a velhíssima mãe paralítica de dona Olga, deportados todos para a Alemanha no outono de 1943, sabe-se lá se tiveram uma sepultura qualquer.

Parte 1

I

O túmulo era grande, maciço, de fato imponente: uma espécie de templo entre o antigo e o oriental, como era moda nos cenários da *Aída* e do *Nabuco* em nossos teatros de ópera até poucos anos atrás. Em qualquer outro cemitério, inclusive no contíguo Campo-Santo Municipal, um mausoléu tão pretensioso não teria chamado a atenção; ao contrário, confundido na massa, talvez até passasse despercebido. Mas, no nosso, era o único. E assim, embora surgisse bastante longe do portão de entrada, ao fundo de um campo abandonado onde havia mais de meio século ninguém era enterrado, ele despontava e logo saltava aos olhos.

Quem confiara a construção a um distinto professor de arquitetura, responsável na cidade por vários outros massacres contemporâneos, tinha sido Moisè Finzi-Contini, bisavô paterno de Alberto e Micòl, morto em 1863, logo após a anexação dos territórios das legações pontifícias ao Reino da Itália e da sucessiva abolição definitiva, também em Ferrara, do gueto dos judeus. Grande proprietário de terras, "reformador da agricultura ferrarense" — como se lia na lápide que a prefeitura, a fim de eternizar seus méritos de "italiano e judeu", mandara afixar ao longo da escadaria do templo da Via Mazzini, no alto do terceiro andar —, mas de gosto artístico obviamente não muito refinado, uma vez tomada a decisão de erigir um mausoléu *sibi et suis*, por fim o deixou a cargo de outros. Os anos pareciam belos, exuberantes: tudo convidava à esperança, a ousar livremente. Tomado de euforia pela recém-conquistada igualdade civil, a mesma que na juventude, durante a República Cisalpina, lhe permitira adquirir seus primeiros mil hectares de áreas aterradas, era compreensível que o rígido patriarca fosse induzido a não poupar com as despesas naquela ocasião solene. É muito provável que houvesse dado carta branca ao distinto professor de arquitetura. E com tanto mármore de qualidade à disposição, branco de Carrara, rosa-carne de Verona, cinza manchado de preto, mármore amarelo, mármore azul, mármore esverdeado, ele por sua vez perdeu totalmente a cabeça.

O resultado foi um inacreditável pastiche que misturava ecos arquitetônicos do mausoléu de Teodorico em Ravena, dos templos egípcios de Luxor, do barroco romano e até da Grécia arcaica de Cnossos, como evidenciam as colunas atarracadas do peristilo. Mas assim foi. Aos poucos, ano após ano, o tempo, que, a seu modo, sempre ajusta tudo, acabou pondo em harmonia aquela inverossímil mescla de estilos heterogêneos. Moisè Finzi-Contini, aqui nomeado "têmpera austera de trabalhador incansável", se foi em 1863. Sua esposa, Allegrina Camaioli, "anjo da casa", partiu em 1875. Em 1877, ainda jovem — seguido vinte anos depois, em 1898, pela esposa Josette, dos barões Artom do ramo de Treviso —, se foi seu filho único, o engenheiro Menotti. Por fim, a manutenção da capela, que acolhera em 1914 apenas mais um membro da família, Guido, um menino de seis anos, passou claramente a mãos cada vez menos dedicadas à limpeza, ao conserto e ao reparo dos danos que se faziam sempre necessários, mas sobretudo a conter o assédio tenaz da vegetação circunstante. Os tufos de mato, um mato escuro, quase preto, de consistência pouco menos que metálica, e as samambaias e urtigas, os cardos, as papoulas foram então avançando e invadindo o espaço com liberdade crescente. De modo que em 1924, 1925, a uns sessenta anos de sua inauguração, quando eu, menino, pude vê-la pela primeira vez, a capela fúnebre dos Finzi-Contini ("um verdadeiro horror", como sempre a definia minha mãe, cuja mão eu segurava) já se mostrava mais ou menos como é agora, pois havia tempos não sobrara mais ninguém diretamente interessado em cuidar dela. Meio afundada no verde selvático, com a superfície de seus mármores coloridos, originalmente lisa e brilhante, agora opaca e cinzenta pelo acúmulo de poeira, desgastada no teto e nos degraus externos por canículas e geadas, já então ela aparecia transformada naquele algo indefinível, rico e maravilhoso em que se transmuda qualquer objeto deixado muito tempo submerso.

Quem sabe como e por que nasce uma vocação à solidão. O fato é que o mesmo isolamento, a mesma separação que os Finzi-Contini impuseram a seus defuntos também circundava a *outra* casa que eles possuíam, aquela que ficava ao fundo da avenida Ercole I d'Este. Imortalizada por Giosue Carducci e Gabriele d'Annunzio, essa via de Ferrara é tão conhecida pelos apaixonados por arte e poesia em todo o mundo que qualquer descrição que se fizesse dela seria necessariamente supérflua. Estamos, como se sabe, bem no coração da parte norte da cidade que foi acrescentada durante o Renascimento ao estreito burgo medieval, e que justo por isso se chama Addizione Erculea. Ampla; reta como uma espada do Castelo à Muralha degli Angeli; margeada em toda a extensão por escuros volumes de habitações senhoriais; com aquela sua tonalidade distante e sublime de vermelho-tijolo, verde-vegetal e céu que parece realmente nos levar ao infinito, a avenida Ercole I d'Este é tão magnífica, tal é seu apelo turístico, que a administração social-comunista, responsável pela prefeitura de Ferrara há mais de quinze anos, se deu conta da necessidade de não tocar nela, de defendê-la com todo o rigor de qualquer especulação imobiliária ou comercial, enfim, de conservar íntegro seu original caráter aristocrático.

A avenida é célebre; e está substancialmente intacta.

Todavia, no que diz respeito em específico à casa Finzi-Contini, embora até hoje se chegue ali pela Ercole I — se bem que, para alcançá-la, seja preciso percorrer mais de meio quilômetro suplementar através de um imenso espaço pouco ou nada cultivado; embora ela incorpore até hoje aquelas históricas ruínas de um edifício quinhentista, outrora residência ou "mansão de férias" da família d'Este, adquiridas pelo mesmo Moisè em 1850 e que mais tarde, à força de adaptações e de sucessivos restauros feitos pelos herdeiros, foram transformadas em uma espécie de castelo neogótico, à inglesa; malgrado todos os motivos de interesse remanescentes, quem sabe algo sobre ela, eu me pergunto, quem ainda se lembra? O Guia do Touring não a menciona, e isso justifica os turistas de passagem. Porém, na própria Ferrara, nem mesmo os poucos judeus que restaram da minguante comunidade israelita parecem recordá-la.

O Guia do Touring não a menciona, e isso sem dúvida é ruim. Mas sejamos justos: o jardim, ou mais precisamente o enorme parque que circundava a casa Finzi-Contini antes da guerra e se estendia de um lado, por quase dez hectares, até o pé da Muralha degli Angeli e, de outro, até a barreira da Porta San Benedetto, constituindo por si só algo raro e excepcional (os guias do Touring do início do século nunca deixavam de mencioná-lo com um tom curioso, entre o lírico e o mundano), hoje não existe mais, literalmente. Todas as árvores de tronco largo, tílias, olmos, faias, choupos, plátanos, castanheiros, pinheiros, abetos, lariços, cedros-do-líbano, ciprestes, carvalhos, azinheiras e até palmeiras e eucaliptos, plantadas às centenas por Josette Artom, foram derrubadas nos últimos dois anos da guerra para produzir lenha, e há um bom tempo o terreno voltou a ser como era antes, quando Moisè Finzi-Contini o adquiriu dos marqueses Avogli: um dos tantos hortos existentes dentro das muralhas urbanas.

Restaria a casa principal. Mas o grande e singular edifício, severamente danificado por um bombardeio em 1944, ainda hoje está ocupado por umas cinquenta famílias de desabrigados, pertencentes àquele mesmo subproletariado semelhante à plebe das periferias romanas, que continua se espremendo sobretudo nas passagens do Palazzone da Via Mortara: gente embrutecida, selvagem, intolerante (meses atrás, pelo que eu soube, receberam a pedradas o inspetor municipal de Saúde, que fora até ali de bicicleta para uma vistoria), pessoas que, tentando desencorajar qualquer plano eventual de despejo por parte da Superintendência dos Monumentos da Emília-Romanha, parecem ter tido a bela ideia de raspar das paredes os últimos resquícios de pinturas antigas.

Ora, por que mandar pobres turistas para uma cilada dessas? — imagino que se perguntaram os organizadores da edição mais recente do guia. E, aliás, para ver o quê?

2

Se era possível dizer que o túmulo de família dos Finzi-Contini era um "horror" e debochar dele, já sobre a casa, isolada entre os mosquitos e as rãs do canal Panfilio e as fossas de esgoto, invejosamente apelidada de "*magna domus*", sobre essa, não, nem mesmo depois de cinquenta anos era possível escarnecê-la. Ah, mas não precisava muito para ainda se sentir ofendido com aquilo! Bastava, sei lá, ter de passar ao longo do interminável muro que delimitava o jardim pelo lado da avenida Ercole I d'Este, muro interrompido, mais ou menos na metade, por um solene portão de carvalho escuro desprovido de qualquer tipo de puxador; ou, do outro lado, pelo alto da Muralha degli Angeli sobre o parque, penetrar com a vista no emaranhado selvático dos troncos, dos galhos e da folhagem abaixo, até entrever o estranho e agudo perfil da morada patrícia, tendo muito atrás de si, às margens de uma clareira, a mancha parda da quadra de tênis — e logo a velha indelicadeza do desconhecimento e da separação tornava a machucar, a queimar quase como no princípio.

Que ideia de novo-rico, que ideia bizarra!, meu próprio pai costumava repetir com uma espécie de exaltado rancor, toda vez que lhe ocorria tocar no assunto.

Certo, certo, admitia: os ex-proprietários do lugar, os marqueses Avogli, tinham sangue "azulíssimo" nas veias; jardim e ruínas hasteavam *ab antiquo* o mui decorativo nome de Barchetto del Duca: tudo coisa excelente, é claro!, tanto mais que Moisè Finzi-Contini, a quem era reconhecido o indubitável mérito de ter "visto" a ocasião, ao fechar o negócio não deve ter desembolsado mais que os proverbiais dois tostões. Mas e daí?, acrescentava no mesmo instante. Era realmente preciso que, apenas por isso, o filho de Moisè, Menotti, chamado, não sem sentido, pela cor de seu excêntrico casaco forrado de marta, "*al matt mugnàga*", o damasco maluco, tomasse a decisão de transferir-se com a mulher, Josette, para uma zona da cidade tão fora de mão, hoje insalubre, imagine então na época!, e além disso tão deserta, melancólica e acima de tudo inadequada?

E que eles, os pais, tivessem paciência, pois pertenciam a outra época e no fundo podiam perfeitamente bancar o luxo de investir todo o dinheiro que quisessem em pedras antigas. Que tivesse paciência sobretudo ela, Josette Artom, dos barões Artom do ramo de Treviso (mulher magnífica em seus melhores dias: loura, seios fartos, olhos azul-celeste, e de fato a mãe era de Berlim, uma Olschky), que, além de delirar pela casa Savoia a ponto de em maio de 1898, pouco antes de morrer, ter tomado a iniciativa de mandar um telegrama aplaudindo o general Bava Beccaris, que canhoneou aqueles pobres-diabos socialistas e anarquistas milaneses, além de admiradora fanática da Alemanha e do elmo pontiagudo de Bismarck, nunca tivera o cuidado, desde que o marido, Menotti, eternamente a seus pés, a dispusera em seu Walhalla, de disfarçar sua aversão ao ambiente judeu de Ferrara, para ela demasiado estreito — como dizia — e, no fundo, embora a coisa fosse bastante grotesca, *seu fundamental antissemitismo*. No entanto, o professor Ermanno e dona Olga (ele, um homem de estudos, ela, uma Herrera de Veneza, ou seja, nascida em uma família sefardita ocidental *muito* boa, sem dúvida, mas bastante arruinada, e de resto observantíssima), que raça de gente eles meteram na cabeça que também eram?

Nobres autênticos? Mas se entende, ah, se entende: a perda do filho Guido, o primogênito morto em 1914 com apenas seis anos, após um ataque de paralisia infantil de tipo americano, fulminante, contra o qual nem mesmo Corcos pôde fazer nada, devia ter sido para eles um golpe duríssimo: especialmente para ela, dona Olga, que desde então não tirou mais o luto. Mas afora isso havia algum motivo para que — ora, ora —, de tanto viverem apartados, também lhes subisse à cabeça uma ideia dessas, recaindo nas mesmas manias absurdas de Menotti Finzi-Contini e de sua digníssima esposa? Aristocracia coisa nenhuma! Em vez de se dar tantos ares, seria bem melhor, ao menos para eles, não se esquecerem de quem eram, de onde vinham, se é certo que os judeus — sefarditas ou asquenazitas, ponentinos ou levantinos, tunisinos, berberes, iemenitas e até etíopes —, em qualquer parte da terra e sob qualquer céu que a história os tenha dispersado, são e sempre serão judeus, vale dizer, parentes próximos. Mas o velho Moisè não se dava ares, longe disso! Não tinha nuvens nobiliárquicas na cabeça! Quando morava no gueto, na Via Vignatagliata, número 24, na casa onde, resistindo às pressões da arrogante nora de Treviso, impaciente por se mudar o mais rápido possível para o Barchetto del Duca, desejara a todo custo morrer, era ele mesmo quem ia fazer as compras, carregando sua boa cesta debaixo do braço: justo ele que, apelidado por isso mesmo de "*al gatt*", o gato, tirara *sua* família do nada. Porque uma coisa era certa: se não havia dúvida de que "la" Josette descera a Ferrara fazendo-se acompanhar de um grande dote, que consistia em uma *villa* na zona de Treviso afrescada por Tiepolo, em um polpudo cheque e, é claro, em joias, muitas joias, que nas estreias do Municipal, contra o fundo de veludo vermelho de seu camarote, atraíam ao seu reluzente decote os olhares de todo o teatro, não menos acertado era que tinha sido *al gatt*, e apenas ele, quem amealhara nos baixios ferrarenses, entre Codigoro, Massa Fiscaglia e Jolanda di Savoia, os milhares de hectares nos quais *ainda hoje* se fundava o grosso do patrimônio familiar. O jazigo monumental no cemitério: aí estava o único erro, o único pecado (sobretudo de gosto), do qual se podia acusar Moisè Finzi-Contini. Além disso, nada.

Era o que dizia meu pai, sobretudo na Páscoa, durante os longos jantares que continuaram ocorrendo em nossa casa mesmo depois da morte do *nonno* Raffaello, para os quais vinham uns vinte parentes e amigos; mas também no Kippur, quando os mesmos parentes e amigos voltavam para romper o jejum.

Mas me lembro de um jantar de Páscoa em que, às costumeiras críticas — amargas, genéricas, sempre as mesmas, feitas sobretudo pelo gosto de evocar as velhas histórias da comunidade —, meu pai acrescentou algumas novas e surpreendentes.

Foi em 1933, ano da chamada "celebração Decenal". Graças à "clemência" do Duce, que de repente, quase inspirado, decidira abrir os braços a todo "agnóstico ou adversário de ontem", no âmbito de nossa comunidade o número de inscritos no Partido Fascista também pôde subir de repente a noventa por cento. E meu pai, que se sentava na ponta da mesa, em seu posto habitual à cabeceira, o mesmo posto de onde o *nonno* Raffaello pontificara por várias décadas com bem mais autoridade e rigor, não deixara de regozijar-se com o evento. O rabino, dr. Levi, fizera muito bem — dizia — ao mencionar o fato em seu discurso, pronunciado recentemente na escola italiana, quando, na presença das maiores autoridades locais — o prefeito, o secretário federal, o interventor, o general de brigada e comandante da guarnição —, comemorou o Estatuto!

Apesar disso, papai não estava de todo contente. Em seus olhos azuis de menino, cheios de ardor patriótico, eu lia uma sombra de desapontamento. Ele devia ter percebido um embaraço, um pequeno obstáculo inesperado e incômodo.

De fato, tendo a certa altura começado a contar nos dedos quantos de nós, "*judìm* ferrarenses", haviam continuado de fora, e chegando por fim a Ermanno Finzi-Contini, que na verdade nunca se filiara, mas no fundo, levando ainda em conta o conspícuo patrimônio agrícola de que era proprietário, nunca se entendeu muito bem o porquê; subitamente, como se irritado consigo e com a própria discrição, decidiu dar notícia de dois acontecimentos curiosos, talvez não relacionados entre si — advertiu —, mas nem por isso menos significativos.

Primeiro: que quando o advogado Geremia Tabet, em sua condição de *Sansepolcrista* e amigo íntimo do secretário federal, dirigiu-se ao Barchetto del Duca precisamente para oferecer ao professor a carteirinha já preenchida com seu nome, não só teve de aceitá-la de volta, mas dali a pouco, muito gentilmente, sem dúvida, porém de modo decidido, viu-se convidado a se retirar do local.

"E com que desculpa?", indagou alguém, em surdina. "Nunca se soube que Ermanno Finzi-Contini fosse um leão."

"Com que desculpa recusou?", meu pai desandou a rir. "Ah, com alguma das suas, quer dizer, que ele é um estudioso (aliás, queria muito saber de qual matéria!), que é velho demais, que nunca tratou de política em sua vida etc. etc. De resto, o amigo foi esperto. Deve ter notado a expressão enfezada de Tabet e então, paf!, deixou deslizar no bolso do outro cinco cédulas de mil."

"Cinco mil liras!"

"Com certeza. A serem remetidas em favor das Colônias Marítimas e Montanhesas da Obra Nacional Balilla. Uma bela ideia, não? Mas escutem a segunda novidade."

E passou a informar aos comensais como o mesmo professor, com carta endereçada alguns dias antes ao conselho da comunidade por meio do advogado Renzo Galassi-Tarabini (podia ter escolhido um representante mais hipócrita, papa-hóstia e mais carola que esse?), havia solicitado de modo oficial a permissão para restaurar às próprias custas, "para uso da família e de eventuais interessados", a pequena e antiga sinagoga espanhola da Via Mazzini, havia pelo menos três séculos subtraída do culto e transformada em depósito de despejo.

3

Em 1914, quando o pequeno Guido morreu, o professor Ermanno tinha quarenta e nove anos, e dona Olga, vinte e quatro. O menino se sentiu mal, foi posto na cama com febre altíssima e logo caiu em profundo torpor.

O dr. Corcos foi chamado às pressas. Depois de um mudo e interminável exame, feito com o cenho fechado, Corcos ergueu bruscamente a cabeça e cravou os olhos, grave, primeiro no pai e em seguida na mãe. As duas miradas do médico da família foram longas, severas, estranhamente desdenhosas. Entretanto, sob os grossos bigodes umbertinos já totalmente grisalhos, seus lábios se dobraram na careta amarga, quase de vitupério, dos casos sem solução.

"Não há mais nada a fazer", foi o que quis dizer o dr. Corcos com aqueles olhares e aquela careta. Mas, quem sabe, talvez fosse algo mais. Ou seja, que também ele, dez anos atrás (e vai saber se mencionou o episódio naquele mesmo dia, antes de se despedir, ou se, como acontece, apenas cinco dias depois, dirigindo-se ao *nonno* Raffaello, enquanto ambos seguiam passo a passo o imponente funeral), também ele havia perdido um menino, o seu Ruben.

"Também conheci esse sofrimento, sei bem o que significa ver morrer um filho de cinco anos", disse de repente Elia Corcos.

De cabeça baixa e com as mãos apoiadas no guidão da bicicleta, o *nonno* Raffaello caminhava a seu lado. Parecia estar contando um a um os pedriscos da avenida Ercole I d'Este. A essas palavras, de fato inusitadas na boca do amigo cético, virou-se espantado para olhá-lo.

Afinal, o que é que sabia o próprio Elia Corcos? Tinha examinado com vagar o corpo inerte do menino, decretado para si o prognóstico infausto, e então, ao erguer os olhos, os cravara na expressão petrificada dos dois genitores: o pai, já um velho, a mãe, ainda jovem. Por quais caminhos teria podido descer e ler naqueles corações? E quem mais o faria, no futuro? O epitáfio dedicado ao pequeno morto no túmulo-monumento do cemitério israelita (sete linhas brandamente gravadas e pintadas em um humilde retângulo vertical de mármore branco...) diria apenas:

Ai!
GUIDO FINZI-CONTINI
(1908-1914)
eleito em forma e espírito
seus pais se preparavam
para amá-lo cada vez mais
e não para chorá-lo

Cada vez mais. Um soluço contido, e só. Um peso no coração não compartilhado com nenhuma outra pessoa no mundo.

Alberto nascera em 1915; Micòl, em 1916: tínhamos mais ou menos a mesma idade. Não foram mandados nem para a escola judaica da Via Vignatagliata, onde Guido frequentara o primeiro ano preparatório sem o concluir, nem, mais tarde, para o liceu-ginásio público G. B. Guarini, precoce caldeirão da melhor sociedade judaica e não judaica da cidade, e também um local de convívio. Em vez disso estudavam em casa, tanto Alberto quanto Micòl, com o professor Ermanno interrompendo de vez em quando seus estudos de geografia, física e história das comunidades judaicas da Itália a fim de vigiar seus progressos de perto. Eram os anos loucos, mas a seu modo generosos, do primeiro fascismo na Emília-Romanha. Cada ação e cada comportamento eram julgados — inclusive por quem, como meu pai, citava de bom grado Horácio e sua *aurea mediocritas* — por meio do crivo grosseiro do patriotismo ou do derrotismo. Mandar os próprios filhos à escola pública era em geral considerado patriótico. Não mandá-los, derrotismo: e, portanto, para todos os que os mandavam, uma atitude de certo modo ofensiva.

Não obstante, apesar de tão segregados, Alberto e Micòl Finzi-Contini sempre mantiveram uma frágil ligação com o ambiente externo e com os garotos que, como nós, frequentavam a escola pública.

Eram dois os professores do Guarini que nos serviam de ponte.

O professor Meldolesi, por exemplo, nosso docente no quarto ginasial de italiano, latim, grego, história e geografia, pegava a bicicleta em tardes alternadas e, do bairro de casinhas que surgira naqueles anos além da Porta San Benedetto, onde morava sozinho num cômodo mobiliado de cuja vista e exposição ele frequentemente se gabava, ia até o Barchetto del Duca e lá ficava às vezes três horas seguidas. O mesmo fazia a sra. Fabiani, titular de matemática.

Na verdade, da professora nunca se soube nada. De origem bolonhesa, viúva sem filhos já passada dos cinquenta anos, muito devota, durante as sabatinas sempre a víamos como se estivesse a ponto de ser arrebatada em êxtase. Arregalava continuamente os olhos azul-celeste, flamengos, e balbuciava para si. Rezava. Rezava por nós com certeza, coitados, quase todos incapazes para a álgebra; mas talvez também para apressar a conversão ao catolicismo dos senhores israelitas cuja casa ela visitava duas vezes por semana. A conversão do professor

Ermanno e de dona Olga, mas também a dos dois garotos, sobretudo Alberto, tão inteligente, e Micòl, tão viva e graciosa, devia parecer-lhe uma missão muito importante, muito urgente, para que se arriscasse a comprometer sua probabilidade de êxito com alguma indiscrição banal na escola.

Ao contrário, o professor Meldolesi não omitia absolutamente nada. Nascido em Comacchio de uma família camponesa, educado em seminário até o liceu (tinha muito do pároco, do pequeno, arguto e quase feminino pároco de aldeia), passou depois a estudar letras em Bolonha a tempo de assistir às últimas lições de Giosue Carducci, de quem se vangloriava ser "humilde discípulo"; as tardes transcorridas no Barchetto del Duca, em um ambiente saturado de memórias renascentistas, com o chá das cinco tomado em companhia de toda a família — e dona Olga frequentemente voltava do parque àquela hora, os braços cheios de flores —, e até mais tarde, em certas ocasiões, na biblioteca, gozando até o anoitecer da douta conversa do professor Ermanno, aquelas tardes extraordinárias evidentemente representavam para ele algo de muito precioso para que não as transformasse em matéria, inclusive conosco, de contínuos discursos e divagações.

Seu entusiasmo e agitação ultrapassaram todos os limites desde a noite em que o professor Ermanno lhe revelou que Carducci, em 1875, foi hóspede de seus pais por uns dez dias, mostrando-lhe então o aposento que ele havia ocupado, deixando-o tocar a cama em que ele dormira e entregando-lhe por fim, para que levasse para casa e assim pudesse examiná-lo confortavelmente, um "maço" de cartas autógrafas enviadas pelo poeta à sua mãe. A ponto de convencer-se, e de tentar nos convencer também, de que o famoso verso da *Canção de Legnano*:

Ó loura, ó bela imperatriz, fiel

no qual são claramente prenunciados os ainda mais famosos:

De onde vieste? E quais a nós séculos
*tão branda e bela te transmitiram...**

e, ainda, que a clamorosa conversão do grande filho da Maremma ao "eterno feminino real" de Savoia tivessem sido justamente inspirados pela avó paterna de seus alunos particulares Alberto e Micòl Finzi-Contini. Ah, que magnífico tema seria — suspirara certa vez na aula o professor Meldolesi — para um artigo a ser enviado à mesma *Nuova antologia* em que Alfredo Grilli, o amigo e colega Grilli, vinha publicando havia tempos seus agudos comentários sobre Renato Serra! Mais cedo ou mais tarde, usando toda a delicadeza necessária ao caso, é claro, ele pensaria em um modo de tocar no assunto com o proprietário das cartas. E quisera o céu que o professor, levando em conta a quantidade de anos passados, e dada a importância e, obviamente, o perfeito decoro de uma correspondência em que Carducci se dirigia à dama apenas em termos de "amável baronesa", de "anfitriã gentilíssima" e semelhantes, quisera o céu que ele não recusasse! Na feliz hipótese de um sim, ele, Giulio Meldolesi — contanto que, além disso, lhe fosse dado o explícito consentimento por parte de quem tinha todo o direito de dá-lo ou negá-lo —, cuidaria de copiar uma a uma as cartas, fazendo acompanhar aqueles santos fragmentos, aquelas centelhas venerandas, de um comentário mínimo. Com efeito, o texto da correspondência carecia de quê? De nada mais que uma introdução de caráter geral, integrada se tanto por uma discreta nota histórico-filológica de rodapé...

* *Canzone di Legnano*: "*O bionda, o bella imperatrice, o fida*"; "*Onde venisti? Quali a noi secoli/ sì mite e bella ti tramandarono...*". [Esta e as demais notas são do tradutor.]

Mas, além dos docentes que tínhamos em comum, também havia as provas reservadas aos alunos particulares — provas que ocorriam em junho, simultaneamente a outros exames, como os de Estado e os dos alunos internos —, as quais nos punham ao menos uma vez por ano em contato com Alberto e Micòl.

Para nós, alunos internos, em especial se aprovados nos exames, aqueles talvez fossem nossos melhores dias. Como se de repente já sentíssemos saudades do tempo recém-terminado das aulas e dos deveres de casa, em geral não achávamos melhor lugar para nos encontrarmos que o átrio do instituto. Demorávamo-nos no hall vasto, fresco e penumbroso como uma cripta, aglomerando-nos diante das grandes folhas brancas com as avaliações finais, fascinados com nossos nomes e os de nossos colegas, que só de lê-los assim, transcritos em preciosa caligrafia e expostos sob o vidro por trás de uma leve grade de ferro, não acabavam nunca de nos espantar. Era ótimo não ter mais nada a temer quanto à escola, era bom poder sair dali a pouco para a luz límpida e azul das dez da manhã, sedutora, lá fora, através do portão de entrada, bom ter pela frente longas horas de ócio e liberdade a serem gastas como bem quiséssemos. Tudo magnífico, tudo estupendo naqueles primeiros dias de férias. E que felicidade ao pensar continuamente na partida próxima rumo ao mar ou à montanha, onde quase se perdia a lembrança dos estudos que ainda esgotavam e angustiavam tantos outros!

E lá estavam, dentre esses *outros* (em sua maioria, rústicos garotos do campo, filhos de lavradores preparados para os exames pelo pároco do vilarejo, que antes de transpor a soleira do Guarini miravam ao redor, perdidos como bezerros levados ao matadouro), lá estavam Alberto e Micòl Finzi-Contini, em pessoa: esses não iam nem um pouco perdidos, acostumados que estavam, por anos, a se apresentar e triunfar. Talvez levemente irônicos, sobretudo em relação a mim, quando, atravessando o átrio, me notavam entre meus colegas e me cumprimentavam de longe com um aceno e um sorriso. Mas sempre educados e gentis, talvez até em excesso: como se fossem os anfitriões.

Nunca vinham a pé, muito menos de bicicleta, mas em uma carruagem: um *brum* azul-escuro, de grandes rodas emborrachadas, os varais vermelhos, e todo ele lustroso de vernizes, cristais e cromados.

A carruagem esperava em frente ao portão do Guarini por horas e horas, só se deslocando para buscar uma sombra. E é preciso dizer que examinar aquela estrutura de perto, em todos os seus detalhes, do corcel poderoso que de quando em quando pisoteava calmamente, a cauda cortada e a crina aparada curta, em escova, até a minúscula coroa nobiliárquica que despontava prateada contra o azul das portinholas, obtendo às vezes do cocheiro em uniforme simples, mas sentado na boleia como em um trono, a permissão de subir em um dos estribos laterais a fim de que pudéssemos admirar à vontade, narizes esmagados contra o vidro, o interior todo cinza e felpudo, na penumbra (parecia uma sala de recepção: em um canto havia até algumas flores dentro de um fino vaso oblongo, em forma de cálice...), isso também podia ser um prazer, e sem dúvida era: um dos tantos prazeres aventurosos de que sabiam ser pródigas aquelas manhãs maravilhosas, adolescentes, da primavera tardia.

4

No que concerne a mim, pessoalmente, em minhas relações com Alberto e Micòl sempre houve algo de mais íntimo. Os olhares de entendimento, os acenos de confidência que irmão e irmã me endereçavam toda vez que nos encontrávamos nos arredores do Guarini só aludiam a isso, eu bem sabia, e diziam respeito a nós, apenas a nós.

Algo de mais íntimo. Mas o quê, exatamente?

Entende-se: em primeiro lugar, éramos judeus, e em todo caso isso seria mais que suficiente. Na prática, entre nós podia nunca ter havido nada, nem sequer o pouco que decorria de termos trocado algumas palavras de tempos em tempos. Mas a circunstância de sermos quem éramos, de ao menos duas vezes por ano, na Páscoa e no Kippur, nos apresentarmos com nossos respectivos pais e parentes próximos diante de certo portão na Via Mazzini — e amiúde ocorria que, depois de termos ultrapassado a entrada todos juntos, o átrio seguinte, estreito e um tanto escuro, obrigasse os mais velhos a chapeladas, apertos de mão e mesuras obsequiosas que no resto do ano não tinham nenhuma oportunidade de trocar —, a nós, jovens, não era preciso mais nada para que, encontrando-nos em outros lugares, sobretudo na presença de estranhos, corresse imediatamente em nossos olhos a sombra ou o riso de certa cumplicidade e conivência especiais.

Entretanto, em nosso caso, o fato de sermos judeus e de estarmos inscritos nos registros da mesma comunidade israelita ainda contava bem pouco. Porque, afinal de contas, o que significava a palavra "judeu"? Que sentido podia ter, *para nós*, expressões como "comunidade israelita" ou "universidade israelita", uma vez que prescindiam completamente da existência dessa intimidade ulterior, secreta, apreciável em seu valor apenas por quem participava dela, decorrente do fato de nossas duas famílias, não por escolha, mas em virtude de uma tradição mais antiga que qualquer memória possível, pertencerem ao mesmo rito religioso, ou melhor, à mesma "escola"? Quando nos encontrávamos no portão do templo, em geral ao entardecer, após os laboriosos rapapés trocados na penumbra do pórtico, quase sempre acabávamos subindo em grupo as íngremes escadas que conduziam ao segundo andar onde, lotada de um povo misto, ecoando sons de órgão e cantos como em uma igreja — e de tetos tão altos que, em certas tardes de maio, com os janelões laterais abertos para a banda do sol declinante, a certa altura nos víamos imersos em uma espécie de névoa dourada —, se erigia a ampla sinagoga italiana. Pois bem, apenas nós, judeus, crescidos na observância de um mesmo rito, podíamos realmente nos dar conta do que significava ter o próprio banco de família na sinagoga italiana, lá no segundo andar, e não embaixo, no primeiro, onde ficava a sinagoga alemã, tão diferente em sua severa aglomeração, quase luterana, de ricos chapéus de feltro burgueses. E havia mais: porque, embora se soubesse, fora do ambiente estritamente judeu, que uma sinagoga italiana era diversa de uma alemã, com tudo de específico que tal distinção implicava no plano social e no plano psicológico, quem, além de nós, seria capaz de fornecer informações precisas sobre "a gente da Via Vittoria", só para dar um exemplo? Era com essa frase que muitas vezes nos referíamos aos membros das quatro ou cinco famílias que tinham o direito de frequentar a pequena e separada sinagoga oriental, também chamada de "*fanese*", situada no terceiro andar de um antigo edifício de moradias da Via Vittoria: os Da Fano da Via Scienze, os Cohen da Via Gioco del Pallone, os Levi da Piazza Ariostea, os Levi-Minzi da alameda Cavour e não sei mais que outros núcleos familiares isolados — em todo caso, tudo gente meio estranha, tipos sempre um tantinho ambíguos e esquivos, para os quais a religião, que na escola italiana assumira formas de popularidade e teatralidade quase católicas, com reflexos evidentes até no caráter das pessoas, na maioria extrovertidas e otimistas, muito *padane*,* permanecera essencialmente um culto a ser praticado por poucos, em oratórios semiclandestinos aos quais era mais adequado ir à noite, e passando de esguelha pelas vielas mais escuras e menos conhecidas do gueto. Não, não, apenas nós, nascidos e crescidos intramuros, podíamos realmente saber e compreender essas coisas: sutilíssimas, irrelevantes, mas nem por isso menos reais. Quanto aos outros, todos os outros, em primeiro lugar meus muito queridos colegas de estudo e de brincadeiras diárias, era inútil pensar em iniciá-los em matéria tão privada. Pobres almas! Nesse sentido, deviam ser considerados seres simples e toscos, condenados até o fim da vida a abismos irremediáveis de ignorância, não passando — como até meu pai dizia, com sarcasmo benevolente — de "góis negros".

Portanto, quando aparecia uma ocasião, subíamos juntos as escadas e juntos fazíamos nossa entrada na sinagoga.

E, como nossos bancos eram próximos, ao fundo do recinto semicircular delimitado em sua extensão por uma balaustrada de mármore em cujo centro surgia a *tevá*, ou atril, do oficiante, e ambos com uma ótima visão para o monumental armário em madeira negra esculpida que custodiava os rolos da Lei, os chamados *sefarim*, atravessávamos juntos também o sonoro

* Referente à Pianura Padana, a planície do rio Pó que corta parte da Emília-Romanha.

pavimento em losangos brancos e cor-de-rosa do grande salão. Mães, esposas, avós, tias, irmãs etc. se separavam de nós, homens, já no vestíbulo. Desaparecidas em fila indiana por uma estreita passagem na parede que dava em um cubículo, de lá, valendo-se de uma escadinha em caracol, subiam mais acima, ao matroneu, e dali a pouco podíamos vê-las espiando do alto de sua gaiola, situada logo abaixo do teto, pelas frestas das grades. Mas mesmo assim, estando reunidos apenas os homens — vale dizer, eu, meu irmão Ernesto, meu pai, o professor Ermanno, Alberto e, às vezes, os dois irmãos solteiros de dona Olga, o engenheiro e o dr. Herrera, vindos de Veneza para a ocasião —, mesmo assim formávamos um grupo bem numeroso. De todo modo, significativo e importante: tanto é que jamais, não importa em qual momento do culto surgíssemos na soleira, podíamos chegar ao nosso posto sem suscitar a mais viva curiosidade nos circunstantes.

Como já disse, nossos bancos eram próximos, um atrás do outro. Ocupávamos o banco da frente, na primeira fila, e os Finzi-Contini, o que ficava imediatamente atrás. Mesmo que quiséssemos, teria sido muito difícil nos ignorarmos.

De minha parte, atraído pela diversidade na mesma medida em que meu pai era repelido por ela, eu estava sempre muito atento a qualquer gesto ou cochicho que viesse do banco de trás. Não ficava quieto um instante. Seja porque conversasse em surdina com Alberto, que era dois anos mais velho que eu, é verdade, mas ainda precisava "entrar no *minyan*",* e mesmo assim, tão logo chegava, já se envolvia no grande *taled* de lã branca e linhas pretas que antes pertencera ao "*nonno* Moisè"; seja porque o professor Ermanno, sorrindo gentilmente para mim através das lentes grossas, me convidasse com um sinal

* No judaísmo, *minyan* designa o quórum de dez judeus adultos necessários a certas obrigações religiosas.

do dedo a observar as gravuras em cobre que ilustravam a antiga Bíblia tirada por ele da gaveta especialmente para mim; seja porque, fascinado, escutasse boquiaberto os irmãos de dona Olga, o engenheiro das ferrovias e o tisiólogo, conversarem entre si meio em vêneto e meio em espanhol ("*Cossa xé che stas meldando? Su, Giulio, alevantate, ajde! E procura de far star in píe anca il chico*"),* e depois parar de repente para unir-se com voz altíssima, em hebraico, às litanias do rabino — de um modo ou de outro, eu estava quase sempre com a cabeça virada para trás. Perfilados em seus assentos, os dois Finzi-Contini e os dois Herrera estavam ali, a pouco mais de um metro entre si, e no entanto muito distantes, inatingíveis: como se estivessem protegidos por uma redoma de cristal. Não se pareciam uns com os outros. Altos, magros, calvos, de rostos pálidos e compridos sombreados pela barba, vestidos sempre de azul ou de preto, e além disso habituados a pôr em sua devoção uma intensidade e um ardor fanáticos, de que o cunhado e o sobrinho nunca seriam capazes, bastava observá-los, os parentes de Veneza pareciam pertencer a uma civilização completamente estranha aos suéteres e meiões cor de tabaco de Alberto, às lãs inglesas e aos tecidos bege, típicos do estudioso e da aristocracia rural, do professor Ermanno. Todavia, mesmo tão diferentes como eram, eu os sentia profunda e reciprocamente ligados. O que havia em comum — os quatro pareciam perguntar-se — entre eles e a plateia distraída, falante, *italiana*, que mesmo no templo, diante da Arca escancarada do Senhor, continuava tratando de todas as mesquinharias da vida em sociedade, de negócios, de política, até de esporte, mas não da alma e de Deus? Na época eu era um meninote: entre os dez e os doze anos. Uma intuição confusa, é verdade,

* "Está recitando o quê? Vamos, Giulio, se levante, vá! E tente pôr de pé o menino também."

mas substancialmente exata, vinha acompanhada em mim do despeito e da humilhação, também confusos mas candentes, de fazer parte daquela plateia, da gente vulgar a ser mantida afastada. E meu pai? Diante da parede de vidro além da qual os Finzi-Contini e os Herrera, sempre gentis mas distantes, continuavam no fundo a ignorá-lo, comportava-se de maneira oposta à minha. Em vez de tentar aproximações, eu o via exagerar, por reação — ele, formado em medicina e livre-pensador, voluntário de guerra, fascista com carteirinha de 1919, apaixonado por esportes, enfim, um judeu moderno —, sua saudável repulsa perante qualquer exibição de fé demasiado servil ou exagerada.

Quando passava ao longo dos bancos a alegre procissão dos *sefarim* (envoltos nas finas capas de seda bordada, com as coroas de prata inclinadas e os sininhos titilantes, os rolos sagrados da Torá pareciam um cortejo de infantes reais exibidos ao povo a fim de reforçar alguma monarquia periclitante...), o médico e o engenheiro Herrera ficavam a postos e inclinavam-se impetuosamente para fora do banco, beijando quantas bordas de capa pudessem com uma avidez e uma gula quase indecentes. Que importava se o professor Ermanno, imitado pelo filho, se limitasse a cobrir os olhos com uma ponta do *taled*, murmurando de leve uma oração com os lábios?

"Quanta afetação, quanto *haltùd*!",* meu pai comentaria mais tarde à mesa, com desgosto, sem que isso o impedisse, às vezes logo em seguida, de voltar mais uma vez à soberba hereditária dos Finzi-Contini, ao absurdo isolamento em que viviam, ou até ao subterrâneo e persistente antissemitismo aristocrático deles. Mas por ora, não tendo à mão outra pessoa com quem desabafar, era comigo que ele implicava.

Como sempre, eu me virara para olhar.

* Em hebraico, devoção exagerada, beatice.

"Quer me fazer o santo favor de ter compostura?", ele sibilava entre os dentes, observando-me exasperado com seus olhos azuis e coléricos. "Nem no templo você sabe se comportar direito. Olhe aqui seu irmão: é quatro anos mais novo e poderia lhe ensinar bons modos!"

Mas eu nem dava ouvidos. Pouco depois já estava de novo lá, virando as costas ao salmodiante dr. Levi, esquecido de qualquer proibição.

Agora, se ele quisesse reaver-me por alguns minutos sob seu domínio — físico, sejamos claros, apenas físico! —, a meu pai só restava esperar a bênção solene, quando todos os filhos se recolheriam sob os *taletód* paternos como debaixo de outras tantas tendas. Eis, por fim (o bedel Carpanetti já havia circulado com sua pértiga, acendendo um a um os trinta candelabros de prata e de bronze dourado da sinagoga: o salão resplandecia de luzes), eis, ansiosamente esperada, a voz do dr. Levi, quase sempre tão incolor, assumir de chofre o tom profético adequado ao momento supremo e final da *berahá*.

"*Jevarehehá Adonai veishmeréha...*", entoava de modo solene o rabino, curvo, quase prostrado sobre a *tevá*, depois de ter recoberto seu alto barrete branco com o *taled*.

"Vamos, meninos", dizia então meu pai, alegre e despachado, estalando os dedos. "Venham aqui embaixo!"

É verdade que, mesmo naquelas circunstâncias, a evasão era sempre possível. Papai agarrava com suas duras mãos esportivas nossas costelas, as minhas em particular. Embora amplo como uma toalha, o *taled* do *nonno* Raffaello, do qual ele se servia, era liso e vazado demais para lhe garantir a clausura hermética de seus sonhos. De fato, através dos furos e dos rasgos produzidos pelos anos no tecido muito frágil, que cheirava a coisa velha e fechada, não era difícil, ao menos para mim, observar o professor Ermanno ali ao lado, as mãos pousadas sobre os cabelos castanhos de Alberto e os finos, louros e leves de Micòl, que descera às pressas do matroneu, pronunciar igualmente, uma após outra, acompanhando o dr. Levi, as palavras da *berahá*. Sobre nossas cabeças, meu pai, que não conhecia mais que uns vinte vocábulos do hebraico, os mesmos das conversas em família — e a mais que isso não se dobraria nunca —, mantinha-se calado. Eu imaginava a expressão subitamente embaraçada de seu rosto, seus olhos, entre sardônicos e intimidados, erguidos para os modestos estuques do teto ou para o matroneu. Entretanto, de onde eu estava, mirava de baixo para cima, com espanto e inveja sempre renovados, o rosto enrugado e arguto do professor Ermanno naquele momento como transfigurado, mirava seus olhos que, por trás das lentes, me pareciam cheios de lágrimas. A voz dele era frágil e canora, afinadíssima; sua pronúncia hebraica, dobrando com frequência as consoantes, e com os zês, os esses e os agás bem mais toscanos que ferrarenses, ouvia-se filtrada através da dúplice distinção da cultura e da classe…

Eu o observava. Debaixo dele, por todo o tempo que durava a bênção, Alberto e Micòl não paravam de explorar também eles entre as frestas de sua tenda. E me sorriam e faziam sinais, ambos curiosamente convidativos: sobretudo Micòl.

5

Porém certa vez, em junho de 1929, no mesmo dia em que expuseram no átrio do Guarini as notas do exame de conclusão do ginásio, acontecera algo muito mais direto e peculiar.

Eu não tinha ido muito bem nas provas orais.

Embora o professor Meldolesi tivesse feito muito em meu favor, inclusive assumindo para si, contra todas as regras, o encargo de me examinar, quase nunca me mostrei à altura dos numerosos sete e oito que enfeitavam meu boletim nas disciplinas literárias. Ao ser questionado, em latim, sobre a *consecutio temporum*, acabei fazendo uma série de trapalhadas. Em grego também respondi de modo muito trôpego, em especial quando puseram debaixo de meu nariz uma página da edição Teubner da *Anábase* para que eu traduzisse algumas linhas à primeira vista. Mais tarde, consegui me reabilitar um pouco. Em italiano, por exemplo, além de ter exposto com razoável desenvoltura o conteúdo tanto de *Os noivos* quanto o de *As recordações*, recitei de cor as primeiras três oitavas do *Orlando furioso* sem tropeçar uma única vez: e ao final Meldolesi prontamente me premiou com um "bravo!" tão entusiástico que fez toda a banca sorrir, até a mim. Mas no conjunto, repito, nem na área de letras meu rendimento correspondeu à reputação de que eu gozava.

Contudo, o verdadeiro fiasco aconteceu em matemática.

Desde o ano anterior, a álgebra teimava em não me entrar na cabeça. Pior. Contando com o apoio indefectível que eu teria do professor Meldolesi nos exames finais, sempre agi de modo bastante mesquinho com a professora Fabiani: estudava o mínimo necessário para arrancar um seis e muitas vezes nem sequer aquele mínimo. Que importância podia ter a matemática para alguém que na universidade se inscreveria em letras?, continuava repetindo a mim mesmo naquela manhã, enquanto subia a avenida Giovecca rumo ao Guarini. Infelizmente, tanto em álgebra quanto em geometria eu quase não abri a boca. Mas e daí? A pobre Fabiani, que durante os últimos dois anos nunca ousara me dar menos de seis, com certeza no conselho de professores não teria a coragem de… — e eu evitava pronunciar a palavra até mentalmente — me "reprovar", a tal ponto a ideia de reprovação, com a consequente tortura das aulas de reforço maçantes e vergonhosas a que eu teria de me submeter em Riccione durante todo o verão, me parecia absurda se referida a mim. Eu, justo eu, que nunca sofrera uma única vez o vexame da recuperação em outubro, ao contrário, do primeiro ao terceiro ginasial fui distinguido "por aproveitamento e boa conduta" com o almejado título de "Guarda de honra dos monumentos aos mortos na guerra e dos parques da recordação", *eu* reprovado, reduzido à mediocridade, forçado a voltar à massa mais anônima! E papai? Se por acaso Fabiani me mandasse para a recuperação em outubro (ela ensinava matemática também no liceu, e por isso mesmo me sabatinara: era um direito dela!), onde eu acharia a coragem de voltar para casa dali a poucas horas, sentar à mesa diante de papai e começar a comer? Talvez ele me batesse: e no fim das contas seria até melhor. Qualquer punição seria preferível à censura que pudesse vir de seus mudos e terríveis olhos azul-celeste…

Entrei no átrio do Guarini. Um grupo de meninos, dentre os quais logo notei vários colegas, parava tranquilo diante da tabela com as notas. Apoiei a bicicleta na parede ao lado do portão de entrada e me aproximei, trêmulo. Ninguém parecia ter notado minha chegada.

Olhei por trás de uma sebe de ombros obstinadamente de costas. Minha vista se anuviou. Olhei de novo: e o cinco vermelho, único número em tinta vermelha em uma longa lista de números em tinta preta, se imprimiu em minha alma com a violência e a abrasão de uma marca de fogo.

"O que é que você tem?", perguntou Sergio Pavani, dando-me um tapinha amigo nas costas. "Não me diga que vai fazer um drama por causa de um cinco em matemática! Olhe para mim", e riu, "latim e grego."

"Coragem", acrescentou Otello Forti. "Também fiquei numa matéria: inglês."

Olhei para ele estupefato. Tínhamos sido colegas de turma e de banco desde o primeiro ano do fundamental, habituados desde então a estudar juntos, um dia na casa de um, outro na do outro, e ambos estávamos certos de minha superioridade. Não passava ano sem que eu fosse aprovado em junho, ao passo que ele, Otello, sempre precisava recuperar alguma matéria.

E agora, de repente, me sentir igualado a *um* Otello Forti, e pelo próprio! Ser de uma hora para outra rebaixado ao nível dele!

Não vale a pena contar detidamente o que fiz e pensei nas quatro ou cinco horas seguintes, a começar pelo efeito que teve sobre mim, assim que saí do Guarini, o encontro com o professor Meldolesi (o bom homem sorria, sem chapéu e sem gravata, o colarinho da camisa listrada revirado sobre a gola do paletó, e se apressava em confirmar a "birra" de Fabiani em relação a mim, sua recusa categórica em "fazer vista grossa só mais uma vez"), continuando com a descrição do longo e desesperado vaguear sem rumo a que me abandonei logo depois de ter recebido do mesmo professor Meldolesi um tapinha na bochecha a título de despedida e de encorajamento. Basta dizer que, por volta das duas da tarde, eu ainda perambulava de bicicleta ao longo da Muralha degli Angeli, lá pelas bandas da avenida Ercole I d'Este. Nem sequer telefonei para casa. Com o rosto manchado de lágrimas, o coração transbordando de uma imensa piedade por mim, pedalava quase sem saber onde estava, meditando confusos projetos suicidas.

Parei debaixo de uma árvore: uma dessas árvores antigas, tílias, olmos, plátanos, castanheiras, que dali a uns doze anos, no gélido inverno de Stalingrado, seriam sacrificadas para fazer lenha de estufa, mas que em 1929 ainda erguiam bem altas, acima dos bastiões da cidade, suas grandes copas de folhas.

Em torno, deserto absoluto. A viela de terra batida que eu, como um sonâmbulo, percorrera até ali vindo da Porta San Giovanni prosseguia serpenteando entre os troncos seculares rumo à Porta San Benedetto e à estação ferroviária. Deitei de bruços na grama, ao lado da bicicleta, com o rosto pegando fogo, escondido entre os braços. Ar quente e ventilado ao redor do corpo estendido, desejo exclusivo de permanecer assim o maior tempo possível, de olhos fechados. Em meio ao coro narcotizante das cigarras, alguns sons não distantes despontavam isolados: um canto de galo, um bater de panos provavelmente produzido por alguma lavadeira que se atrasara à beira da água esverdeada do canal Panfilio, e por fim, muito próximo, a poucos centímetros do ouvido, o tiquetaquear cada vez mais lento da roda posterior da bicicleta, ainda em busca de um ponto de imobilidade.

Em casa — eu pensava —, agora com certeza já sabiam: talvez até por Otello Forti. Teriam sentado à mesa? Era possível, embora depois, logo em seguida, tenham parado de comer. Talvez estivessem me procurando. Talvez tivessem acionado imediatamente o próprio Otello, meu bom amigo, o amigo inseparável, encarregando-o de percorrer com a bicicleta a cidade inteira, inclusive Montagnone e as muralhas, de modo que não seria nada improvável se num piscar de olhos eu topasse com ele na minha frente, com a cara triste, de circunstância, mas no fundo bem feliz, daria para ver ao primeiro olhar, por ter sido reprovado apenas em inglês. Nada disso: talvez tomados pela angústia, a certa altura meus pais tenham decidido recorrer diretamente à delegacia. Papai é quem foi falar com o delegado no Castelo. Parecia até que o estava vendo: balbuciante, envelhecido de modo assustador, reduzido à sombra de si mesmo. E chorava. Ah, mas se por volta da uma, em Pontelagoscuro, ele tivesse podido me observar enquanto eu observava a correnteza do Pó, do alto da ponte de ferro (fiquei ali um bom tempo, olhando para baixo. Quanto? No mínimo uns vinte minutos!), aí sim é que se assustaria... aí sim ele entenderia... aí sim...

"*Psiu.*"

Despertei sobressaltado.

"*Psiu!*"

Ergui lentamente a cabeça, virando-a para a esquerda, para o lado do sol. Pisquei os olhos. Quem estava me chamando? Otello não podia ser. Mas quem?

Eu estava mais ou menos na metade daquele trecho da muralha urbana, de uns três quilômetros de extensão, que começa no ponto onde a avenida Ercole I d'Este termina para acabar em Porta San Benedetto, em frente à estação. O local sempre foi bastante solitário. Era assim trinta anos atrás, e o é ainda hoje, embora mais à direita, ou seja, na parte da zona industrial, tenham surgido a partir de 1945 dezenas e dezenas de casinhas coloridas de operários, diante das quais, e das chaminés e dos galpões que lhes serve de fundo, o esporão semiderruído, escuro, coberto de mato e selvagem do baluarte quatrocentista parecia a cada dia mais absurdo.

Eu olhava e procurava, semicerrando os olhos ao clarão. A meus pés (apenas agora eu me dava conta), as frondes das nobres árvores, entranhadas de luz meridiana como as de uma floresta tropical, estendia-se o Barchetto del Duca: imenso, realmente interminável, tendo ao centro, meio ocultos na vegetação, as torrezinhas e os pináculos da *magna domus*, e delimitado em todo o perímetro por um muro externo interrompido duzentos e cinquenta metros mais à frente, a fim de deixar passar o canal Panfilio.

"Ei! Mas você também é cego?!", disse uma voz alegre de menina.

Por causa dos cabelos louros, daquele louro peculiar, estriado em cachos nórdicos, de *fille aux cheveux de lin*, e que só pertenciam a ela, reconheci imediatamente Micòl Finzi-Contini. Surgia no alto do muro como se estivesse em uma sacada, despontando com ambos os ombros e se apoiando nos braços cruzados. Devia estar a não mais que uns vinte e cinco metros de distância (portanto bastante próxima para que eu pudesse enxergar seus olhos, que eram claros, grandes, talvez grandes demais naquela época, no rosto pequeno e magro de menina), e me observava de cima a baixo.

"O que é que você está fazendo aí? Estou de olho em você há dez minutos. Se estava dormindo e o acordei, me desculpe. E... meus pêsames!"

"Pêsames? Como assim? Por quê?", murmurei, sentindo que meu rosto se cobria de rubor.

Fiquei de pé.

"Que horas são?", perguntei, aumentando a voz.

"Acho que umas três", disse, com um trejeito gracioso da boca. E depois: "Imagino que você esteja com fome".

Fiquei abismado. Então quer dizer que eles também sabiam! Por um instante, cheguei a acreditar que eles teriam recebido a notícia de meu sumiço por meu pai ou minha mãe: por telefone, como decerto tantas outras pessoas. Mas foi a própria Micòl que rapidamente me pôs nos eixos de novo.

"Hoje de manhã fui ao Guarini com Alberto. Queríamos ver os resultados. Você se saiu mal, hein?!"

"E você? Passou de ano?"

"Ainda não se sabe. Talvez estejam esperando que *todos* os alunos das particulares terminem para liberar as notas. Mas por que você não vem para cá? Chegue mais perto, venha, assim eu não preciso me esgoelar."

Era a primeira vez que me dirigia a palavra, aliás, a primeira vez que eu ouvia sua voz. E notei imediatamente como a pronúncia dela se parecia com a de Alberto. Ambos falavam do mesmo modo: destacando as sílabas de certas palavras cujo verdadeiro sentido, cujo peso, apenas eles pareciam conhecer, e deslizando bizarramente sobre outras, que as pessoas considerariam muito mais importantes. Demonstravam uma espécie de orgulho enfático ao se expressarem assim. Essa peculiar, inimitável e singular deformação do italiano era a *verdadeira* língua deles. Davam a ela até um nome: o finzi-contínico.

Deixando-me escorregar pelo declive relvoso, aproximei-me do pé do muro. Embora houvesse sombra — uma sombra que cheirava agudamente a urtigas e esterco —, lá embaixo fazia mais calor. E agora ela me olhava do alto, a cabeça loura ao sol, tranquila como se nosso encontro não tivesse sido casual, absolutamente fortuito, mas como se, quem sabe desde a primeira infância, tivéssemos nos reunido tantas vezes naquele local que até perdêramos a conta.

"Mas você está exagerando!", ela disse. "Qual é o grande drama de ficar numa matéria em outubro?"

Mas era claro que estava zombando de mim, e em parte também me desdenhava. No fim das contas, era bastante normal que um enrosco daquele tipo ocorresse a alguém como eu, que veio ao mundo de gente tão comum, tão "assimilada": um quase gói, enfim. Que direito eu tinha de me lamentar tanto?

"Acho que sua cabeça anda com umas ideias estranhas", respondi.

"Ah, é?", debochou ela. "Então quer me explicar, por favor, como é que você não foi almoçar em casa hoje?"

"Quem lhe disse isso?", me escapou.

"A gente sabe, a gente sabe. Nós também temos nossos informantes."

Tinha sido Meldolesi — pensei —, só podia ter sido ele (e de fato eu estava certo). Mas e daí? De repente me dei conta de que o problema da reprovação se tornara secundário, uma coisa infantil, que se resolveria por conta própria.

"Como é que você consegue ficar aí em cima?", perguntei. "Parece que está na janela."

"Estou montada na minha excelente escada de madeira", respondeu, escandindo as sílabas de "minha excelente" como de hábito, com orgulho.

Nesse momento, para lá do muro ecoou um latido: grave e curto, meio rouco. Micòl virou a cabeça, lançando por trás do ombro esquerdo um olhar cheio de tédio e ao mesmo tempo de afeto. Fez careta com a boca para o cão e em seguida tornou a olhar para mim.

"Ufa!", resmungou tranquila. "É Jor."

"De que raça ele é?"

"É um dinamarquês. Só tem um ano, mas pesa quase cem quilos. Está sempre atrás de mim. Às vezes eu tento disfarçar meus rastros, mas ele logo me acha, pode ter certeza. É *terrível*."

Sorriu.

"Quer vir para cá?", acrescentou, retomando a atitude séria. "Se quiser, eu lhe ensino como é que se faz."

6

Quantos anos se passaram desde aquela tarde longínqua de junho? Mais de trinta. No entanto, se fecho os olhos, Micòl Finzi-Contini ainda está lá, no alto do muro externo de seu jardim, me olhando e conversando comigo. Em 1929, Micòl era pouco mais que uma menina, uma adolescente de treze anos, magra e loura, de olhos grandes e claros, magnéticos; eu era um rapazinho de calças curtas, muito burguês e muito vaidoso, que um pequeno inconveniente escolar bastara para lançar ao desespero mais infantil. Ambos nos mirávamos. Sobre sua cabeça o céu estava azul e compacto, um sol quente já de verão, sem nenhuma nuvem. Parecia que nada poderia mudá-lo, e de fato nada mudou, ao menos na memória.

"Então, quer ou não quer?", insistiu Micòl.

"Bem... Não sei...", comecei a falar, apontando para o muro. "Acho que é muito alto."

"É porque você não olhou direito", rebateu impaciente. "Olhe ali... e ali... e ali", e indicava com o dedo, para que eu observasse melhor. "Há um monte de entalhes, e até um prego, aqui em cima. Fui eu que botei."

"É verdade, até que tem uns pontos de apoio", balbuciei hesitante, "mas..."

"Apoios?!", ela me interrompeu, caindo na risada. "Eu chamo isso de entalhes."

"Errado, porque isso aqui são pontos de apoio", insisti, teimoso e ácido. "Dá para ver que você nunca esteve na montanha."

Desde menino sempre sofri de vertigem, e, apesar de modesta, a escalada me preocupava. Na infância, quando mamãe, com Ernesto no colo (Fanny ainda não havia nascido), me levava ao Montagnone, e ela se sentava na grama da ampla esplanada que dava para a Via Scandiana, de onde se podia avistar o telhado de nossa casa mal distinguível no mar de telhados em volta do grande volume da igreja de Santa Maria in Vado, não era sem muito temor, me lembro, que eu ia me debruçar no parapeito que delimitava a esplanada da banda dos campos e olhava lá para baixo, no precipício de trinta metros. Ao longo do paredão pendente sempre havia alguém subindo ou descendo: camponeses, operários, jovens pedreiros, cada um com sua bicicleta a tiracolo; e também velhos, pescadores bigodudos de rãs e de peixes-gato, carregados de caniços e cestos: tudo gente apressada de Quacchio, de Ponte della Gradella, de Coccomaro, de Coccomarino, de Focomorto, que, em vez de passar pela Porta San Giorgio ou pela Porta San Giovanni (porque na época os bastiões estavam intactos naquele lado, sem brechas praticáveis por uma extensão de pelo menos cinco quilômetros), preferia tomar, como diziam, "o caminho das Muralha". Saíam da cidade: nesse caso, depois de atravessar a esplanada, passavam ao meu lado sem me olhar, cavalgando o parapeito e descendo até apoiar a ponta do pé na primeira saliência ou reentrância da muralha decrépita para depois alcançar em poucos instantes o prado logo abaixo. Vinham dos campos: e então subiam com uns olhos esbugalhados, que me pareciam fixos nos meus, aflorando timidamente da borda do parapeito, mas é claro que eu me enganava, estavam apenas concentrados em achar o melhor ponto de apoio. De todo modo, durante o tempo em que estavam assim, suspensos sobre o abismo — em geral em duplas, um atrás do outro —, sempre os escutava conversar calmamente em dialeto, como se estivessem apenas caminhando pelas trilhas em meio à campina. Como eram tranquilos, fortes e corajosos!, pensava comigo. Depois de se avizinharem menos de um metro do meu rosto, tanto que muitas vezes, além de me espelhar em suas escleróticas, recebia o bafo de vinho de sua respiração, agarravam a borda interna do parapeito com os dedos grossos e calejados, emergiam do vazio com todo o corpo e, upa!, já pisavam em local seguro. Eu nunca seria capaz de fazer aquilo, repetia a mim mesmo toda vez enquanto os olhava se afastar, cheio de admiração, mas também de repulsa. Nunca, nunca.

Pois bem, agora, diante do muro de onde Micòl Finzi-Contini me convidava a subir, eu também experimentava algo semelhante. Com certeza a parede não parecia tão alta quanto a dos bastiões do Montagnone. Porém era mais lisa, bem menos corroída pelos anos e intempéries. E se, equilibrando-me lá no alto — pensava, os olhos fixos nos entalhes pouco marcados que Micòl me indicara —, me desse uma tontura e eu caísse? Eu podia perfeitamente morrer do mesmo jeito.

Seja como for, não era tanto por esse motivo que eu continuava hesitando. O que me detinha era uma repugnância diversa daquela puramente física da vertigem; análoga, porém diferente e mais forte. Por um instante, cheguei a ter saudades de meu desespero de pouco antes, de meu choro tolo e pueril de menino reprovado.

"Além disso, não entendo por que", continuei, "eu deveria bancar o alpinista justo aqui. Se é para entrar na sua casa, muito obrigado, com o maior prazer, mas, francamente, acho bem mais cômodo passar por ali", e, ao dizer isso, ergui o braço na direção da avenida Ercole I d'Este, "pelo portão de entrada. É coisa rápida. Pego a bicicleta e num instante dou a volta."

Logo vi que a proposta não lhe agradava.

"Não, não...", disse, deformando o rosto em uma expressão de intenso desgosto, "se passar por lá, com certeza Perotti vai vê-lo, e aí adeus, acabou, não tem mais graça."

"Perotti? Quem é Perotti?"

"O porteiro... você sabe, talvez já o tenha notado, aquele que também nos serve de cocheiro e de chofer... Se ele o vir — e com certeza o verá, porque, tirando as vezes que sai com o coche ou com o carro, o *maldito* sempre está lá, de guarda —, depois eu vou ter que convidá-lo para minha casa, de qualquer jeito... E me diga você... Já pensou?"

Ela me olhava direto nos olhos: agora séria, mas calmíssima.

"Tudo bem", respondi, virando a cabeça e acenando com o queixo para a barreira, "mas como é que eu faço com a bicicleta? Não posso deixá-la aqui, abandonada! É novinha, uma Wolsit: com farol elétrico, caixa de ferramentas, bomba de ar, imagine... Se eu *ainda por cima* perder a bicicleta..."

E não disse mais nada, tomado de novo pela angústia do encontro inevitável com meu pai. Naquela mesma noite, no mais tardar, eu precisaria voltar para casa. Não tinha outra escolha.

Tornei a virar os olhos para Micòl. Enquanto eu falava, ela se sentou no muro, virando as costas para mim; e agora levantava uma perna, montando sobre ele.

"O que você está aprontando?", perguntei surpreso.

"Tive uma ideia para a bicicleta; enquanto isso, eu lhe mostro os pontos onde é melhor você pôr os pés. Preste atenção onde eu ponho os meus. Olhe bem."

Deu um giro muito desenvolto lá em cima e então, agarrando-se ao grande prego enferrujado que me indicara pouco antes, começou a descer. Baixava bem devagar, mas segura, procurando os pontos de apoio com o bico do tênis, ora um, ora outro, e sempre os encontrando sem muito esforço. Descia bem. Entretanto, antes de pisar no chão, perdeu o apoio e escorregou. Caiu de pé. Mas machucou os dedos de uma mão. Além disso, ao raspar contra o muro, o vestidinho de tecido rosa, praieiro, descosturou de leve sob uma axila.

"Que idiota", resmungou, levando a mão à boca e soprando em cima. "É a primeira vez que me acontece isso."

Também tinha ralado um joelho. Ergueu uma ponta do vestido até descobrir a coxa estranhamente branca e forte, já de mulher, e se inclinou para ver o machucado. Duas longas mechas louras, daquelas mais claras, vieram abaixo, escapando pelo arco que usava para prender os cabelos e lhe encobrindo a testa e os olhos.

"Que idiota", repetiu.

"Precisa passar álcool", falei de modo mecânico, sem me aproximar, no tom meio lamentoso que todos usávamos em família naquelas circunstâncias.

"Álcool coisa nenhuma."

Lambeu rapidamente a ferida, uma espécie de beijo breve e afetuoso, e logo se empertigou.

"Venha", disse, toda vermelha e desgrenhada.

Então se virou e começou a escalar de banda, ao longo da face ensolarada do muro. Ajudava-se com a mão direita, agarrando-se aos tufos de mato; ao mesmo tempo, erguendo a esquerda à altura da cabeça, ia tirando e ajeitando de novo o arquinho nos cabelos. Repetiu a manobra várias vezes, rápida como quem se penteia.

"Está vendo aquele buraco ali?", disse-me assim que chegamos ao topo. "Você pode esconder a bicicleta ali dentro."

A uns cinquenta metros de distância, me indicava um desses montículos cônicos cobertos de mato, de cerca de dois metros de altura e com uma abertura quase sempre enterrada, com os quais topamos frequentemente ao circundar as muralhas de Ferrara. Olhando bem, eles se parecem um pouco com os *montarozzi* etruscos dos campos romanos; em escala muito menor, é claro. Com a diferença de que a câmara subterrânea, muitas vezes bem ampla, a que alguns deles davam ainda acesso, nunca serviu de casa para nenhum defunto. Os antigos defensores da muralha punham armas ali: colubrinas, arcabuzes, pólvora etc. E talvez até aquelas estranhas balas de canhão em mármore nobre, que nos séculos XV e XVI tornaram a artilharia ferrarense tão temida na Europa, das quais alguns exemplares ainda podiam ser vistos no Castelo, dispostos lá como ornamento no pátio central ou nos terraços.

"Você acha que alguém vai pensar que tem uma Wolsit novinha lá embaixo? Seria preciso saber. Você já esteve num deles?"

Fiz que não com a cabeça.

"Não? Eu já, um montão de vezes: é *fantástico.*"

Partiu decidida, e eu, pegando a Wolsit do chão, a segui em silêncio.

Alcancei-a no limiar da abertura. Era uma espécie de fissura vertical, talhada vivamente no manto de relva compacta que revestia o montículo: tão estreita que não permitia a passagem de mais de uma pessoa por vez. Logo além do limiar começava a descida, e era possível enxergar por oito, dez metros, não mais. Mais adiante só havia a escuridão. Como se o cunículo terminasse em uma cortina preta.

Inclinou-se para olhar e de repente se virou.

"Desça você", sussurrou sorrindo de leve, embaraçada. "Prefiro esperar aqui fora."

Afastou-se e cruzou as mãos atrás das costas, rente à parede relvosa, de lado na entrada.

"Não me diga que está assustado", exclamou, sempre sussurrando.

"Não, não", menti, e me inclinei para erguer a bicicleta e apoiá-la no ombro.

Sem acrescentar uma palavra, passei por ela e fui entrando no cunículo.

Tinha de ir devagar até por causa da bicicleta, cujo pedal direito batia sem parar na parede; no início, por pelo menos três ou quatro metros, fiquei como cego, sem enxergar absolutamente nada. Porém, a uns dez metros da boca da entrada ("Tome cuidado", gritou a essa altura a voz já distante de Micòl, às minhas costas, "fique atento com os degraus!"), comecei a distinguir alguma coisa. O cunículo terminava logo adiante: faltava pouco mais de um metro de descida. E era justamente naquele ponto, a partir de uma espécie de patamar em torno do qual eu já adivinhava um espaço totalmente diverso, antes mesmo de chegar, que começavam os degraus mencionados por Micòl.

Ao atingir o patamar, parei um momento.

O medo infantil do escuro e do desconhecido que senti no instante em que me separei de Micòl foi sendo substituído em mim, à medida que eu avançava pelas entranhas subterrâneas, por uma sensação não menos infantil de alívio: como se, subtraindo-me a tempo da companhia de Micòl, eu tivesse escapado de um grande perigo, o maior perigo que um rapaz da minha idade ("Um rapaz da sua idade" era uma das expressões favoritas de meu pai) pudesse enfrentar. Ah, sim, eu pensava: nesta noite, quando eu voltar para casa, talvez papai me dê uma surra. Mas agora eu podia encarar suas pancadas tranquilamente. Uma matéria em outubro: Micòl tinha razão em rir daquilo. O que era uma matéria em outubro em comparação com o resto — eu tremia — que lá embaixo, no escuro, podia acontecer entre nós? Talvez eu achasse a coragem de dar um beijo em Micòl: um beijo na boca. Mas e depois? O que ocorreria depois? Nos filmes que vi, e nos romances, os beijos deviam ser sempre longos e apaixonados! Na realidade, em comparação com o *resto*, no fundo os beijos só representavam um instante negligenciável, uma vez que, depois de os lábios se juntarem e as bocas quase entrarem uma na outra, na maioria das vezes o fio da narrativa só era retomado na manhã seguinte, ou mesmo vários dias mais tarde. Se Micòl e eu chegássemos a nos beijar daquela maneira — e com certeza o escuro facilitaria a coisa —, depois do beijo o tempo continuaria correndo tranquilamente, sem que nenhuma intervenção estranha e providencial pudesse nos ajudar a alcançar a manhã seguinte. Nesse caso, o que eu deveria fazer para ocupar os minutos e as horas? Oh, mas por sorte isso não aconteceu. Ainda bem que eu estava salvo.

Comecei a descer os degraus. Atrás de mim, infiltrando-se pelo cunículo, vinham uns raios tênues de luz, agora eu os percebia. E em parte com a vista, em parte com o ouvido (bastava bater a bicicleta na parede, ou meu calcanhar deslizar em um degrau, e logo o eco agigantava e multiplicava o som, medindo espaços e distâncias), rapidamente me dei conta da vastidão do ambiente. Devia tratar-se de uma sala de uns quarenta metros de diâmetro, redonda, com uma abóbada em cúpula de altura parecida. Vai ver que, por meio de um sistema de corredores secretos, se comunicava com outras salas subterrâneas do mesmo tipo, aninhadas às dezenas no corpo dos bastiões. Era bem provável.

O fundo da sala era de terra batida, liso, compacto, úmido. Enquanto eu avançava tateando a curva da parede, esbarrei em um tijolo e pisei em um chão de palha. Por fim me sentei, mantendo a mão agarrada ao quadro da bicicleta que apoiei no muro, e passei um braço em torno dos joelhos. O silêncio só era rompido por leves rumores, guinchos: provavelmente de ratos, morcegos…

E se no entanto acontecesse?, eu pensava. Seria realmente tão terrível se acontecesse?

Quase com certeza eu não voltaria para casa, e meus pais, Otello Forti, Sergio Pavani e todo mundo, inclusive a polícia, teriam um belo trabalho em me procurar! Nos primeiros dias, vasculhariam em todos os cantos. Os jornais também comentariam o assunto, levantando as hipóteses de sempre: sequestro, acidente, suicídio, expatriação clandestina etc. Aos poucos, porém, as águas se aquietariam. Meus pais ficariam em paz (no fundo, continuavam com Ernesto e Fanny), e as buscas seriam suspensas. No fim das contas, quem iria pagar por isso era sobretudo ela, aquela estúpida e intolerante da Fabiani, que por punição seria transferida "para outra sede". Mas onde? Sicília ou Sardenha, é claro. E bem feito para ela. Assim aprenderia na própria pele a ser menos pérfida e canalha.

Quanto a mim, já que os outros estariam em paz, eu também faria o mesmo. Podia contar com Micòl, lá fora: ela cuidaria de me fornecer comida e tudo quanto eu precisasse. E viria me ver todos os dias, pulando o muro externo de seu jardim, tanto no verão quanto no inverno. E todo dia nos beijaríamos, no escuro: porque eu era seu homem, e ela, minha mulher.

Mas isso não quer dizer que eu nunca mais sairia lá fora! Durante o dia eu dormiria, é claro, só interrompendo o sono quando sentisse os lábios de Micòl tocando os meus, voltando a dormir em seguida com ela em meus braços. Mas de noite, de noite eu poderia perfeitamente dar longas saídas, sobretudo depois da uma, depois das duas da madrugada, quando todo mundo está dormindo e não há praticamente ninguém nas ruas. Seria estranho e terrível, mas ao mesmo tempo divertido, passar pela Via Scandiana e rever minha casa, a janela do meu quarto de dormir agora transformado em uma saleta, avistar de longe, oculto na sombra, meu pai voltando naquele instante do Círculo dos Comerciários, sem nem lhe passar pela cabeça que estou vivo e o observo. De fato, ele tira a chave do bolso, abre, entra, e então, tranquilo, como se eu, seu filho mais velho, nunca houvesse existido, bate o portão sem hesitar.

E mamãe? Mais cedo ou mais tarde eu não podia, quem sabe por meio de Micòl, fazer que ao menos ela soubesse que eu não estava morto? E até revê-la, antes que, cansado de minha vida subterrânea, eu fosse embora de Ferrara e sumisse definitivamente? Por que não? É claro que eu podia!

Não sei quanto tempo fiquei ali. Talvez dez minutos, talvez menos. Mas lembro com precisão que, enquanto subia os degraus e me enfiava pelo cunículo (agora, aliviado do peso da bicicleta, eu seguia depressa), continuava pensando e devaneando. E mamãe?, perguntava-me. Ela também se esqueceria de mim como todo mundo?

Por fim me vi ao ar livre; Micòl já não estava me esperando onde eu a deixara pouco antes, mas, como vi quase na mesma hora, protegendo os olhos da luz do sol com uma mão, estava de novo lá em cima, sentada a cavalo no muro externo do Barchetto del Duca.

Parecia empenhada em discutir e argumentar com alguém do outro lado do muro: provavelmente o cocheiro Perotti, ou talvez o próprio professor Ermanno. Claro: ao perceberem a escada apoiada no muro, imediatamente se deram conta de sua pequena evasão. Agora a convidavam a descer. E ela hesitava em obedecer.

A certa altura, ela se virou e me avistou no alto do barranco. Então encheu as bochechas como se dissesse:

"Ufa! Até que enfim!"

Antes de desaparecer de cima do muro, seu último olhar (acompanhado de um trejeito sorridente, igual àquele de quando me espiava no templo sob o *taled* paterno) tinha sido para mim.

Parte 2

I

A primeira vez que de fato consegui entrar ali, atravessando o muro externo do Barchetto del Duca e me adentrando entre as árvores e clareiras da grande selva privada, até alcançar a *magna domus* e a quadra de tênis, aconteceu cerca de dez anos mais tarde.

Foi em 1938, uns dois meses depois da promulgação das leis raciais. Lembro-me bem. Em uma tarde de fins de outubro, minutos depois de termos deixado a mesa, recebi uma chamada de Alberto Finzi-Contini. Era verdade ou não — perguntou-me à queima-roupa, negligenciando qualquer preâmbulo (note-se que, fazia mais de cinco anos, não tivéramos ocasião de trocar uma única palavra) —, era verdade ou não que eu e "todos os outros", com cartas assinadas pelo vice-presidente e secretário do Círculo de Tênis Eleonora d'Este, o marquês Barbicinti, tínhamos sido expulsos em bloco do clube: "enxotados", enfim?

Neguei em tom decidido: não era verdade, não tinha recebido nenhuma carta do tipo; eu pelo menos não.

Mas ele, como se não reconhecesse nenhum valor em meu desmentido, ou não o tivesse nem mesmo escutado, logo me propôs que eu fosse encontrá-los em sua casa, para jogar. Se eu me contentasse com um campo de terra branca batida — continuou —, com poucos outs, e se acima de tudo eu, que com certeza jogava bem melhor que eles, me "dignasse a bater uma bolinha" com ele e Micòl, ambos ficariam muito felizes e "honrados". E, se a coisa me interessasse, podia ser em qualquer tarde, acrescentou. Hoje, amanhã, depois de amanhã: eu podia ir quando achasse melhor, e levar quem quisesse, inclusive aos sábados, é claro. Afora o fato de que ele ficaria pelo menos mais um mesinho em Ferrara, já que as aulas no Politécnico de Milão não começariam antes de 20 de novembro (Micòl sempre levava tudo com mais calma e, nesse ano, com o pretexto de que não estava matriculada e não precisava estar em Veneza mendigando presença, quem sabe se poria os pés na Ca' Foscari), e os dias não estavam esplêndidos? Enquanto o tempo continuasse assim, seria um verdadeiro crime não aproveitar.

Pronunciou as últimas palavras com menor convicção. Parecia ter sido tocado de repente por um pensamento pouco alegre, ou que uma súbita e gratuita sensação de tédio o fizesse desejar que eu de fato não fosse, que não levasse em conta seu convite.

Agradeci sem prometer nada de específico. Por que aquele telefonema?, perguntei a mim mesmo ao desligar, não sem espanto. No fundo, desde que ele e a irmã passaram a estudar fora de Ferrara (Alberto em 1933, Micòl em 1934: mais ou menos na mesma época em que o professor Ermanno obtivera da comunidade a permissão de restaurar, "para uso da família e de eventuais interessados", a ex-sinagoga espanhola incorporada ao prédio do templo da Via Mazzini, de modo que desde então o banco atrás do nosso, na escola italiana, ficou sempre vazio), no fundo, nunca mais nos encontráramos, senão raras vezes, e mesmo assim de passagem e de longe. Enfim, durante todo aquele tempo nos tornáramos a tal ponto estranhos que, em uma manhã de 1935, na estação de Bolonha (eu já cursava o segundo ano de letras e vivia para cima e para baixo de trem, quase todo dia), ao ser violentamente abalroado rente ao banco da primeira plataforma por um jovem alto, moreno e pálido, com um plaid sob o braço e um carregador cheio de malas em seu encalço, o qual se dirigia a passos largos rumo ao expresso para Milão que estava prestes a partir, no momento nem reconheci que aquele sujeito era Alberto Finzi-Contini. Chegando à fila do trem, virou-se para chamar o carregador e em seguida sumiu dentro do vagão. Naquela ocasião — continuei a refletir —, ele nem sequer sentiu a necessidade de me cumprimentar. Quando me virei para protestar pela trombada, dirigiu-me um olhar distraído. E agora, ao contrário, qual o motivo da cortesia tão insistente?

"Quem era?", perguntou meu pai, assim que voltei à saleta de jantar.

Era o único que permanecia ali. Estava sentado na poltrona ao lado da mesinha do rádio, em sua espera habitual e ansiosa pelo noticiário das duas.

"Alberto Finzi-Contini."

"Quem? O rapaz? Quanta deferência! E o que ele queria?"

Perscrutava-me com os olhos azuis, perdidos, que havia muito tinham renunciado à esperança de me impor qualquer coisa, de tentar imaginar o que se passava em minha cabeça. Tinha perfeita consciência — dizia-me com os olhos — de que suas perguntas me aborreciam, que a contínua pretensão de se imiscuir em minha vida era indiscreta, injustificada. Mas, meu Deus, ele não era meu pai? E eu não via como ele tinha envelhecido naquele último ano? Não era o caso de ele se abrir com mamãe e Fanny: eram mulheres. Nem com Ernesto: ainda *putìn*.* Então, com quem ele podia falar? Será que eu não entendia que ele precisava justamente de mim?

Contei de má vontade o assunto da conversa.

"E você vai?"

Nem me deu tempo de responder. Na sequência, com a animação que demonstrava toda vez que se lhe apresentava

* "Criança."

um pretexto para me arrastar a uma conversa qualquer, melhor ainda se de política, já mergulhara de cabeça em uma "análise da situação".

Lamentavelmente era *verdade*, começou recapitulando, incansável: no último 22 de setembro, depois do primeiro anúncio oficial do dia 9, todos os jornais haviam publicado aquela tal circular do secretário do Partido listando as várias "medidas práticas" que as federações das províncias teriam de aplicar imediatamente em relação a nós. No futuro, "permanecendo vetadas a celebração de casamentos mistos e a exclusão de qualquer jovem, reconhecido como pertencente à raça judia, de todas as escolas públicas de quaisquer ordem ou grau", além da dispensa, para os mesmos, da obrigação "altamente honorífica" do serviço militar, nós, "judeus", não poderíamos publicar necrológios nos jornais, constar das listas telefônicas, manter empregadas domésticas de raça ariana nem frequentar "círculos recreativos" de nenhum tipo. No entanto, apesar disso...

"Espero que você não me venha repetir a história de sempre", eu o interrompi naquele ponto, balançando a cabeça.

"Que história?"

"Que Mussolini é *melhor* que Hitler."

"Entendi, entendi", retrucou ele. "Mas você deve admitir que Hitler é um doido sanguinário, enquanto Mussolini é isso aí que se vê, um maquiavélico e vira-casaca de mão-cheia, mas..."

De novo o interrompi. Ele estava ou não estava de acordo — perguntei, olhando bem na cara dele — com a tese do ensaio de Liev Trótski que eu lhe "passara" dias antes?

Eu me referia a um artigo publicado em um antigo número da *Nouvelle Revue Française*, revista da qual eu guardava em meu quarto, com bastante zelo, vários anos completos. O episódio foi o seguinte: não me lembro por qual motivo, acabei tratando meu pai de modo pouco gentil. Ele se ofendeu, fez cara feia, de modo que eu, desejando restabelecer relações normais, a certa altura não encontrei nada melhor que envolvê-lo em minha leitura mais recente. Lisonjeado pela manifestação de estima, meu pai não se fez de rogado. Leu no mesmo instante, aliás, devorou o artigo, assinalando muitas linhas a lápis e cobrindo as margens das páginas com densas anotações. No fim das contas, disse-me explicitamente, o texto do "raposão ex-parceiro de Lênin" também foi para ele uma autêntica revelação.

"Mas é claro que estou de acordo", exclamou, contente e ao mesmo tempo desconcertado por me ver disposto a engatar uma discussão. "Sem dúvida, Trótski é um polemista magnífico. Que vivacidade, que língua! Era bem provável que tivesse escrito o artigo diretamente em francês. Sim", e sorriu com orgulho: "talvez os judeus russos e poloneses não sejam muito simpáticos, mas sempre tiveram um verdadeiro gênio para as línguas. Trazem isso no sangue."

"Deixe a língua de lado e vamos nos concentrar nos conceitos", cortei, seco, com uma ponta de azedume didático da qual logo me arrependi.

O artigo era claro, continuei, mais cordial. Na fase de expansão imperialista, o capitalismo se mostra necessariamente intolerante em relação a todas as minorias nacionais, em particular contra os judeus, que são *a* minoria por antonomásia. Ora, à luz dessa teoria geral (o ensaio de Trótski era de 1931, é bom não esquecer: ou seja, o ano em que começara a verdadeira ascensão de Hitler), que importava se Mussolini como pessoa fosse melhor que Hitler? E afinal Mussolini era mesmo melhor como pessoa?

"Entendi, entendi...", meu pai continuava repetindo, submisso, enquanto eu falava.

Estava com as pálpebras baixas, o rosto contraído em uma careta de resistência dolorosa. Por fim, quando teve certeza de que eu não tinha mais nada a acrescentar, pousou uma mão em meu joelho.

Ele tinha entendido, repetiu mais uma vez, reabrindo lentamente as pálpebras. De todo modo, precisava me dizer: em sua opinião, eu via as coisas sombrias demais, era demasiado catastrófico.

Por que eu não reconhecia que, após o comunicado de 9 de setembro, e até depois da circular adicional do dia 22, as coisas, pelo menos em Ferrara, seguiram em frente quase como antes? Era a plena verdade, admitiu, sorrindo melancólico: durante aquele mês, entre os setecentos e cinquenta membros da comunidade, não houve óbitos de tal importância que valessem a pena ser noticiados no *Padano* (salvo engano, só tinham morrido duas velhinhas do asilo da Via Vittoria: uma Saralvo e uma Rietti; e esta última nem sequer era de Ferrara, mas vinha de uma cidadezinha da província de Mântua, Sabbioneta, Viadana, Pomponesco ou algo assim). Mas sejamos justos: o catálogo telefônico não tinha sido confiscado para ser substituído por uma reedição expurgada; ainda não houvera *havertà*, camareira, cozinheira, babá ou velha governanta a serviço de alguma de nossas famílias que, descobrindo de repente em si uma "consciência racial", tivesse realmente pensado em fazer a trouxa; o Círculo dos Comerciários, onde havia mais de dez anos o cargo de vice-presidente era ocupado pelo advogado Lattes — e que ele mesmo, como eu devia saber, continuava frequentando sem nenhum problema quase todos os dias —, não tinha até hoje promovido afastamentos de nenhum tipo. E por acaso Bruno Lattes, filho de Leone Lattes, tinha sido expulso do Eleonora d'Este? Sem pensar nem por um segundo em meu irmão Ernesto, coitadinho, que ficava sempre ali, olhando-me boquiaberto e me imitando como se eu fosse quem sabe um grande *hahàm*,* eu tinha parado de ir ao clube de tênis; e eu errava feio, deixasse ele dizer, errava feio em me fechar, em me segregar,

* "Sábio", em hebraico.

em não ver mais ninguém, para depois, com a desculpa da universidade e do passe ferroviário, escapar continuamente para Bolonha (nem com Nino Bottecchiari, Sergio Pavani e Otello Forti, até o ano passado meus amigos inseparáveis, nem com eles eu queria mais estar, aqui em Ferrara; e mesmo assim, ora um, ora outro, pode-se dizer que não passava mês sem que um deles me ligasse, pobres coitados!). Em vez disso, que eu prestasse atenção no jovem Lattes, por favor. Pelo que dizia o *Padano*, ele não só pôde participar normalmente do torneio social, mas também da dupla mista, jogando com aquela moça bonita, Adriana Trentini, filha do engenheiro-chefe da província, e estavam indo muito bem: tinham avançado três rodadas e agora treinavam para a semifinal. Ah, não: podia-se falar de tudo do bom Barbicinti, ou seja, que ele dava valor demais à sua modesta quarta parte de nobreza, e valorizava de menos a gramática dos artigos de propaganda esportiva que o secretário do Partido o fazia escrever de vez em quando no *Padano*. Mas que ele era um cavalheiro, de modo nenhum hostil aos judeus, muito moderadamente fascista — e, ao dizer "muito moderadamente fascista", a voz de meu pai tremeu, um leve tremor de timidez —, sobre isso não havia nenhuma dúvida ou controvérsia.

De resto, quanto ao convite de Alberto e ao comportamento dos Finzi-Contini em geral, o que significava agora, da noite para o dia, toda aquela agitação deles, aquela necessidade quase espasmódica de contatos?

Já havia sido bastante curioso o que acontecera semana passada no templo, para o Rosh Hashaná (eu não quisera ir, como sempre: e mais uma vez tinha agido mal). Sim, tinha sido bastante curioso, justo no ápice do culto e com os bancos já quase todos ocupados, ver a certa altura Ermanno Finzi-Contini, a esposa e até a sogra, acompanhados pelos dois filhos e pelos indefectíveis tios Herrera de Veneza — ou seja, a tribo inteira, sem nenhuma distinção entre homens e mulheres —, fazerem seu regresso solene à sinagoga italiana depois de cinco anos de desdenhoso isolamento na espanhola: e com umas expressões tão satisfeitas e benevolentes como se pretendessem, com sua simples presença, premiar e *perdoar* não só os que estavam ali, mas também toda a comunidade. De todo modo, é claro que aquilo não tinha sido suficiente. Agora chegavam ao cúmulo de convidar pessoas à sua casa: ao Barchetto del Duca, imagine!, onde desde os tempos de Josette Artom nenhum concidadão ou forasteiro pusera os pés senão em casos de estrita emergência. E eu queria saber por quê? Porque estavam contentes com o que estava se passando! Porque para eles, *halti* como sempre foram (contrários ao fascismo, tudo bem, mas acima de tudo *halti*), *as leis raciais no fundo lhes davam prazer*! Mas se pelo menos fossem bons sionistas! Já que aqui, na Itália e em Ferrara, sempre se sentiram tão incomodados, tão deslocados, que pelo menos tivessem aproveitado a situação para se transferir de uma vez por todas para Erez! Mas que nada. Além de reservar de vez em quando um pouco de dinheiro para Erez (em todo caso, nada de extraordinário), nunca quiseram fazer nenhuma coisa além disso. Sempre preferiram gastar sua verdadeira fortuna em futilidades aristocráticas: como quando, em 1933, para conseguir um *ehàl* e um *parochèt* dignos de figurar em sua sinagoga pessoal (meros mobiliários sefarditas, meu Deus, e que não fossem portugueses, ou catalães, ou provençais, mas autênticos espanhóis, e na justa medida!), foram de carro, escoltados por um Carnera,* até nada menos que Cherasco, na província de Cuneo, um povoado que até 1910, ou pouco antes, fora a sede de uma pequena comunidade já extinta, e onde apenas o cemitério continuava ativo

* Primo Carnera (1906-67) foi um famoso pugilista, campeão mundial dos pesos pesados em 1933, e seu nome acabou sendo dicionarizado para designar pessoas muito fortes — como guarda-costas, no caso. Carnera também foi utilizado por Mussolini para a propaganda fascista.

porque algumas famílias de Turim originárias do local, Debenedetti, Momigliano, Terracini etc., continuavam sepultando seus mortos ali. Josette Artom, a avó de Alberto e de Micòl, também importava ininterruptamente palmeiras e eucaliptos do Jardim Botânico de Roma, aquele aos pés do Janículo: e para isso, a fim de que as carroças passassem com toda a comodidade, mas também por razões de prestígio, nem é o caso de explicar, ela impôs ao marido, o coitado do Menotti, que alargasse em pelo menos o dobro o já grande portão da casa que dá para a avenida Ercole I d'Este. A verdade é que, à força de fazer coleções de coisas, de plantas, de tudo, acaba-se pouco a pouco querendo colecionar pessoas também. Oh, mas se eles, os Finzi-Contini, sentiam falta do gueto (era no gueto que obviamente sonhavam em ver todo mundo enclausurado, e talvez até se dispusessem, em vista daquele belo ideal, a lotear o Barchetto del Duca para fazer daquilo uma espécie de kibutz submetido a seu alto patronato), que o fizessem, em total liberdade. Quanto a ele, teria preferido mil vezes a Palestina. E, melhor ainda que a Palestina, o Alasca, a Terra do Fogo ou Madagascar...

Era uma terça-feira. Eu não saberia dizer como, dali a poucos dias, no sábado daquela mesma semana, me decidi a fazer justamente o contrário do que meu pai desejava. Não creio que se tratasse do habitual mecanismo de contradição e desobediência típico dos filhos. Talvez o que tenha me dado vontade de tirar de repente a raquete e o uniforme de tênis que dormiam em uma gaveta havia mais de um ano tenha sido simplesmente o dia luminoso, o ar leve e afetuoso de uma primeira tarde outonal com um sol extraordinário.

Mas naquele meio-tempo tinham acontecido várias coisas.

Primeiro de tudo, acho que dois dias depois do telefonema de Alberto, portanto na quinta-feira, a carta que "aceitava" meu desligamento como sócio do Círculo de Tênis Eleonora d'Este de fato chegou a mim. Escrita à máquina, mas com uma esvoaçante assinatura do marquês Barbicinti ao pé da página, o expresso registrado não se demorava em considerações pessoais e particulares. Em poucas linhas muito secas, que ecoavam canhestramente o estilo burocrático, ia direto ao ponto, declarando sem mais nem menos "inadimissível" [sic] qualquer frequentação futura do círculo por parte de minha "V. Sa. Ilma.". (Será que o marquês Barbicinti poderia alguma vez eximir-se de condimentar sua prosa com uns deslizes ortográficos? Vê-se que não. Mas se dar conta disso, e ainda rir, tinha sido dessa vez um pouco mais difícil que nas anteriores.)

Em segundo lugar, no dia seguinte eu tinha recebido uma nova chamada telefônica proveniente da *magna domus*; e dessa vez não mais da parte de Alberto, mas de Micòl.

O resultado foi uma longa, aliás, uma interminável conversa cujo tom se manteve, sobretudo graças a Micòl, na linha de um bate-papo normal, irônico e divagante de dois universitários veteranos entre os quais, na adolescência, pode até ter havido certa ternura, mas que agora, passados cerca de dez anos, não tinham outra finalidade senão a de efetuar um honesto reencontro.

"Quanto tempo faz que não nos vemos?"

"Uns cinco anos, no mínimo."

"E como é que você está?"

"Feia. Uma solteirona de nariz vermelho. E você? A propósito, eu li, li..."

"Leu o quê?"

"Claro, uns dois anos atrás, no *Padano*, acho que na terceira página, que você participou dos *Littoriali** da Cultura e da Arte

* Disputas esportivas e culturais promovidas pelo regime de Mussolini, das quais podiam participar os estudantes inscritos nos Grupos dos Universitários Fascistas (GUF).

em Veneza. Quanta honra, hein? Meus parabéns! Pois é, você sempre foi excelente em italiano, desde o ginásio. Meldolesi ficava realmente *encantado* com certas redações suas na classe. Acho até que levou algumas para lermos."

"Mas também não precisa fazer chacota. E você, o que tem feito?"

"Nada. Eu devia ter me formado em inglês na Ca' Foscari em junho passado. Mas que nada. Tomara que eu consiga este ano, se a preguiça deixar. Acha que vão permitir aos estudantes que ultrapassaram o prazo se formar também?"

"Eu não queria lhe dar uma má notícia, mas não tenho a menor dúvida quanto a isso. Você já definiu o tema da tese?"

"Definir, eu defini: vai ser sobre Emily Dickinson, sabe?, aquela poeta americana do século XIX, um tipo de *mulher terrível*... Mas como vou fazer? Precisaria grudar no meu orientador, passar uns quinze dias seguidos em Veneza; mas para mim, depois de um tempo, a Pérola da Laguna... Nesses anos todos, fiquei lá o mínimo possível. De resto, convenhamos, estudar nunca foi meu forte."

"Mentirosa. Mentirosa e esnobe."

"Não mesmo, *eu juro*. E neste outono ando menos animada ainda de ficar lá, boazinha. Sabe o que eu queria fazer em vez de me enterrar numa biblioteca, querido?"

"Diga."

"Jogar tênis, dançar e paquerar: já pensou?!"

"Se você quisesse, poderia muito bem se entregar a essas dignas diversões, inclusive ao tênis e à dança, lá em Veneza."

"Com certeza. Com a governanta do tio Giulio e do tio Federico o tempo todo no meu pé!"

"Bom, quanto ao tênis, não me diga que não daria para jogar. Eu, por exemplo, assim que posso pego o trem e vou direto para Bolonha..."

"Vai *direto*, hein, confesse: vai direto é ver a namorada."

"Não, não. Eu também preciso me formar no ano que vem, só não sei ainda se em história da arte ou italiano (mas a esta altura, acho que em italiano...) e, quando me dá vontade, me permito uma hora de tênis. Alugo uma ótima quadra na Via del Cestello ou no Littoriale, e ninguém pode falar nada. Por que você não faz o mesmo em Veneza?"

"A questão é que, para jogar tênis e dançar, é preciso um *partner*, e em Veneza eu não conheço ninguém que *sirva*. Afora isso, Veneza é linda, nem vou discutir, mas não me sinto bem lá. Me sinto provisória, fora de lugar... um pouco como no exterior."

"Você dorme na casa dos tios?"

"Ah, sim: durmo e como lá."

"Entendo. De todo modo, obrigado por ter ido me ver quando estive há dois anos na Ca' Foscari, para os *Littoriali*. Sinceramente. Aquilo foi a página mais terrível da minha vida."

"Mas por quê? No fim das contas... Aliás, confesso que a certa altura, quando soube que você estaria lá, bem que eu quis ir torcer... pela nossa bandeira. Mas ouça: se lembra daquela vez na Muralha degli Angeli, aqui fora, no ano em que você ficou de recuperação em matemática? Chorava que nem um bezerro, *pobre coitado*: e tinha uns olhos! Eu queria te consolar. Até insisti para você pular o muro e entrar no jardim. Mas por que foi mesmo que você acabou não entrando? Só sei que *não* entrou, mas não lembro o motivo."

"Porque alguém nos flagrou bem na hora H."

"Ah, é verdade, Perotti, aquele *cachorro* do Perotti, o jardineiro."

"Jardineiro? Achava que fosse cocheiro."

"Jardineiro, cocheiro, chofer, porteiro, tudo."

"Ainda está vivo?"

"E como!"

"E o cachorro, o cachorro de verdade, o que ficou latindo?"

“Quem? Jor?”

“Esse, o dinamarquês.”

“Também continua vivinho da silva.”

Ela repetiu o convite do irmão (“Não sei se Alberto já lhe ligou: por que você não vem bater uma bolinha aqui em casa?”), mas sem insistir e sem fazer referência, ao contrário dele, à carta do marquês Barbicinti. Não mencionou senão o puro prazer de nos revermos depois de tantos anos e de aproveitarmos juntos, bem na cara de todas as proibições, tudo de bom que restava da bela estação.

2

Não fui o único a ser convidado. Naquela tarde de sábado, quando dobrei ao fundo da avenida Ercole I (para evitar a Giovecca e o centro, eu vinha da Piazza della Certosa, ali perto), imediatamente percebi o pequeno grupo de tenistas que se aglomerava à sombra, diante do portão dos Finzi-Contini. Eram cinco, todos de bicicleta, como eu: quatro rapazes e uma garota. Meus lábios se contraíram em uma careta de decepção. Que gente era aquela? Com exceção de um deles, que eu mal conhecia de vista, um cara mais velho, de seus vinte e cinco anos, cachimbo entre os dentes, calças compridas de linho branco e blazer marrom de fustão, os demais, vestindo pulôveres coloridos e bermudas, tinham toda a pinta de assíduos frequentadores do Eleonora d'Este. Tinham chegado havia pouco e aguardavam permissão para entrar. Porém, como o portão demorava a se abrir, de vez em quando todos paravam de falar em voz alta e de rir e, em sinal de alegre protesto, começavam a tocar ritmicamente as campainhas das bicicletas.

Fiquei tentado a dar meia-volta. Tarde demais. Já não tocavam as campainhas e me olhavam curiosos. Então um deles — que, ao me aproximar, logo vi se tratar de Bruno Lattes — começou a me fazer sinais com a raquete erguida acima do braço longo e magérrimo. Queria que eu o reconhecesse (nunca fomos muito amigos: era dois anos mais novo que eu e, mesmo estudando letras em Bolonha, pouco nos encontramos) e, simultaneamente, me incentivava a chegar mais perto.

Agora eu estava parado, cara a cara com Bruno, a mão esquerda apoiada no liso carvalho do portão.

"Bom dia", comecei com um sorrisinho. "Qual o motivo de tanta gente nessas bandas hoje? Será que o torneio do clube já terminou? Ou me vejo diante de uma tropa de eliminados?"

Falei calibrando meticulosamente a voz e as palavras. Enquanto isso, observava-os um a um. Olhava Adriana Trentini, seus lindos cabelos muito louros, as pernas compridas e bem torneadas: magníficas, sem dúvida, mas cuja pele, branca demais, estava frequentemente pintada por estranhas manchas vermelhas quando fazia calor; olhava o rapaz taciturno de calças de linho e blazer marrom (não podia ser de Ferrara, eu pensava); olhava os outros dois jovens, bem mais novos do que este último e do que a própria Adriana, talvez ainda alunos do ensino médio ou do instituto técnico, e justamente por isso, por terem "crescido" durante o último ano, enquanto eu aos poucos me afastava dos círculos de convívio da cidade, me eram praticamente desconhecidos; e por fim olhava Bruno, bem na minha frente, cada vez mais alto e seco, de tez sempre escura, cada vez mais parecido com um jovem negro, vibrante e apreensivo, tomado naquele dia por tal agitação nervosa que chegava a transmiti-la com o simples contato dos pneus traseiros de nossas bicicletas.

Entre nós correu aquela mirada furtiva e inevitável de cumplicidade judaica que, meio ansioso e meio descontente, eu já previra. Então acrescentei, continuando a olhá-lo:

"Quero crer que, antes de terem ousado vir jogar num lugar diferente do habitual, vocês tenham pedido permissão ao *sr.* Barbicinti."

Seja porque estivesse espantado com meu tom sarcástico, seja porque se sentisse incomodado, o desconhecido não ferrarense teve um leve sobressalto ao meu lado. Em vez de me fazer moderar, aquilo me espicaçou ainda mais.

"Sejam justos, me tranquilizem", insisti. "Trata-se de uma escapada consentida ou, ao contrário, de uma evasão em grupo?"

"Como assim?!", rebateu Adriana com a usual leviandade: inocente, é verdade, mas nem por isso menos ofensiva. "Você não sabe o que aconteceu quarta passada, na final das duplas mistas? Ora, não vá me dizer que não estava lá, e pare com esse seu eterno ar de Vittorio Alfieri! Vi você entre o público enquanto jogávamos. Vi perfeitamente."

"Eu não estava lá de jeito nenhum", retruquei, seco. "Não frequento a área há pelo menos um ano."

"E por quê?"

"Porque tinha certeza de que mais cedo ou mais tarde seria expulso de qualquer jeito. De fato, não estava enganado. Olhe aqui a cartinha de desligamento."

Tirei o envelope do bolso do blazer.

"Imagino que você tenha recebido uma igual", acrescentei, dirigindo-me a Bruno.

Só então Adriana pareceu se lembrar. Torceu a boca. Mas a simples perspectiva de poder me pôr a par de um evento tão importante, que eu evidentemente ignorava, foi o bastante para que ela esquecesse todo o resto.

Ergueu uma mão.

"É o caso então de explicar", disse.

Bufou e revirou os olhos para o céu.

Tinha ocorrido um fato muito antipático, começou a me contar em tom professoral, enquanto um dos rapazes mais novos tornava a apertar o pequeno e saliente botão de osso preto da campainha do portão. Tudo bem, eu não sabia, mas ela e Bruno, no torneio de encerramento do clube iniciado justo no meio da semana anterior, tinham conseguido nada mais, nada menos que ir à final: um resultado que eles nunca teriam sonhado alcançar. Ponto. O confronto decisivo ainda estava em andamento quando as coisas começaram a tomar o rumo mais inesperado (era de arregalar os olhos, palavra de honra: Désirée Baggioli e Claudio Montemezzo, com *trinta*, penavam contra uma dupla de não classificados; tanto que perderam o primeiro set por dez a oito e estavam indo muito mal no segundo também), e de repente, em uma decisão exclusiva e imprevisível do marquês Barbicinti, que como sempre era o árbitro do torneio e, mais uma vez, agiu como Grande Chefe, a partida teve de sofrer uma brusca interrupção. Já eram seis da tarde e se enxergava bem pouco, é verdade. Mas não a ponto de impossibilitar pelo menos mais dois games. Isso é coisa que se faça? Em pleno quatro a dois do segundo set de um jogo importante, não se tem o direito, até prova em contrário, de se começar a gritar "parem!", de se entrar na quadra de braços abertos, proclamando a suspensão da partida por "patente escassez de luz", e postergar seu prosseguimento e conclusão para a tarde do dia seguinte. De resto, o senhor marquês não agia de boa-fé, de jeito nenhum! E mesmo que ela não tivesse notado, já no final do primeiro set, o marquês confabulando direto com aquela "alma negra" do Gino Cariani, secretário do GUF (os dois se puseram um pouco à parte das pessoas, ao lado dos vestiários), Cariani que, talvez para dar menos na vista, estava completamente de costas para a quadra, bastaria ver a cara do marquês no instante em que se inclinou para abrir a cancela de acesso, pálida e transtornada como nunca se viu igual ("uma cara de quem viu fantasma, apavorado!"), para se dar conta de que a patente falta de luz não passava de uma desculpa esfarrapada, pura enrolação. Aliás, tinha como duvidar? E não se falou mais do match interrompido, já que, na manhã do dia seguinte, Bruno também recebeu uma carta idêntica à minha: "como queríamos demonstrar". E ela, Adriana, ficou tão enojada e indignada com toda essa história que jurou não pôr mais os pés no Eleonora d'Este: pelo menos por um tempo. Tinham algo contra Bruno? Se tinham, podiam perfeitamente ter vetado sua inscrição no torneio. Dizer com franqueza: "Como as coisas estão assim e assado, lamentamos, não é possível aceitar sua inscrição". Mas em plena competição, com o torneio já no final, aliás, a um triz de ele vencer uma das finais, não podiam de jeito nenhum se comportar como se comportaram. Quatro a dois. Que indecência! Esse tipo de atitude era coisa de zulus, não de pessoas de bem, civilizadas!

Adriana Trentini falava cada vez mais exaltada; e de vez em quando Bruno também intervinha, acrescentando detalhes.

Segundo ele, a partida fora interrompida sobretudo por causa de Cariani, e quem o conhecia não podia esperar outra coisa dele. Era evidente até demais: um "zé-ninguém" daquele tipo, com peito de tuberculoso e ossos de passarinho, cujo único pensamento desde que pôs os pés no GUF foi o de fazer carreira lá dentro, e por isso mesmo não perdia uma oportunidade, em público ou reservadamente, de lamber as botas do Federal (eu já não o vira no Café da Bolsa, nas raras vezes que conseguia sentar-se à mesa dos "velhos chacais da Bombamano"? Ficava todo inflado, vociferava, exibia-se, recorrendo a palavras mais pesadas que ele, mas assim que o cônsul Bolognesi, o Sciagura ou qualquer outro hierarca do grupo falava mais alto, rapidamente metia o rabo entre as pernas, pronto a cumprir os serviços mais humildes a fim de ser perdoado e recuperar o favor de seus superiores, como ir à tabacaria e comprar um maço de Giubek para o Federal, ou telefonar para a "casa Sciagura" anunciando o iminente regresso do grande homem à "patroa ex-lavadeira"...): um "verme daquele calibre" não deixaria escapar, e ele apostava a própria cabeça, a oportunidade de uma vez mais se destacar aos olhos da Federação! O marquês Barbicinti era aquilo que já se sabia: um senhor distinto, sem dúvida, mas acima de tudo um terra a terra, sem "autonomia de voo", o oposto de um herói. Se o mantinham à frente do Eleonora d'Este era porque se apresentava bem, mas acima de tudo pelo sobrenome, que na cabeça deles devia funcionar como um ouro de tolo. Então deve ter sido moleza para Cariani dar uma tremedeira no pobre M.es. Vai ver que lhe disse: "E amanhã, marquês? Já pensou amanhã à noite, quando o Federal vier aqui, para a festa baile, e tiver de premiar um... Lattes com uma bela taça prateada e a saudação romana de praxe? Eu, por mim, já prevejo um escândalo enorme. E pepinos, pepinos sem fim. Se eu fosse o senhor, aproveitando que já começa a ficar escuro, não pensaria duas vezes e interromperia a partida". Não foi preciso mais que isso, "batata!", para induzir o outro à irrupção penosa e grotesca que se viu ontem.

Antes de Adriana e Bruno terminarem de me relatar esses acontecimentos (a certa altura, Adriana até achou um pretexto para me apresentar ao jovem de fora, um tal de Malnate, Giampiero Malnate, milanês, químico recém-contratado por uma das novas fábricas de borracha sintética da zona industrial), o portão finalmente se abriu. Na soleira surgiu um homem de uns sessenta anos, forte e atarracado, de cabelos grisalhos cortados curtos, dos quais o sol das duas e meia, jorrando em fluxos através do vão vertical às suas costas, extraía reflexos de nitidez metálica, e bigodes também curtos e grisalhos sob um nariz carnudo e arroxeado: um pouco à Hitler — me veio à cabeça —, nariz e bigodes. Era ele mesmo, o velho Perotti, jardineiro, cocheiro, chofer, porteiro, tudo, como dissera Micòl: no geral, nem um pouco mudado desde os tempos do Guarini, quando, sentado na boleia, aguardava impassível que o antro escuro e ameaçador pelo qual, impávidos, com um sorriso nos lábios, seus "senhorzinhos" tinham sido engolidos, se decidisse enfim a restituí-los, não menos serenos e seguros de si, ao coche que era todo cristais, vernizes, niquelados, estofados felpudos, madeiras de lei — realmente como um relicário precioso —, por cuja conservação e condução apenas ele era o responsável. Os olhos miúdos, por exemplo, também eles cinzentos e pungentes, cintilantes de uma dura e camponesa argúcia vêneta, riam benevolentes sob espessas sobrancelhas quase pretas: como antigamente, tal qual. Mas de que riam agora? De termos sido largados ali, esperando pelo menos dez minutos? Ou de si mesmo, que se apresentara em casaca de riscado e luvas de fio branco: estas novinhas em folha, talvez estreadas para a ocasião?

Fomos então inseridos, todos acolhidos, para além do portão imediatamente fechado pelo solerte Perotti com uma grande pancada, pelos pesados latidos de Jor, o dinamarquês branco e preto. O canzarrão vinha pela alameda de acesso, trotando cansado ao redor da gente com um jeito nem um pouco amedrontador. Apesar disso, Bruno e Adriana silenciaram de pronto.

"Ele não morde?", indagou Adriana, atemorizada.

"Não se preocupe, senhorita", respondeu Perotti. "Com os três ou quatro dentes que lhe sobraram, o que é que ele pode morder agora? No máximo uma polenta..."

E enquanto o decrépito Jor, detendo-se no meio da alameda em pose escultórica, nos observava com os dois olhos gelados e sem expressão, um escuro e outro azul-claro, Perotti começou a se desculpar. Lamentava nos ter feito esperar, disse. Mas a culpa não era dele, e sim da corrente elétrica que de vez em quando falhava (sorte que a srta. Micòl percebeu e logo o mandou ver se por acaso os convidados já não haviam chegado), além da distância de mais de meio quilômetro. Ele não sabia andar de bicicleta, infelizmente. Mas quando a srta. Micòl mete uma coisa na cabeça...

Suspirou, levantou os olhos ao céu e sorriu de novo, sabe-se lá por quê, descobrindo entre os lábios finos uma fieira de dentes bem mais compacta e forte que a do dinamarquês; enquanto isso, com o braço erguido, nos indicava a alameda que, depois de uns cem metros, se adentrava em um denso juncal. Mesmo podendo ir de bicicleta — advertiu —, de todo modo eram três ou quatro minutos só para chegar ao "palácio".

3

Tivemos realmente muita sorte naquela estação. Durante dez ou doze dias o tempo se manteve perfeito, firme naquela espécie de suspensão mágica, de uma imobilidade vítrea e luminosa que é típica de certos outonos nossos. Fazia calor no jardim: apenas um pouco menos que no verão. Quem quisesse, podia continuar jogando tênis até umas cinco e meia da tarde ou mais, sem temer que a umidade da noite, já tão intensa em novembro, danificasse as cordas das raquetes. Àquela hora, naturalmente, não se via quase nada na quadra. Mas a luz que continuava dourando lá nas lonjuras os declives relvosos da Muralha degli Angeli, repletos, em especial aos domingos, de uma sossegada multidão colorida (garotos correndo atrás da bola, babás sentadas a tricotar ao lado dos carrinhos de bebê, militares de folga, casais de namorados procurando lugares onde se abraçar), aquela última luz convidava a insistir nas partidas, não importa se agora quase às cegas. O dia ainda não havia acabado, valia a pena jogar mais um pouco.

Voltávamos todas as tardes, de início avisando com um telefonema, depois nem isso; e sempre os mesmos, às vezes com a exceção de Giampiero Malnate, que conhecia Alberto desde 1933, de Milão, e ao contrário do que eu pensara no primeiro dia, ao vê-lo em frente ao portão dos Finzi-Contini, não só jamais vira os quatros jovens que estavam com ele, como tampouco tinha qualquer relação com o Eleonora d'Este ou com seu vice-presidente e secretário, o marquês Ippolito Barbicinti.

Os dias se mostravam bonitos demais e, ao mesmo tempo, insidiados pelo inverno iminente. Perder um só deles parecia um crime. Sem marcarmos um encontro, chegávamos sempre por volta das duas, logo depois do almoço. A princípio, a cena de todos nós diante do portão tornou a repetir-se com frequência, à espera de que Perotti viesse abri-lo. Porém, depois de uma semana, a instalação de um interfone e de uma fechadura comandada à distância fez com que, como a entrada do jardim não era mais problema, chegássemos em horários variados, quando desse. De minha parte, não deixei de comparecer um só dia; nem para dar uma de minhas habituais escapadas até Bolonha. Nem os outros, se bem me lembro: nem Bruno Lattes, nem Adriana Trentini, nem Carletto Sani, nem Tonino Collevatti, aos quais sucessivamente se juntaram, sem contar meu irmão Ernesto, outros três ou quatro rapazes e moças. O único que, como disse, vinha com menor regularidade era *o* Giampiero Malnate (Micòl começou a chamá-lo assim, e logo virou uso geral). Precisava conciliar os horários na fábrica, explicou certa vez: não muito rígidos, é verdade, já que o estabelecimento Montecatini onde ele trabalhava ainda não havia produzido nem um quilo de borracha sintética, mas eram sempre horários. Seja como for, suas ausências nunca duravam mais de dois dias seguidos. De resto, ele era o único que, além de mim, não demonstrava grande apego ao tênis (na verdade, jogava muito mal), muitas vezes se contentando, quando chegava de bicicleta por volta das cinco, depois do laboratório, em arbitrar uma partida ou se sentar à parte com Alberto para fumar cachimbo e conversar.

Nossos anfitriões eram até mais assíduos que nós. Às vezes aparecíamos antes que o relógio da praça batesse as duas, lá longe: por mais cedo que se chegasse, tinha-se a certeza de que eles já estavam na quadra, agora não mais jogando entre si, como naquele sábado em que desembocamos no gramado atrás da casa, onde se localizava a quadra, mas empenhados em verificar que tudo estivesse em ordem, a rede no lugar certo, o terreno bem aplainado e umedecido, as bolas em boas condições, ou então estirados nas espreguiçadeiras com amplos chapéus de palha na cabeça, imóveis, tomando sol. Como anfitriões, não podiam se comportar melhor. Embora fosse claro que o tênis, entendido como puro exercício físico, como esporte, só lhes interessava até certo ponto, mesmo assim eles permaneciam ali até o final da última partida (sempre um dos dois, às vezes ambos), sem jamais se ausentar antecipadamente com a desculpa de um compromisso, de algum afazer, de um mal-estar. Aliás, em certas noites eram eles mesmos que, no escuro quase completo, insistiam em "bater mais umas bolinhas, as últimas!", impelindo para dentro da quadra quem já estivesse saindo.

Como Carletto Sani e Tonino Collevatti logo declararam, sem nem mesmo baixar um pouco a voz, não se podia dizer que a quadra fosse grande coisa.

Adolescentes de quinze anos, práticos, novos demais para terem frequentado quadras de tênis diversas das que enchiam de justo orgulho o marquês Barbicinti, logo começaram a listar os defeitos daquela espécie de "campo de batatas" (assim se expressou um deles, contraindo os lábios com um esgar de desprezo). Ou seja: quase nenhum out, sobretudo atrás das linhas de fundo; mal drenado, de modo que bastaria uma chuvinha para transformá-lo em um charco; e nenhuma cerca viva circundando as grades metálicas do perímetro.

Entretanto, assim que Alberto e Micòl se viram em um "confronto de morte" (ela não conseguira impedir que o irmão a alcançasse em um cinco iguais, e nesse ponto interromperam a partida), apressaram-se em denunciar os mesmos defeitos sem nenhuma cerimônia, como em uma disputa, diria até com um entusiasmo bizarro e autodepreciativo.

Ah, sim, disse Micòl, enquanto passava uma toalha no rosto para enxugar o suor: para gente como nós, "mimada" com as quadras vermelhas do Eleonora d'Este, era bem difícil sentir-se à vontade naquele campo de batatas que eles tinham! E os outs? Como era possível jogar com tão pouco espaço, especialmente às nossas costas? Em que abismo de decadência havíamos caído, pobres de nós! Mas ela estava com a consciência tranquila. Repetira infinitas vezes ao pai que as redes metálicas precisavam ser deslocadas ao menos três metros para além do recinto. Mas que nada! Toda vez papai vinha com aquela típica visão dos agricultores, de que a terra, se não lhes servia para o plantio, lhe parecia um desperdício (é claro que também contava com o fato de que ela e Alberto jogaram naquela quadra horrível desde crianças, e que por isso podiam perfeitamente continuar jogando na idade adulta), e assim ele, papai, sempre foi se esquivando. Puxa, quanto esforço naquilo! Mas agora era diferente. Agora eles tinham convidados, "convidados ilustres". Motivo pelo qual ela voltaria à carga com força total, azucrinando e atormentando tanto o "encanecido pai" que, para a próxima primavera, já era capaz de garantir que ela e Alberto poderiam nos oferecer "algo digno".

Falava mais que nunca em seu estilo costumeiro, cheio de ironia. Quanto a nós, só nos restava desmentir e assegurar em coro que tudo, inclusive a quadra, estava bom demais, acrescentando elogios ao recinto verde do jardim, diante do qual os parques privados da cidade, inclusive o do duque Massari (foi Bruno Lattes quem o disse, justo na hora em que Micòl e Alberto saíam juntos da quadra, de mãos dadas), decaíam à categoria de aparados jardinetes burgueses.

Mas a quadra de tênis realmente não era "digna"; além disso, por ser a única, obrigava a turnos de repouso muito longos. Assim, às quatro da tarde em ponto, sobretudo visando a que, talvez, os dois jovens de quinze anos de nosso heterogêneo grupo não fossem induzidos a lamentar as horas bem mais intensas, do ponto de vista esportivo, que poderiam transcorrer sob as asas do marquês Barbicinti, eis que Perotti invariavelmente surgia com o pescoço taurino rubro e retesado devido ao esforço de carregar nas mãos enluvadas uma grande bandeja de prata.

Vinha transbordante, a bandeja: de pãezinhos amanteigados em conserva de anchova, em salmão defumado, no caviar, no fígado de ganso, no presunto de porco; de pequenos *vol-au-vents* recheados com pasta de frango ao bechamel; de minúsculos *buricchi* vindos certamente da prestigiosa lojinha kosher que a sra. Betsabá, a famosa sra. Betsabá (Da Fano), administrava havia décadas na Via Mazzini para glória e delícia de toda a comunidade. E não terminava aí. O bom Perotti ainda estava dispondo o conteúdo da travessa na mesinha de vime posta para a ocasião na entrada lateral da quadra, sob um largo ombrelone de faixas vermelhas e azuis, quando era alcançado por uma de suas filhas, Dirce ou Gina, as duas mais ou menos da mesma idade de Micòl e ambas a serviço "da casa", Dirce como camareira e Gina como cozinheira (por sua vez, os dois filhos, Titta e Bepi, o primeiro de uns trinta anos, o segundo de dezoito, cuidavam do parque, cumprindo a dupla função de jardineiro e horticultor: às vezes os víamos de relance, à distância, trabalhando encurvados, rápidos ao dirigir a nós, que corríamos nas bicicletas, o lampejo de seus olhos azuis e irônicos; nunca tivemos mais que esse contato). Ela, a filha, vinha por seu turno descendo a vereda que partia da *magna domus* até a quadra de tênis, empurrando um carrinho de rodas emborrachadas, também repleto de jarras, bules, copos e xícaras. E dentro dos bules de porcelana e de estanho havia uma variedade de chás, leite e café; dentro das peroladas jarras de cristal da Boêmia, limonada, sucos de fruta e Skiwasser, uma bebida refrescante composta de água e xarope de framboesa, em partes iguais, acrescida de uma fatia de limão e algumas bagas de uva, que Micòl preferia a qualquer outra e da qual se mostrava especialmente orgulhosa.

Ah, o Skiwasser! Nos intervalos das partidas, além de mordiscar aqui e ali algum sanduíche, dentre os quais sempre escolhia os de presunto de porco, não sem ostentar certo inconformismo religioso, com frequência Micòl tragava de um só gole um copo inteiro de sua querida "beberagem", incitando-nos com insistência a bebermos um também, "em louvor" — dizia rindo — "ao falecido Império Austro-Húngaro". A receita — dissera-nos — lhe havia sido dada justamente na Áustria, em Hofgastein, no inverno de 1934: o único inverno em que ela e Alberto, "em coalizão", conseguiram escapar sozinhos por umas duas semanas, para esquiar. E embora o Skiwasser, como o nome testemunhava, fosse uma bebida de inverno, razão pela qual devia ser servida escaldante, mesmo na Áustria havia pessoas que, para não deixar de bebê-la, a tomavam assim, em "versão" gelada e sem a fatia de limão, chamando-a naquele caso de Himbeerwasser.

De todo modo, era para tomarmos nota, acrescentou com uma ênfase cômica, o dedo erguido: as bagas de uva, "importantíssimas!", tinha sido ela que, por iniciativa própria, acrescentara à clássica receita do Tirol. Aquilo fora uma ideia dela: e fazia questão de enfatizar, não era para rir. A uva representava a peculiar contribuição da Itália à santa e nobre causa do Skiwasser, ou, mais precisamente, constituía sua peculiar "variante italiana, para não dizer ferrarense, para não dizer... etc. etc.".

4

Foi preciso um tempo para que os outros da casa começassem a aparecer.

Aliás, a propósito, já no primeiro dia ocorrera um fato curioso, tanto que, ao pensar nele dias depois, em meados da semana seguinte, quando nem o professor Ermanno nem dona Olga ainda tinham dado as caras, fui levado a suspeitar de que todos os que Adriana Trentini chamava de o "*côté*-idosos", em bloco, tivessem tomado a decisão unânime de manter-se afastados da quadra de tênis: talvez para não causar constrangimento, quem sabe, ou para não desnaturar com sua presença aquelas recepções que no fundo não eram recepções, mas simples encontros de jovens no jardim.

O fato curioso ocorrera logo no início, depois de nos despedirmos de Perotti e de Jor, que ficaram lá, olhando para nós, enquanto nos distanciávamos nas bicicletas pela alameda de acesso. Ultrapassado o canal Panfilio por uma estranha e maciça ponte de traves negras, nossa patrulha ciclística chegou então a uns cem metros de distância da solitária construção neogótica da *magna domus*, ou, para ser mais exato, à esplanada de pedriscos, triste espaço que se estendia à frente da casa completamente na sombra, quando a atenção de todos foi atraída por duas pessoas imóveis bem no meio da esplanada: uma velha senhora sentada em uma poltrona, com um monte de almofadas sustentando suas costas, e uma jovem loura e viçosa, provavelmente uma camareira, empertigada atrás dela.

Tão logo nos viu avançar, a senhora estremeceu em uma espécie de sobressalto. Passou então a fazer grandes sinais com os braços como a dizer que não, não devíamos nos aproximar ainda mais da esplanada onde ela estava, uma vez que atrás dela só havia a casa, mas que tínhamos de virar à esquerda e seguir um caminho coberto por uma galeria de rosas trepadeiras que ela nos indicava, ao fim do qual (Micòl e Alberto já estavam jogando: no ponto em que estávamos, já não se ouviam as batidas regulares de suas raquetes rebatendo a bola?) acharíamos automaticamente a quadra de tênis. Era a sra. Regina Herrera, mãe de dona Olga. Reconheci-a na hora pela peculiar e intensa alvura dos fartos cabelos recolhidos em um coque sobre a nuca, cabelos que eu sempre admirava toda vez que, no templo, durante minha infância, conseguia entrevê-los através das grades do matroneu. Agitava os braços e as mãos com caprichosa energia, fazendo ao mesmo tempo um gesto à jovem, que depois se soube que era Dirce, a fim de ajudá-la a se levantar. Estava cansada de ficar ali e queria voltar para casa. Ao que a camareira obedeceu com instantânea solicitude.

Certa tarde, porém, contra todas as expectativas, foram o professor Ermanno e dona Olga que apareceram. Tinham o ar de quem passava pela quadra de tênis por mero acaso, voltando de um longo passeio pelo parque. Estavam de braços dados. Menor que a esposa, e bem mais encurvado do que era dez anos antes, na época de nossas sussurradas conversas na escola italiana de um banco a outro, o professor vestia um de seus habituais trajes de tecido leve e claro, com um panamá de fita preta baixado até as grossas lentes do pincenê, apoiando-se em um bastão de bambu para caminhar. Trajando luto, a senhora levava nos braços um grande buquê de crisântemos colhidos ao longo do passeio em alguma parte remota do jardim. Pressionava-os contra o peito de través, cingindo-os com o braço direito em um gesto ternamente possessivo, quase maternal. Embora ainda empertigada, e uma cabeça mais alta que o marido, ela também parecia muito envelhecida. Os cabelos haviam se tornado uniformemente grisalhos: de um grisalho feio, sombrio. Sob a fronte ossuda e saliente, os olhos pretíssimos brilhavam com o ardor fanático e sofrido de sempre.

Quem de nós sentava-se em torno do guarda-sol se levantou; e quem jogava parou.

"Tranquilos, tranquilos", fez o professor com sua voz gentil e musical. "Não se incomodem, por favor. Podem continuar o jogo."

Não foi atendido. Micòl e Alberto se apressaram em nos apresentar; especialmente Micòl. Além de anunciar nomes e sobrenomes, demorava-se a ilustrar o que, de cada um, supunha suscitar o interesse do pai: estudos e ocupações em primeiro lugar. Começou por mim e por Bruno Lattes, falando tanto de um quanto de outro com um modo destacado, marcadamente objetivo; como para, naquela circunstância específica, impedir o pai de uma eventual atitude de reconhecimento ou preferência especiais. Éramos "os dois literatos da quadrilha", "tipos excelentes". Então passou a Malnate. Eis um belo exemplo de devoção científica! — exclamou com ênfase irônica. Apenas a química, pela qual nutria uma paixão evidentemente irresistível, poderia induzi-lo a deixar para trás uma metrópole tão cheia de recursos como Milão ("*Milán l'è on gran Milàn!*") e vir enterrar-se em uma "cidadezinha qualquer" como a nossa.

"Trabalha na zona industrial", explicou Alberto, simples e sério. "Num estabelecimento da Montecatini."

"Deveriam produzir borracha sintética", riu Micòl, "mas parece que até agora não conseguiram."

O professor Ermanno tossiu. Apontou um dedo para Malnate.

"O senhor foi colega de universidade de Alberto", indagou, gentil. "Não é verdade?"

"Bem, em certo sentido", respondeu o outro, assentindo com um aceno de cabeça. "Afora as faculdades diferentes, eu estava três anos mais adiantado. Mas mesmo assim fizemos ótima companhia."

"Sei, sei. Meu filho nos falou com frequência do senhor. Inclusive nos disse que esteve várias vezes na sua casa e que seus pais, em diversas ocasiões, trataram-no com grande gentileza e atenção. Poderia agradecer-lhes em nosso nome, quando os reencontrar? Estamos muito felizes por tê-lo aqui, na nossa casa. E trate de voltar, hein... volte todas as vezes que tiver vontade."

Virou-se para Micòl e lhe perguntou, indicando Adriana:

"E esta senhorita, quem é? Se não estou enganado, deve ser uma Zanardi..."

O colóquio continuou nesse tom até o término completo das apresentações, incluindo as de Carletto Sani e de Tonino Collevatti, definidos por Micòl como "as duas esperanças" do tênis de Ferrara. Por fim, o professor Ermanno e dona Olga, que permanecera por todo o tempo ao lado do marido sem dizer uma só palavra, limitando-se a sorrir benevolente de vez em quando, se afastaram, sempre de braços dados, rumo à casa.

E embora o professor se despedisse com um "até logo!" mais que cordial, ninguém pensou seriamente que ele viesse a cumprir sua promessa.

Entretanto, no domingo subsequente, enquanto Adriana Trentini e Bruno Lattes de um lado da quadra, e Désirée Baggioli e Claudio Montemezzo, do outro, estavam disputando com enorme empenho uma partida cujo resultado, segundo o declarado propósito de Adriana, que a promovera e organizara, deveria recompensar a ela e a Bruno, "ao menos moralmente", pelo golpe torpe que o marquês Barbicinti lhes infligira (mas dessa vez a coisa parecia não seguir os mesmos trilhos: Adriana e Bruno estavam perdendo, e de modo incontestável), eis que, mais para o final da disputa, despontaram um a um do caminho das rosas trepadeiras todo o "*côté*-idosos". Formavam um pequeno cortejo a observá-los. À frente, o professor Ermanno e senhora. Depois vinham, a curta distância, os tios Herrera de Veneza: o primeiro, de cigarro entre os grossos lábios salientes e mãos enlaçadas atrás das costas, olhando em torno com o ar um tanto embaraçado do citadino que se vê de súbito imerso no campo, a contragosto; o segundo, poucos metros atrás, segurando pelo braço a sra. Regina e ajustando o próprio passo à andadura lentíssima da mãe. Se o tisiólogo e o engenheiro estavam em Ferrara — dizia a mim mesmo —, devem ter vindo por causa de alguma solenidade religiosa. Mas qual? Depois do Rosh Hashaná, que caíra em outubro, não me lembrava de nenhuma outra festividade no outono. Sucot, talvez? Provável. A menos que a igualmente provável dispensa do engenheiro Federico das FF.SS.* tivesse sugerido a convocação de um conselho extraordinário de família...

Sentaram-se compostos, quase sem ruído nenhum. A única exceção foi a sra. Regina. No instante em que estava sendo acomodada em uma espreguiçadeira, pronunciou com voz forte, de surda, duas ou três palavras no jargão de casa. Lamentava-se da "*mucha*" umidade do jardim àquela hora. Mas a seu lado vigiava seu filho Federico, que, com voz não menos forte (porém neutra, a dele: um tom de voz que meu pai também exibia toda vez que, em um ambiente "misto", buscava se comunicar com uma pessoa da família, e apenas com ela), prontamente a fez silenciar. Tinha de se manter "*callada*", sem dar um pio. Havia o "*musafir*".

Aproximei a boca do ouvido de Micòl.

"O *callada* eu consigo entender. Mas o que significa *musafir*?"

"Hóspede", sussurrou ela de volta. "Mas gói."

* Sigla para Ferrovie dello Stato (Ferrovias do Estado).

E riu, cobrindo infantilmente a boca com uma mão e piscando os olhos: estilo Micòl 1929.

Mais tarde, ao final da partida, e depois que as "novas aquisições", Désirée Baggioli e Claudio Montemezzo, foram por seu turno apresentadas, por acaso me vi à parte com o professor Ermanno. No parque, o dia estava, como de costume, se apagando em uma sombra difusa e leitosa. Eu me afastara umas dezenas de metros da cancela de entrada. Com os olhos fixos na distante Muralha degli Angeli iluminada de sol, ouvia às minhas costas a voz aguda de Micòl dominando todas as outras. Quem sabe com quem ela implicava, e por quê.

"*Era já a hora em que volve o desejo...*",* declamou uma voz irônica e em surdina, muito próxima.

Virei-me espantado. Era justamente o professor Ermanno, que, todo contente por ter me pregado um susto, sorria benévolo. Tomou-me com delicadeza pelo braço e então, muito lentamente, mantendo-nos sempre à distância da rede metálica que cercava a quadra e parando de vez em quando, começamos a caminhar em torno dela. Demos um giro quase completo e depois, por fim, percorremos o caminho inverso. Para a frente e para trás. No escuro que aos poucos se adensava, repetimos a manobra várias vezes. Enquanto isso, conversávamos; ou melhor, falava predominantemente ele, o professor.

Começou me perguntando o que eu achava da quadra de tênis, se de fato a considerava tão ruim assim. Micòl era taxativa: na opinião dela, era preciso refazê-la de cabo a rabo, segundo critérios modernos. Mas ele continuava em dúvida. Talvez, como sempre, seu "querido terremoto" exagerasse, talvez não fosse indispensável botar tudo abaixo, como ela pretendia.

* Verso de abertura do canto VIII do *Purgatório* de Dante: "*Era già l'ora che volge il disìo*".

“Em todo caso”, acrescentou, “daqui a uns dias vai começar a chover, não adianta se iludir. Melhor adiar qualquer iniciativa desse tipo para o ano que vem, não acha?”

Dito isso, passou a me perguntar o que eu andava fazendo, quais minhas intenções para o futuro próximo. E como meus pais estavam.

Enquanto me indagava sobre “papai”, notei duas coisas. Primeiro de tudo, que ele achava difícil me tratar com intimidade, tanto é que dali a pouco, detendo-se de modo brusco, declarou-me isso explicitamente, e eu logo lhe pedi com grande e sincera efusão que me tratasse por “você”, que não usasse o “senhor” comigo, caso contrário eu me ofenderia. Em segundo lugar, que o interesse e o respeito evidentes em sua voz e no rosto enquanto se informava sobre a saúde de meu pai (sobretudo nos olhos: as lentes dos óculos, engrandecendo-os, acentuavam a gravidade e a bondade de sua expressão) não pareciam nem um pouco forçados ou hipócritas. Pediu que eu lhe mandasse lembranças de sua parte. E também seu “elogio”: pelas muitas árvores que foram plantadas em nosso cemitério desde que ele passara a cuidar do local. Aliás, seriam úteis alguns pinheiros? Uns cedros-do-líbano? Abetos? Alguns salgueiros-chorões? Que eu fizesse essa pergunta a papai. Se por acaso servissem (nos dias de hoje, com os meios de que a agricultura moderna dispõe, transplantar árvores de grosso calibre se tornara uma brincadeira), ele ficaria muito feliz em pôr à disposição a quantidade que ele quisesse. Ideia estupenda, tive de admitir! Repleto de belas e grandes árvores, com o tempo nosso cemitério seria capaz de rivalizar até com o de San Niccolò, no Lido de Veneza.

“Não o conhece?”

Respondi que não.

“Ah, mas deve, *deve* tentar visitá-lo assim que puder!”, fez ele, com vivo entusiasmo. “É um monumento nacional! De resto, você, que é um literato, com certeza se lembra do começo do *Edmenegarda*, de Giovanni Prati."

Fui mais uma vez forçado a confessar minha ignorância.

"Pois bem", retomou o professor Ermanno, "Prati inicia sua *Edmenegarda* precisamente ali, no cemitério israelita do Lido, considerado no século XIX um dos lugares mais românticos da Itália. Mas atenção: se e quando você for, não se esqueça de dizer imediatamente ao vigia do cemitério (é ele quem tem a chave do portão) que quer visitar o *antigo*, veja bem, o cemitério antigo, onde não se sepulta ninguém desde o século XVIII, e não o outro, o moderno, adjacente a ele, mas separado. Eu o descobri em 1905, imagine. Embora eu tivesse quase o dobro da idade que você tem hoje, ainda era solteiro. Morava em Veneza (vivi dois anos lá), e o tempo que não passava no Arquivo do Estado, no Campo dei Frari, vasculhando manuscritos relativos às várias chamadas nações em que se dividia a comunidade veneziana nos séculos XVI e XVII — a nação levantina, a ponentina, a alemã, a italiana —, eu passava lá, às vezes até no inverno. Mas é verdade que eu quase nunca ia sozinho", e aqui sorriu, "e que de algum modo, decifrando uma a uma as lápides do cemitério, das quais muitas remontam ao início do século XVI e são escritas em espanhol e português, eu prosseguia ao ar livre meu trabalho no arquivo. Ah, eram tardes deliciosas... Que paz, que serenidade... com o portãozinho bem na frente da laguna, que se abria apenas para nós. Ficamos noivos justo ali dentro, Olga e eu."

Ficou um pouco em silêncio. Aproveitei para perguntar qual era o tema específico de suas pesquisas de arquivo.

"A princípio, tinha a ideia de escrever uma história dos judeus de Veneza", respondeu: "uma matéria que me foi sugerida pela própria Olga, e que Roth, o inglês Cecil Roth (judeu), desenvolveu com brilhantismo uma década depois. Até que, como muitas vezes acontece com historiadores demasiado...

apaixonados, certos documentos do século XVII que me caíram nas mãos absorveram totalmente meu interesse e me levaram por outro caminho. Eu lhe conto, eu lhe conto, se você voltar... Um verdadeiro romance, sob todos os aspectos. Seja como for, ao final de dois anos, em vez do grande tratado histórico que eu almejava, só consegui arranjar (além de uma esposa, claro) dois opúsculos: um, que considero ainda útil, em que recolho todas as inscrições do cemitério, e outro, em que dou notícia daqueles documentos do século XVII que lhe mencionei antes, mas apenas expondo os fatos, sem arriscar nenhuma interpretação sobre eles. Tem interesse em vê-los? Tem? Um desses dias, tomarei a liberdade de arranjar-lhe um exemplar. Mas, independentemente disso, ouça meu conselho, vá lá, vá ao cemitério israelita do Lido (à parte *antiga*, repito)! Merece a visita, pode acreditar. Vai encontrá-lo tal qual era trinta e cinco anos atrás: igual, idêntico."

Voltamos devagar à quadra de tênis. A uma primeira vista, não havia mais ninguém ali. No entanto, na escuridão quase completa, Micòl e Carletto Sani ainda jogavam. Micòl se queixava: de que "Cochet" a fazia correr demais, de que se mostrava bem pouco "cavalheiro", e também do escuro, "francamente excessivo".

"Soube por Micòl que você está em dúvida entre se formar em história da arte ou em italiano", disse-me o professor enquanto voltávamos. "Já se decidiu?"

Respondi que sim, que optara por fazer uma tese em italiano. Minha incerteza, expliquei, se deveu sobretudo ao fato de que, até poucos dias atrás, eu esperava poder me formar com o professor Longhi, titular de história da arte; entretanto, no último momento, o professor Longhi solicitou um afastamento da docência por dois anos. A tese que eu gostaria de fazer sob a orientação dele era a respeito de um grupo de pintores ferrarenses da segunda metade do século XVI e início do XVII: Scarsellino,

Bastianino, Bastarolo, Bonone, Caletti, Calzolaretto e outros. Trabalhando em um tema desse gênero, eu só teria feito algo de bom sob a orientação de Longhi. E assim, visto que ele, Longhi, obteve os dois anos de afastamento do ministério, me pareceu mais oportuno escrever uma tese qualquer, em italiano.

Ele ficou me escutando, meditativo.

"Longhi?", perguntou por fim, torcendo os lábios em uma dúvida. "Como assim? Já nomearam o novo titular para a cátedra de história da arte?"

Não entendi.

"Mas claro", insistiu. "Sempre ouvi dizer que, em Bolonha, o professor de história da arte é Igino Benvenuto Supino, um dos máximos expoentes do judaísmo italiano. Então..."

Era — eu o interrompi —, era: até 1933. Porém, desde 1934, o cargo de Supino, que se aposentou ao atingir o limite de idade, foi ocupado justamente por Roberto Longhi. O senhor não conhecia — prossegui, contente de, por minha vez, flagrá-lo em uma lacuna de informação — os fundamentais ensaios de Longhi sobre Piero della Francesca e sobre Caravaggio e sua escola? Não conhecia a *Officina ferrarese*, obra que suscitara tanta discussão em 1933, na época da Mostra do Renascimento ferrarense exibida naquele ano, no Palazzo dei Diamanti? Para desenvolver minha tese, eu me basearia nas últimas páginas da *Officina*, que se limitavam apenas a tocar no tema: magistralmente, mas sem aprofundá-lo.

Eu falava, e o professor Ermanno, mais encurvado que nunca, se limitava a me ouvir em silêncio. Em que estaria pensando? No número de "expoentes" acadêmicos de que o judaísmo italiano se orgulhara desde a Unificação até nossos dias? Era provável.

Foi aí que o vi se animar.

Olhando ao redor e reduzindo a voz a um murmúrio abafado, como se estivesse a ponto de me confidenciar um segredo de

Estado, nem mais nem menos, comunicou-me a grande novidade: que ele possuía um conjunto de cartas inéditas de Carducci, cartas escritas pelo poeta à mãe dele em 1875. Se eu tivesse interesse em vê-las, e se as considerasse dignas de se tornarem tema de uma tese de graduação em italiano, ele as cederia a mim com o maior gosto.

Pensando em Meldolesi, não pude deixar de sorrir. E o ensaio que ia mandar para a *Nuova antologia*? Depois de tanto discutir sobre o assunto, acabou não fazendo nada? Pobre Meldolesi. Havia alguns anos, tinha sido transferido ao Minghetti de Bolonha: o que o deixou satisfeitíssimo, claro! Mais cedo ou mais tarde, tinha de ir visitá-lo…

Apesar do escuro, o professor Ermanno percebeu que eu estava sorrindo.

"Ah, eu sei", disse, "eu sei que, de uns tempos para cá, vocês jovens dão pouca bola a Giosue Carducci! Eu sei que preferem um Pascoli e um D'Annunzio."

Mas foi fácil convencê-lo de que meu sorriso tinha um motivo bem diferente, ou seja, desapontamento. Quem dera eu soubesse que havia cartas inéditas de Carducci em Ferrara! Em vez de ter proposto ao professor Calcaterra uma tese sobre Panzacchi, como infelizmente já tinha feito, poderia perfeitamente ter sugerido a ele um "Carducci-ferrarense", de interesse decerto maior. Mas quem sabe? Se eu falasse com franqueza sobre a coisa com o professor Calcaterra, que era uma ótima pessoa, talvez ainda conseguisse passar de Panzacchi a Carducci sem comprometer demais minha dignidade.

"Quando você pretende se formar?", perguntou-me por fim o professor Ermanno.

"Bem, espero que no próximo ano, em junho. Não se esqueça de que eu também sou um estudante não regular."

Assentiu várias vezes, em silêncio.

"Não regular?, suspirou por fim. "Ah, pouco importa."

E fez um gesto vago com a mão, como se dissesse que, diante do que estava acontecendo, tanto eu quanto seus filhos ainda teríamos muito tempo pela frente.

Mas meu pai tinha razão. No fundo, ele não parecia muito angustiado com isso. Ao contrário.

5

Foi Micòl quem quis me mostrar o jardim. Fazia questão. "Acho que tenho um certo direito", disse, irônica, olhando para mim.

No primeiro dia, não. Joguei tênis até tarde, e foi Alberto que, ao terminar a disputa com a irmã, me acompanhou até uma espécie de cabana alpina em miniatura (*Hütte*, como a chamavam Micòl e ele), semioculta em meio a um bosque de abetos e a uns cem metros da quadra, em cuja cabana ou *Hütte*, adaptada para vestiário, pude me trocar e mais tarde, ao anoitecer, tomar uma ducha quente e me vestir.

Mas no dia seguinte as coisas tomaram um rumo diferente. Uma partida de duplas que opunha Adriana Trentini e Bruno Lattes aos dois adolescentes de quinze anos (com Malnate sentado na cadeira de árbitro, fazendo as vezes do paciente contador de pontos) logo se transformou em um daqueles confrontos que não acabam nunca.

"O que vamos fazer?", Micòl me perguntou a certa altura, pondo-se de pé. "Para esses daí darem lugar à gente, tenho a impressão de que eu, você, Alberto e o amigo milanês teremos de esperar uma boa hora. Escute: e se, enquanto esperamos, a gente fosse dar uma volta para ver umas árvores?" Assim que a quadra estiver livre, acrescentou, com certeza Alberto vai dar um jeito de nos chamar. Era só meter três dedos na boca, e tome-lhe seu famoso assobio!

Virou-se sorrindo para Alberto, que, espichado ali perto em

uma terceira espreguiçadeira, com o rosto coberto por um chapéu de palha da roça, cochilava ao sol.

"Não é verdade, senhor paxá?"

Debaixo do chapéu, o senhor paxá assentiu com um movimento de cabeça, enquanto nos afastávamos. Sim, o irmão dela era formidável — continuava me explicando Micòl. Sempre que preciso, sabia dar uns assovios tão potentes que, em comparação, os dos pastores eram coisa de criança. Estranho, né?, ainda mais em um tipo como ele. Quem olhasse para ele não lhe daria um tostão furado. No entanto... Vai saber onde arranjava todo aquele fôlego!

Foi assim que começaram, quase sempre para matar o tempo entre uma partida e outra, nossas longas incursões a dois. Nas primeiras vezes, íamos de bicicleta. Tendo o jardim "uns" dez hectares, com alamedas maiores e menores que perfaziam em seu conjunto uns doze quilômetros, a bicicleta era no mínimo indispensável, decretara prontamente minha acompanhante. É verdade que hoje — ela admitira — vamos nos limitar a "inspecionar" apenas a parte lá ao fundo, para as bandas do pôr do sol, aonde ela e Alberto iam com muita frequência quando crianças a fim de ver os trens manobrando na estação. Porém, se estivéssemos a pé, mesmo hoje, como é que conseguiríamos nos safar? Corríamos o risco de ser colhidos pelo "olifante" de Alberto sem conseguir nos reapresentar com a necessária prontidão.

Assim, naquele primeiro dia fomos ver os trens manobrando na estação. E depois? Depois voltamos, passamos rente pela quadra de tênis, atravessamos a esplanada em frente à *magna domus* (deserta, como sempre, mais triste que nunca), percorrendo de novo em sentido inverso, de lá da escura ponte de traves que cruzava o canal Panfilio, a alameda de acesso; e desta até o túnel de bambus e o portão da avenida Ercole I. Chegando ali, Micòl insistiu pare que tomássemos a trilha sinuosa que contornava de fora a fora os muros externos: primeiro à esquerda, do lado da Muralha degli Angeli, tanto que em quinze minutos tínhamos de novo alcançado a área do parque de onde se avistava a estação, ou seja, o lado oposto, bem mais selvático, sombrio e melancólico, adjacente à Via Arianova. Vimo-nos precisamente ali, abrindo passagem com dificuldade em meio a arbustos de samambaias, urtigas e sarças espinhosas, quando de súbito, por trás do denso acúmulo de troncos, o assovio camponês de Alberto irrompeu muito longe, a nos chamar depressa ao "duro trabalho".

Com poucas variantes de percurso, nas tardes seguintes repetimos várias vezes essas explorações de amplo raio. Quando o espaço permitia, pedalávamos emparelhados. Enquanto isso, conversávamos: em geral sobre árvores, ao menos a princípio.

Eu não sabia nada ou quase nada da matéria, o que causava um contínuo espanto em Micòl. Ela me esquadrinhava como se eu fosse um monstro.

"Será possível que sua ignorância seja tanta?", exclamava. "No liceu, com certeza você viu um pouco de botânica!"

"Vejamos", então indagava, já se preparando para arquear as sobrancelhas diante de algum novo despautério. "Posso saber, por favor, que espécie de árvore o *senhor* pensa que é aquela ali?"

Ela podia apontar seja honestos olmos e tílias de nossas paragens, seja raríssimas plantas africanas, asiáticas ou americanas, que apenas um especialista seria capaz de identificar, uma vez que no Barchetto del Duca havia de tudo, realmente de tudo. Quanto a mim, respondia sempre a esmo: em parte, porque de fato não sabia distinguir um olmo de uma tília, em parte porque percebi que nada lhe dava mais prazer que me ver errar.

Parecia-lhe absurdo, a ela, que no mundo houvesse um tipo como eu, que não nutrisse pelas árvores, "as grandes, quietas, fortes, pensativas", os mesmos sentimentos seus, de apaixonada admiração. Como eu podia não *entender*, meu Deus, e não *sentir*? Havia ao fundo da área de tênis, por exemplo, a oeste em relação à quadra, um grupo de sete delgadas e altíssimas *Washingtonia gracilis*, ou palmeiras do deserto, separadas do resto da vegetação posterior (árvores normais, de grosso fuste, típicas de florestas europeias: carvalhos, azinheiras, plátanos, castanheiras etc.), com um belo trecho de prado circundante. Pois bem, toda vez que passávamos por aquela área, Micòl sempre tinha novas palavras de ternura para o grupo solitário das *Washingtonia*.

"Lá estão meus sete anciãos", às vezes dizia. "Veja que barbas venerandas eles têm!"

A sério, insistia: eu também não as achava semelhantes a sete eremitas da Tebaida, enxutos pelo sol e por jejuns? Quanta elegância, quanta *santidade* em seus troncos castanhos, secos, curvos, escamosos! Pareciam verdadeiramente vários são Joões Batista, nutridos só de gafanhotos.

Mas suas simpatias, como já disse, não se restringiam às árvores exóticas.

Por um plátano enorme, de tronco esbranquiçado e grumoso maior que o de qualquer outra árvore do jardim e, creio, de toda a província, sua admiração beirava a reverência. Naturalmente não foi a "vovó Josette" que o plantara, mas Ercole I d'Este em pessoa, ou quem sabe Lucrécia Bórgia.

"Tem quase quinhentos anos, compreende?", sussurrava, arregalando os olhos. "Imagine só quantas coisas deve ter visto desde que veio ao mundo!"

E parecia que também ele, o plátano gigantesco, tivesse olhos e ouvidos: olhos para nos ver e ouvidos para nos escutar.

Pelas árvores frutíferas, às quais era reservada uma larga faixa de terreno ao abrigo dos ventos boreais e exposta ao sol, logo à frente da Muralha degli Angeli, Micòl nutria um afeto muito semelhante — como notei — ao que demonstrava em relação a Perotti e a todos os membros da casa. Falava deles, dessas humildes plantas domésticas, com a mesma afabilidade, com a mesma paciência, e muitas vezes recorrendo ao dialeto, que ela adotava apenas ao tratar com Perotti, ou com Titta e Bepi, nas vezes em que os encontrávamos e parávamos para trocar umas frases. Tornara-se um ritual nos determos diante de um grande abrunheiro de tronco poderoso como o de um carvalho: o seu predileto. *Il brogn sèrbi* que aquele abrunheiro ali produzia — me contava — lhe pareciam extraordinárias na infância. Na época, ela as preferia a qualquer chocolate Lindt. Depois, por volta dos dezesseis anos, de repente parou de querê-las, já não lhe agradavam mais, e hoje, às *brogne*, preferia chocolatinhos Lindt e outros (mas os amargos, exclusivamente os amargos!). Assim, as maçãs eram *i pum*, os figos, *i figh*, os abricós, *il mugnàgh*, os pêssegos, *il pèrsagh*. Não havia senão o dialeto para falar dessas coisas. Apenas a palavra dialetal lhe permitia, nomeando árvores e frutas, dobrar os lábios no trejeito entre enternecido e desdenhoso que o coração sugeria.

Mais tarde, exauridas as catalogações, tiveram início "as pias peregrinações". E como todas as peregrinações, segundo Micòl, deviam ser feitas a pé (do contrário, que espécie de peregrinos eles seriam?), paramos de usar as bicicletas. Então íamos a pé, quase sempre acompanhados passo a passo por Jor.

Para começar, fui levado a conhecer um pequeno e isolado embarcadouro no canal Panfilio, escondido em meio a uma densa vegetação de salgueiros, choupos-brancos e copos-de-leite. Era provável que daquele minúsculo porto, todo cercado por bancos musgosos de cerâmica vermelha, antigamente se zarpasse para chegar tanto ao Pó quanto à Fossa do Castelo. Ela e Alberto também zarpavam dali quando garotos — disse Micòl —, em longas remadas em uma canoa de pagaia dupla. Nunca haviam chegado de barco aos pés das torres do Castelo, em pleno centro urbano (como eu bem sabia, atualmente o Panfilio só se comunicava com a Fossa do Castelo por via subterrânea). Mas até o Pó, bem na frente da Isola Bianca, eles já tinham chegado, e como! Hoje, "*ça va sans dire*", não era mais o caso de tentar recuperar a canoa: semidestruída, coberta de pó, reduzida a um "espectro de canoa", quem sabe um dia eu poderia ver sua carcaça na garagem, caso ela se lembrasse de me levar até lá. Mas ela nunca deixou de frequentar os bancos do embarcadouro: ia ali sempre, sempre. Talvez porque ainda se servisse deles a fim de preparar-se para os exames em santa paz, quando começava a fazer calor, e talvez porque... O fato é que aquele local continuou sendo de algum modo *seu*, exclusivamente: seu refúgio pessoal e secreto.

Em outra ocasião, fomos parar nos Perotti, que moravam em uma autêntica habitação colonial, com celeiro e estábulo anexos, a meio caminho entre a casa dos patrões e a área do pomar.

Fomos recebidos pela esposa do velho Perotti, Vittorina, uma pálida *arzdóra** de idade indefinível, triste, magra e seca; e por Italia, a esposa do filho mais velho, Titta, uma trintona de Codigoro, gorda e robusta, com olhos de um azul-celeste aquoso e cabelo ruivo. Sentada à soleira de casa em uma cadeira de palha, circundada por uma multidão de galinhas, a mulher amamentava, e Micòl se inclinou para acariciar o menino.

"E aí, quando é que me convida de novo para tomar aquela sopa de feijão?", ela perguntou a Vittorina, em dialeto.

"Quando quiser, *signurina*. Só espero que esteja do seu agrado..."

"Num desses dias precisamos combinar mesmo", respondeu Micòl, grave. "Saiba", fez, dirigindo-se a mim, "que Vittorina

* No dialeto de Ferrara, "dona de casa".

faz umas sopas de feijão *animais*. Com pururuca de porco, é claro..."

Riu, e acrescentou:

"Quer dar uma olhada no estábulo? Temos *bem* umas seis vacas."

Vittorina à frente, fomos até o estábulo. A *arzdóra* abriu a porta para nós com uma grande chave que trazia no bolso do avental preto, e então se pôs de lado para nos deixar passar. Enquanto atravessávamos a soleira do estábulo, percebi de sua parte um olhar furtivo, dirigido a nós: pareceu-me uma mirada cheia de preocupação, mas também de um secreto contentamento.

Uma terceira peregrinação foi dedicada aos lugares consagrados ao "*vert paradis des amours enfantines*".*

Tínhamos passado várias vezes por aquelas bandas nos dias anteriores; mas de bicicleta, sem nunca parar. Olhe lá o ponto exato do muro exterior — dizia-me Micòl, indicando-o agora com o dedo — onde ela costumava apoiar a escada; e lá estavam os "entalhes" ("*entalhes*, sim senhor!"), dos quais se servia nas vezes em que a escada não estava disponível.

"Não acha que seria justo pôr uma placa comemorativa neste local?", perguntou-me.

"Suponho que você já tenha em mente a frase que será gravada."

"Mais ou menos. 'Por aqui — esquivando a vigilância de dois cães ferozes...'."

"Chega. Você disse uma placa, mas nesse ritmo temo que precise de uma lápide daquelas como o *Bollettino della Vittoria*. A segunda linha é longa demais."

* "Verde paraíso dos amores infantis", verso 21 do poema "Moesta et errabunda", das *Flores do mal* de Charles Baudelaire.

Daí nasceu uma discussão. Eu fazia o papel do cabeça-dura importuno, e ela, erguendo a voz e bancando a criança, me acusava do "pedantismo habitual". Era evidente — gritava —, eu *devia* ter farejado sua intenção de nem me inserir na frase, em sua placa, e assim, por puro ciúme, eu me recusava a ouvi-la.

Depois nos acalmamos. Micòl recomeçou a me falar de quando ela e Alberto eram crianças. Se eu queria mesmo saber a verdade, tanto ela quanto Alberto sempre sentiram uma enorme inveja de quem, como eu, teve a sorte de estudar em uma escola pública. Eu não acreditava? Chegaram a ponto de esperar ansiosamente, todos os anos, o período das provas só pelo gosto de também poderem ir à escola.

"Mas, se vocês gostavam tanto de ir à escola, por que estudavam em casa?", perguntei.

"Papai e mamãe, principalmente mamãe, não queriam de jeito nenhum. Mamãe sempre teve obsessão por micróbios. Dizia que as escolas são feitas de propósito para espalhar as doenças mais horríveis, e não adiantava nada tio Giulio, toda vez que vinha aqui, explicar-lhe que não era verdade. Tio Giulio zombava dela; acontece que, apesar de médico, ele não acredita tanto na medicina, ao contrário, acredita na inevitabilidade e na utilidade das doenças. Imagine se podia fazer mamãe entender, ela que, depois da desgraça de Guido, nosso irmãozinho mais velho que morreu antes de Alberto e eu nascermos, em 1914, praticamente nunca mais pôs os pés para fora de casa! Mais tarde a gente se rebelou um pouco, claro: nós dois conseguimos ir para a universidade e, certo inverno, até fomos esquiar na Áustria, como acho que já lhe contei. Mas na infância, o que a gente podia fazer? Eu muitas vezes escapava (Alberto, não, ele sempre foi bem mais tranquilo que eu, muito mais obediente). Por outro lado, num dia em que fiquei um tempo a mais circulando pela Muralha, depois de pegar carona na barra das bicicletas de um grupo de garotos com quem fizera amizade, quando voltei para casa, eles estavam tão desesperados, mamãe e papai, que desde então (porque Micòl é uma boa moça, um verdadeiro coração de ouro!), desde então decidi que seria impecável e nunca mais escapei. A única recaída foi aquela em junho de 1929, em *vossa* homenagem, egrégio senhor!"

"E eu que acreditava ser o único!", suspirei.

"Bem, se não o único, o último com certeza. Além disso, jamais convidei outra pessoa a entrar no jardim!"

"Será verdade?"

"Verdadeiríssimo. Eu sempre espiei onde você estava, no templo... Quando você se virava para falar com papai ou Alberto, tinha uns olhos tão azuis! Até lhe dei um apelido só para mim."

"Um apelido? Qual?"

"Celestino."

"Que por vileza fez a alta recusa...",* resmunguei.

"Pois é!", exclamou, rindo. "De todo modo, acho que por um certo período eu tive uma quedinha por você."

"E depois?"

"Depois a vida nos separou."

"E que ideia foi aquela de construir um templo só para vocês! Por quê? Sempre o medo dos micróbios?"

Abanou a mão.

"Ah... quase...", disse.

"Quase como?"

Mas não houve jeito de induzi-la a confessar a verdade. Eu sabia perfeitamente por que o professor Ermanno solicitara,

* Citação do verso 60 do canto III do *Inferno* de Dante ("*che fece per viltade il gran rifiuto*"), em que se condena o papa Celestino V por ter renunciado ao pontificado em 1294, até então o único papa a abdicar do trono — o outro é o papa Bento XVI, que renunciou em 2013.

em 1933, a permissão de restaurar para si e os seus a sinagoga espanhola: foi a vergonhosa "celebração decenal", vergonhosa e grotesca, que o convenceu. Entretanto, ela insistia que o motivo determinante, mais uma vez, tinha sido a vontade da mãe. Em Veneza, os Herrera pertenciam à escola espanhola. E como mamãe, vovó Regina e os tios Giulio e Federico sempre prezaram muito as tradições de família, então papai, para agradar mamãe...

"Mas, me desculpe, por que vocês então voltaram para a escola italiana?", objetei. "Eu não estava no templo na noite de Rosh Hashaná: não ponho os pés ali há pelo menos três anos. Porém meu pai, que estava presente, me contou a cena tim-tim por tim-tim."

"Oh, não duvide, *vossa* ausência foi enormemente sentida, senhor livre-pensador!", respondeu ela. "Por mim também."

Então prosseguiu, séria:

"O que você queria... agora estamos todos no mesmo barco. A essa altura, também acho que continuar fazendo tantas distinções seria bastante ridículo."

Em outro dia, o último, começara a chover e, enquanto o pessoal se abrigava na *Hütte* jogando baralho e pingue-pongue, nós dois, sem temor de nos encharcar, atravessamos correndo meio parque e fomos nos refugiar no depósito. O depósito atualmente funcionava apenas como depósito — disse-me Micòl. Porém, em outros tempos, uma boa metade do vão interno fora equipada à maneira de um salão de ginástica, com barras fixas, cordas, barras de equilíbrio, argolas, espaldar sueco etc.; e isso só para que ela e Alberto também pudessem se apresentar bem preparados nos exames anuais de educação física. É claro que as aulas que o professor Anacleto Zaccarini, aposentado havia séculos e hoje com mais de oitenta anos (imagine!), lhes dava uma vez por semana não eram muito sérias. Mas eram divertidas, talvez as mais divertidas de todas. Ela nunca se esquecia de levar para a ginástica uma garrafa de vinho de Bosco. E o velho Zaccarini, já normalmente de nariz e bochechas vermelhas, ia ficando roxo à medida que a esvaziava devagar, até a última gota. Certas noites de inverno, quando ele ia embora, dava até a impressão de emanar luz própria...

Tratava-se de uma construção de tijolos escuros, baixa e comprida, com duas janelas laterais protegidas por robustos gradeados, de teto inclinado coberto de telhas, e as paredes externas forradas quase por inteiro de hera. Não distante do celeiro dos Perotti e do paralelepípedo envidraçado de uma estufa, chegava-se até ali atravessando um amplo portão pintado de verde, que dava para a parte oposta à Muralha degli Angeli, na direção da casa dos patrões.

Paramos um momento na soleira, rente ao portão. Chovia a cântaros, formando linhas de água oblíquas e muito longas sobre os campos, sobre os grandes volumes negros das árvores, sobre tudo. Fazia frio. Batendo os dentes, ambos olhávamos à nossa frente. O encanto em que até agora a estação estivera suspensa se rompeu irreparavelmente.

"Vamos entrar?", propus afinal. "Lá dentro deve estar mais quente."

No interior do amplo salão, em cujo fundo, na penumbra, tremeluziam as extremidades de duas barras douradas e brilhantes de ginástica que chegavam até o teto, pairava um odor estranho, uma mistura de gasolina, óleo lubrificante, poeira antiga e cítricos. O cheiro era mesmo bom, disse logo Micòl, notando que eu farejava o ar. Ela também gostava muito do aroma. E me indicou, encostada em uma das paredes laterais, uma espécie de estante alta em madeira escura, cheia de grandes frutas amarelas e redondas, maiores que limões e laranjas, que até então eu nunca tinha visto. Tratava-se de toranjas, postas ali para maturar — explicou-me —, produzidas na estufa. Eu nunca experimentei?, perguntou ela, pegando uma e oferecendo-a para que eu cheirasse. Pena que ela não tivesse ali uma faca para cortá-la em dois "hemisférios". O sabor do suco era híbrido: assemelhava-se ao da laranja e ao do limão, com uma ponta de amargor bem peculiar.

O centro do depósito estava ocupado por dois veículos emparelhados: uma comprida Dilambda cinza e uma carruagem azul cujos varais, levantados, mostravam-se pouco mais baixos que as barras ao fundo.

"Hoje não nos servimos mais da carruagem", acrescentou Micòl. "As poucas vezes que o papai precisa ir ao campo, é conduzido de automóvel. Alberto e eu fazemos o mesmo quando temos que ir embora: ele para Milão, eu para Veneza. É o eterno Perotti quem nos leva à estação. Em casa, os únicos que sabem guiar são ele (dirige muito mal) e Alberto. Eu não, ainda não tirei a carteira, tenho que tomar coragem na próxima primavera... contanto que... O problema é que esse carrão bebe *tanto*!

Aproximou-se da carruagem, de aspecto não menos lustroso e eficiente que o automóvel.

"Reconhece?"

Abriu uma porta, subiu, sentou. Por fim, batendo com a mão no forro do assento a seu lado, me convidou a fazer o mesmo.

Subi e, por minha vez, sentei à sua esquerda. Acabara de me acomodar quando, girando lentamente nas dobradiças por pura força de inércia, a porta se fechou por si com o estalo seco e preciso de uma armadilha.

Agora o fragor da chuva no telhado do depósito era quase imperceptível. De fato, parecia que estávamos em uma saleta: uma saleta pequena e sufocante.

"Como está bem conservada", falei, sem conseguir controlar uma repentina emoção que se refletiu em um leve tremor da voz. "Ainda parece nova. Só faltam as flores no vaso."

"Ah, quanto às flores, Perotti ainda as coloca quando sai com vovó."

"Então vocês ainda a usam!"

"Não mais que duas ou três vezes ao ano, e somente para algum passeio no jardim."

"E o cavalo? É sempre o mesmo?"

"O mesmo Star de sempre. Tem vinte e dois anos. Você não o notou outro dia, ao fundo do estábulo? Agora está cego, mas, atrelado aqui, ainda faz... *uma péssima presença.*"

Caiu na risada, balançando a cabeça.

"Perotti tem uma verdadeira paixão por essa carruagem", continuou com amargura, "e é sobretudo para agradar a ele (que odeia e despreza os automóveis: você não faz ideia quanto!) que, de quando em quando, o deixamos passear com vovó para cima e para baixo pelas alamedas. A cada dez, quinze dias, ele vem aqui com baldes d'água, esponjas, escovas e batedor de tapete: eis a explicação do milagre, eis por que a carruagem, melhor ainda se vista no lusco-fusco, ainda parece dar bem para o gasto."

"Dar para o gasto?", protestei. "Mas parece nova!"

Bufou, entediada.

"Não diga bobagens, por favor!"

Movida por um impulso imprevisto, afastou-se bruscamente e se encolheu em seu canto. Sobrancelhas franzidas, os traços do rosto afilados naquela mesma expressão de estranho rancor quando certas vezes, jogando tênis, se concentrava inteira para ganhar, olhava fixo diante de si. Pareceu ter envelhecido dez anos em um instante.

Ficamos alguns segundos assim, em silêncio. Depois, sem mudar de posição, os braços recolhidos em torno dos joelhos bronzeados como se sentisse um grande frio (estava de bermuda e malha de fio, com um pulôver amarrado pelas mangas ao pescoço), Micòl recomeçou a falar.

"Perotti quer gastar nesta espécie de traste lamentável", disse, "muito tempo e muito suor! Não, acredite em mim: aqui, nesta penumbra, pode-se até proclamar que é um milagre, mas lá fora, à luz natural, não há o que fazer: infinitas imperfeições saltam aos olhos imediatamente, o verniz aqui e ali está gasto, os raios e os cubos das rodas são um cupim só, o forro deste estofado (agora não dá para notar, mas posso lhe garantir) está reduzido em certos pontos a uma teia de aranha. Por isso é que me pergunto: para que toda essa *struma** de Perotti? Vale a pena? Ele, coitado, queria arrancar de papai a permissão para repintar tudo, restaurando-a e remodelando-a a seu gosto. Mas papai, como sempre, faz de conta que nada e não se decide..."

Calou-se. Fez um leve movimento.

"Mas olhe ali a canoa", prosseguiu, enquanto me indicava através do vidro da porta, que nossa respiração começava a embaçar, uma forma parda, oblonga e esquelética escorada na parede oposta à da estante repleta de toranjas. "Olhe ali a canoa e admire, por favor, com quanta honestidade, dignidade e coragem moral ela soube extrair da sua absoluta perda de função todas as consequências necessárias. As coisas também morrem, meu querido. Portanto, se até elas devem morrer, é melhor deixá-las ir. De resto, há muito mais estilo nisso, não acha?"

* "Esforço."

Parte 3

I

Voltei infinitas vezes ao longo do inverno, da primavera e do verão que se seguiram àquilo que ocorrera (ou melhor, não ocorrera) entre mim e Micòl dentro da carruagem dos sonhos do velho Perotti. Se naquela tarde chuvosa em que terminara de chofre o luminoso verão de San Martino de 1938 eu tivesse conseguido ao menos me declarar — pensava com amargura —, talvez as coisas entre nós tivessem seguido um rumo diverso do que tomaram. Falar com ela, beijá-la: era naquele momento, quando tudo ainda podia acontecer — não cessava de remoer comigo —, que eu deveria ter agido! E me esquecia de indagar o essencial a mim mesmo: se naquele instante supremo, único, irrevogável — um instante que, talvez, tivesse definido minha vida e a dela —, eu de fato teria sido capaz de tentar um gesto, uma palavra qualquer. Então eu já sabia, por exemplo, que estava *realmente* apaixonado? Bem, não, não sabia. Não sabia então e não o saberia por mais duas longas semanas, quando o mau tempo, tornando-se permanente, dispersou sem remédio nossa ocasional companhia.

Eu me lembro: a chuva insistente, sem interrupções por dias e dias — e em seguida viria o inverno, o rigoroso e sombrio inverno da Val Padana —, tornou imediatamente improvável qualquer futura frequentação do jardim. No entanto, apesar da mudança de estação, tudo continuou a avançar de modo a me iludir que nada substancialmente mudara.

Às duas e meia do dia seguinte à nossa última visita à casa Finzi-Contini — mais ou menos a hora em que despontávamos um após o outro da galeria de rosas trepadeiras, gritando "Salve!", "Olá!" ou "Viva!" —, a campainha do telefone de casa soou para de algum modo me pôr em contato com a voz de Micòl. Na mesma noite, fui eu que liguei para ela; e de novo ela, na tarde do dia sucessivo. Enfim, pudemos continuar nossa conversa tal como fizemos nos últimos tempos, agradecidos, agora tal como antes, pelo fato de Bruno Lattes, Adriana Trentini, Giampiero Malnate e os outros nos deixarem em paz, sem dar sinal de se lembrarem de nós. Além disso, quando é que Micòl e eu pensamos neles durante nossas longas escapadas pelo parque: tão longas que muitas vezes, ao voltar, não víamos mais vivalma nem na quadra nem na *Hütte*?

Seguido pelos olhares preocupados de meus pais, eu me fechava no compartimento do telefone. Discava o número. Quase sempre era ela quem respondia, e com tal rapidez que me fazia suspeitar que tivesse o receptor sempre ao alcance da mão.

"De onde você está falando?", arrisquei perguntar a ela.

Começou a rir.

"Ora... de casa, suponho."

"Obrigado pela informação. Só queria saber como você consegue responder *zás-trás*, quero dizer, com tanta prontidão. O que é? O telefone fica na sua escrivaninha, como o de um homem de negócios? Ou você circula dia e noite em volta do aparelho com as pisadas do tigre na jaula do *Noturno* de Machatý?"*

Tive a impressão de captar do outro lado da linha uma leve hesitação. Se ela chegava ao telefone antes dos outros — respondeu por fim —, isso decorria, além da lendária eficiência de seus reflexos musculares, da intuição que lhe era própria:

* Filme de 1934 do cineasta tcheco Gustav Machatý (1901-63).

intuição que, toda vez que me passasse pela cabeça ligar para ela, lhe permitia estar passando perto do telefone. Depois mudou de assunto. Como ia minha tese sobre Panzacchi? E quanto a Bolonha, à parte as eventuais mudanças de ares, quando eu calculava retomar meu habitual vaivém?

Mas às vezes eram outras pessoas que atendiam: ou Alberto, ou o professor Ermanno, ou uma das duas criadas, e certa vez até dona Regina, que ao telefone demonstrou uma surpreendente capacidade de audição. Nesses casos eu não podia me eximir de revelar meu nome, claro, nem de dizer que era com a "senhorita" Micòl que eu desejava falar. Depois de uns dias, no entanto (a coisa a princípio me embaraçava demais, mas aos poucos fui me habituando), depois de uns dias me bastou deixar cair no microfone meu "Alô?" para que na outra ponta se apressassem a me passar quem eu buscava. O próprio Alberto, quando era ele quem atendia a chamada, não se comportava de outro modo. E Micòl sempre ali, roubando o receptor da mão de quem estava com ele: nem se cada um estivesse sempre recolhido dentro de um único aposento, living, saleta ou biblioteca que fosse, cada qual afundado em uma grande poltrona de couro e com o telefone a poucos metros de distância. Aquilo era muito suspeito, de verdade. Para avisar Micòl, que ao toque do telefone (era como se eu a visse) levantava os olhos no ato, talvez se limitassem a oferecer de longe o receptor, quem sabe Alberto, acrescentando um aceno entre irônico e afetuoso.

Certa manhã, decidi lhe pedir que confirmasse a exatidão de minhas suposições, e ela ficou me ouvindo em silêncio.

"Não é assim?", insisti.

Não era assim. Já que eu fazia tanta questão de saber a verdade — ela disse —, aqui está. Cada um deles dispunha em seu quarto de uma extensão telefônica (depois que ela conseguira uma para si, o resto da família também acabou adotando isso): mecanismo de grande utilidade e muito recomendável, com o qual se podia telefonar a qualquer hora do dia ou da noite sem incomodar nem ser incomodado, e, sobretudo à noite, sem tirar os pés da cama. Mas que ideia!, por fim acrescentou, rindo. De onde eu podia ter tirado que eles estivessem sempre todos juntos, como em um hall de hotel? E afinal, por que motivo? De todo modo, parecia estranho que, quando não era ela a responder diretamente, eu nunca tivesse percebido o clique do comutador.

"Não", repetiu categórica. "Para defender a própria liberdade, não há nada melhor que uma boa extensão telefônica. Falo sério: você também deveria instalar uma no seu quarto. Você ia ter que me aguentar por horas, especialmente à noite!"

"Quer dizer que agora você está me ligando do seu quarto."

"Com certeza. Da minha cama, ainda por cima."

Eram onze da manhã.

"Você não é das mais madrugadoras", observei.

"Ah, você também!", se queixou. "Que papai, aos setenta anos feitos e com tudo o que está acontecendo, continue a se levantar todos os dias às seis e meia para dar o bom exemplo, como ele diz, e nos induzir a não ceder à preguiça em plumas macias, *transeat*;* mas que até os melhores amigos, agora, se metam a pedagogos, me parece francamente excessivo. Sabe desde que horas está de pé esta que vos fala, meu querido? Desde as sete. E ainda ousa se espantar, às onze, ao me pegar de novo na cama! De resto, não durmo: leio, rabisco umas linhas da tese, olho pela janela. Sempre faço um monte de coisas quando estou na cama. O calor das cobertas me deixa incomparavelmente mais ativa."

"Me descreva seu quarto."

Estalou várias vezes a língua contra os dentes, em sinal de negação.

* Em latim: "passa", "ainda vai".

"Isso nunca. *Verboten. Privat.* Posso, se você quiser, descrever o que vejo pela janela."

Através dos vidros, em primeiro plano, via as copas barbudas de suas *Washingtonia gracilis*, que a chuva e o vento estavam castigando "indecorosamente": vai saber se os cuidados de Titta e Bepi, que já tinham começado a enfaixar seus troncos com as habituais camisas de palha de todos os invernos, seriam suficientes para preservá-las nos próximos meses da morte por congelamento iminente a cada regresso da má estação — algo que até hoje, por sorte, sempre foi evitado. Depois, mais adiante, escondidas aqui e ali por farrapos de névoa vagante, via as quatro torres do Castelo, que o aguaceiro tornara negras como tições apagados. E, por trás das torres, pálidos de dar arrepio e também ocultos parcialmente pela névoa, os mármores longínquos da fachada e do campanário da catedral... Oh, a névoa! Quando ficava assim, ela não gostava: fazia-lhe pensar em trapos sujos. Mas cedo ou tarde a chuva passaria; e então a névoa, atravessada pelos fracos raios de sol da manhã, se transformaria num quê de precioso, de delicadamente opalescente, com reflexos muito semelhantes em sua mutação aos *làttimi* de que seu quarto estava repleto. O inverno era tedioso, é claro, até porque impedia as partidas de tênis. Mas tinha suas compensações. "Porque não há situação, por mais triste ou tediosa que seja", concluiu, "que no fundo não ofereça alguma compensação, e muitas vezes substanciosa."

"*Làttimi?*", perguntei. "Que troço é esse? É de comer?"

"Não, não", balbuciou, mais uma vez estarrecida com minha ignorância. "São vidros. Copos, cálices, jarras, jarrinhos, caixinhas: pequenos objetos, em geral refugos de antiquário. Em Veneza são chamados de *làttimi*; fora de Veneza, *opalines* ou *flûtes*. Você nem imagina o quanto eu *adoro* essas coisas. Sei literalmente tudo a respeito delas. Pode me perguntar, você vai ver."

Foi em Veneza — prosseguiu —, talvez por sugestão da neblina local, tão diferente de nossas névoas sombrias do vale do Pó, neblina infinitamente mais luminosa e vaga (apenas um pintor no mundo soube retratá-las: mais que o Monet tardio, o "*nosso*" De Pisis), foi em Veneza que ela começara a se apaixonar pelos *làttimi*. Passava horas e horas rondando pelos antiquários. Havia alguns, sobretudo nas vizinhanças de San Samuele, em torno de Campo Santo Stefano ou no gueto, lá longe, rumo à estação, que praticamente não tinham outros artigos para vender. Os tios Giulio e Federico moravam na Calle del Cristo, perto de San Moisè. À noitinha, sem ter mais o que fazer, e naturalmente com a governanta em seu encalço, a srta. Blumenfeld (uma distinta *jodé* sessentona de Frankfurt am Main, na Itália havia mais de trinta anos, um verdadeiro xarope!), ela saía para a Calle XXII Marzo à caça de *làttimi*. Campo Santo Stefano fica a poucos passos de San Moisè. Não é o caso de San Geremia, local do gueto ao qual, pegando San Bartolomeu e a Lista di Spagna, se gasta pelo menos meia hora para chegar, embora esteja muito perto, basta pegar um vapor no Gran Canale, na altura do Palazzo Grassi, e depois se embrenhar pelos Frari... Mas, voltando aos *làttimi*, que calafrio rabdomântico toda vez que conseguia desencavar alguma peça nova e rara! Quero saber quantas ela conseguiu juntar? Quase duzentas.

Tomei todo o cuidado de não lhe chamar a atenção para o fato de que tudo quanto me dizia mal se coadunava com sua declarada aversão a qualquer tentativa de subtrair, ao menos por pouco tempo, as coisas e os objetos à morte inevitável que também os aguardava, e à mania conservadora de Perotti em particular. Queria que me falasse de seu quarto; que se esquecesse de que pouco antes me dissera "*verboten*", "*privat*".

Fui atendido. Ela continuava discorrendo sobre seus *làttimi* (organizara-os ordenadamente em três estantes de mogno escuro que cobriam quase por completo a parede em frente à qual sua cama ficava encostada), e enquanto isso o quarto, não sei a que ponto ela se dava conta, ia aos poucos tomando forma e se definindo em todos os detalhes.

Resumindo: as janelas eram precisamente duas. Ambas davam para o sul e eram tão altas em relação ao piso que, quem se aproximasse delas e olhasse a extensão do parque lá embaixo, com os telhados se estendendo além dos limites do jardim a perder de vista, teria a impressão de estar mirando da ponte de um transatlântico. Entre as duas janelas, uma quarta estante: a dos livros ingleses e franceses. Contra a janela da esquerda, uma escrivaninha tipo escritório, flanqueada de um lado pela mesinha da máquina de escrever portátil e, do outro, por uma quinta estante, a dos livros de literatura italiana, clássicos e contemporâneos, e das traduções: as do russo, em sua maioria Púchkin, Gógol, Tolstói, Dostoiévski e Tchékhov. No chão, um grande tapete persa, e no centro do quarto, que era comprido mas algo estreito, três poltronas e um récamier onde ela se deitava para ler. Duas portas: uma de entrada, no fundo, ao lado da janela da esquerda, que se comunicava diretamente com a escada e o elevador, e outra a poucos centímetros do canto oposto e contrário do cômodo, que dava no banheiro. À noite, ela dormia sem nunca fechar completamente as persianas, mantendo na mesa de cabeceira uma pequena lâmpada sempre acesa e tendo ainda, ao alcance da mão, um carrinho de chá com a térmica do Skiwasser (e o telefone!), acessível a um movimento do braço. Caso acordasse durante a noite, bastava tomar um gole do Skiwasser (era *tão* cômodo tê-lo sempre bem quentinho e à disposição: por que eu também não providenciava uma térmica para mim?) e depois cair de novo na cama, deixando a vista vagar entre a névoa luminescente de seus queridos *làttimi*. Até que o sono, insensível como uma *acqua alta* de Veneza, tornava bem devagar a submergi-la e apagá-la.

Mas não eram apenas esses os assuntos de nossas conversas.

Como se também ela quisesse me iludir de que nada havia mudado, de que tudo entre nós continuava como era "antes", isto é, quando podíamos nos encontrar todas as tardes, Micòl não perdia a oportunidade de me reconduzir àquela sucessão de dias memoráveis, "incríveis".

Sempre falamos de muitas coisas naquele período, enquanto circulávamos pelo parque: de árvores, de plantas, de nossa infância, nossos parentes. Enquanto isso, Bruno Lattes, Adriana Trentini, *o* Malnate, Carletto Sani, Tonino Collevatti e todos os outros que foram chegando depois eram referidos apenas de passagem, com alguma alusão de tanto em tanto, às vezes contemplados em conjunto por um cortante e muito desdenhoso "aquela turma lá".

Já agora, por telefone, nossas conversas voltavam a eles com insistência, especialmente a Bruno Lattes e Adriana Trentini, que, segundo Micòl, tinham com certeza alguma *coisa*. Como assim?!, ela não parava de me dizer. Será possível que eu nunca percebi que os dois andavam juntos? Era tão evidente! Ele não desgrudava os olhos dela um momento sequer, e ela também, embora o maltratasse feito um escravo, enquanto bancava a coquete com quase todos, comigo, com o urso do Malnate e até com Alberto, ela também flertava com ele. *Querido* Bruno! Com a sensibilidade dela (um tantinho mórbida, vamos admitir: para se dar conta disso, bastava observar como venerava dois simpáticos bobinhos do calibre do pequeno Sani e daquele outro, o menino Collevatti!), com sua sensibilidade, com certeza viriam meses difíceis para eles, dada a situação. Adriana sem dúvida estava nessa (aliás, certa noite, na *Hütte*, ela os flagrara meio deitados no sofá, beijando-se a toda), mas, que ela fosse um tipo capaz de manter de pé uma *coisa* tão compromissada, a despeito das leis raciais e dos parentes dele e dela, isso eram outros quinhentos. Realmente Bruno não teria um inverno fácil, de jeito nenhum. E não que Adriana fosse uma garota ruim, nada disso! Quase da altura de Bruno, loura, com aquela pele esplêndida à la Carole Lombard que tinha, em outras circunstâncias talvez fosse mesmo a mulher adequada para Bruno, o qual, pelo que se vê, gostava do gênero "bem ariano". De resto, que ela fosse um tanto leviana e vazia, e inconscientemente cruel, ah, sim!, isso era incontestável. Eu não me lembrava da cara enfezada que ela fez para o coitado do Bruno quando, em dupla com ele, perdeu a famosa partida da revanche contra a dupla Désirée Baggioli e Claudio Montemezzo? Foi principalmente ela quem perdeu o confronto, com aquela enfiada de duplas faltas que cometeu (pelo menos três em cada game), e não Bruno! No entanto, como é uma inconsequente, durante toda a partida não parou de dizer poucas e boas a ele, como se o próprio Bruno, coitado!, já não estivesse suficientemente abatido e triste com o resultado. Teria sido o caso de rir, sério; embora, pensando bem, a história toda tenha deixado um gosto amargo! Mas não tem jeito. Parece de propósito, moralistas feito Bruno sempre se apaixonam por tipinhos como Adriana, e daí os ataques de ciúmes, as perseguições, surpresas, lágrimas, juras, quem sabe uns tapas... e chifres, olhe só, chifres que não acabam mais. Não, não: no fim das contas, Bruno deveria acender uma vela às leis raciais. Ele tinha pela frente um inverno difícil, é verdade. Mas as leis raciais, nem sempre imprevidentes, como se vê, o impediram de cometer uma bobagem maior: a de ficar noivo.

"Não acha?", acrescentou. "Além disso, assim como você, ele também é das letras, um tipo com pretensões literárias. Acho que há uns dois ou três anos vi uns versos dele publicados na página de cultura do *Padano*, com o título de 'Poesias de um vanguardista'."

"Veja só!", suspirei. "De todo modo, o que você quer dizer com isso? Não estou entendendo."

Ela ria em silêncio, pude notar perfeitamente.

"Mas, claro", emendou, "no fim das contas, uma *afliçãozinha* não vai fazer mal a ele. Como diz Ungaretti, '*Non mi lasciare ancora, sofferenza*'.* Ele não quer escrever? Pois então que cozinhe bastante seu caldo, e depois veremos. De resto, basta olhar para ele: está na cara que, no fundo, não aspira a outra coisa senão à dor."

"Você é de um cinismo revoltante. Faz um belo par com Adriana."

"Aí é que você se engana. Aliás, me ofende. Adriana é um anjo inocente. Caprichosa, vá lá, mas inocente como '*tutte — le femmine di tutti — i sereni animali — che avvicinano a Dio*'.** Já Micòl, como eu lhe disse e repito, é boa e sempre sabe o que faz, lembre-se."

Embora com menor frequência, ela também mencionava Giampiero Malnate, diante de quem sempre manteve uma atitude curiosa, basicamente crítica e sarcástica: como se tivesse ciúmes da relação dele com Alberto (um tanto exclusiva, para ser sincero), mas ao mesmo tempo se aborrecesse por ter de admiti-lo, e justamente por isso se empenhasse em "demolir o ídolo".

Na opinião dela, Malnate não era grande coisa nem no aspecto físico. Grande demais, largo demais, muito "pai" para ser levado em consideração desse ponto de vista. Era um desses tipos demasiado peludos que, por mais que façam a barba várias vezes ao dia, sempre têm um ar meio sujo, pouco lavado; e assim não dava, vamos ser sinceros. Talvez, pelo que se podia entrever através dos pesados óculos e lentes de um dedo

* "Não me deixe ainda, sofrimento." O verso de Ungaretti, o último do poema "Auguri per il proprio compleanno", do livro *Sentimento del tempo* (1936), é: "*Non mi lasciare, resta, sofferenza!*" [Não me deixe, fique, sofrimento!].

** "Todas/ as fêmeas de todos/ os serenos animais/ que se aproximam de Deus." Versos finais do poema "A mia moglie" (1911), do *Canzoniere* de Umberto Saba.

de espessura, atrás dos quais se disfarçava (parece que o faziam suar, e dava vontade de tirá-los), talvez tivesse olhos passáveis: cinzentos, "de aço", de homem forte. Mas muito sérios e severos, aqueles olhos. Muito constitucionalmente matrimoniais. Apesar da desdenhosa misoginia aparente, eles ameaçavam sentimentos tão eternos de fazer congelar qualquer garota, mesmo a mais tranquila e morigerada.

Tinha uma cara bonita, tudo bem; mas não tão original quanto ele parecia supor. Quer apostar que, se interrogado de jeito, ele acabaria confessando se sentir desconfortável em trajes urbanos, preferindo a eles um casaco corta-vento, bombachas e as botas dos infalíveis fins de semana no Mottarone ou no Rosa? A propósito, o fiel cachimbo era bastante revelador: valia por todo um programa de austeridade masculina e subalpina, uma bandeira.

Alberto e ele eram grandes amigos, se bem que Alberto, com seu caráter mais passivo, de *punching ball*, sempre fosse amigo de todos e de ninguém. Passaram anos inteiros juntos, em Milão: e isso decerto tinha seu peso. Seja como for, eu também não achava um tanto exagerada aquela permanente confabulação entre os dois? Era um *nhe-nhe-nhem* só: mal acabavam de se encontrar e logo começavam, nada podia tirá-los daquela conversa infinita. E vai saber sobre quê! Mulheres? Ora! Conhecendo Alberto, que nesse campo sempre foi muito reservado, para não dizer misterioso, ela não apostaria muito nisso, sinceramente.

"Vocês o têm visto?", decidi um dia perguntar, lançando a questão com o tom mais indiferente que eu podia.

"Mas claro... acho que ele vem de vez em quando visitar seu Alberto", respondeu tranquila. "Eles se fecham no quarto, tomam chá, fumam cachimbo (Alberto começou a dar umas pitadas de uns tempos para cá) e falam, falam, sorte deles, só fazem falar."

Ela era inteligente e sensível demais para não ter adivinhado o que eu ocultava sob aquela indiferença, ou seja: o desejo subitamente agudíssimo e sintomático de revê-la. Entretanto se comportou como se não houvesse entendido, sem acenar sequer de modo indireto à possibilidade de que, mais cedo ou mais tarde, eu também pudesse ser convidado a visitar sua casa.

2

Passei a noite seguinte em grande agitação. Dormia, acordava, tornava a dormir. E sempre voltava a sonhar com ela.

Sonhava, por exemplo, que eu estava exatamente como no primeiro dia em que pus os pés no jardim, olhando-a enquanto ela jogava tênis com Alberto. Mesmo em sonho, não tirava os olhos dela nem por um instante. Voltava a dizer a mim mesmo que ela era esplêndida, assim suada e vermelha, com aquele vinco de empenho e decisão quase feroz que lhe dividia verticalmente a fronte, tensa como estava no esforço de derrotar o irmão mais velho, sorridente, pouco vigoroso e entediado. Agora, porém, eu me sentia oprimido por um incômodo, uma amargura e uma dor quase insuportáveis. Da menina de dez anos antes — eu me indagava desesperado —, o que restara nessa Micòl de ar tão livre, esportivo, moderno (sobretudo livre!), a ponto de fazer pensar que havia passado os últimos anos circulando pelas mecas do tênis internacional, Londres, Paris, Côte d'Azur, Forest Hills? Sim, eu comparava: da menina lá estavam os cabelos louros e finos, estriados de mechas quase brancas, as íris azul-celeste, quase escandinavas, a pele cor de mel e, sobre o peito, o pequeno disco de ouro do *shaddai*. O que mais?

Depois nos encontrávamos fechados dentro da carruagem, naquela penumbra cinzenta e rançosa: com Perotti sentado na boleia em frente, imóvel, mudo, ameaçador. Se Perotti estava lá em cima — eu pensava —, virando-nos as costas com obstinação, decerto o fazia para não ser obrigado a ver o que estava acontecendo ou o que poderia acontecer no interior da carruagem, ou seja, por discrição servil. No entanto, mesmo assim o velho malandro estava a par de *tudo*, e como estava! Sua esposa, a desbotada Vittorina, espiando pelos batentes semicerrados do portão do depósito (de vez em quando eu percebia a pequena cabeça réptil da mulher, lustrosa de cabelos lisos, corvinos, avançar cautelosa além da margem do batente), sua esposa estava lá, facciosa, a mirá-lo com seu olho escuro e descontente, preocupado, lançando-lhe de esguelha gestos e trejeitos convencionais.

E estávamos até no quarto dela, Micòl e eu, e mais uma vez não a sós, mas "*constrangidos*" (foi ela quem sussurrou) pela inevitável presença estranha, que dessa vez era a de Jor, agachado no centro do cômodo como um enorme ídolo de granito; Jor, que nos encarava com seus dois olhos de gelo, um preto e outro azul. O aposento era comprido e estreito, apinhado como uma despensa de alimentos, com toranjas, laranjas, tangerinas e sobretudo *làttimi*, organizados em fila como livros nas prateleiras de grandes estantes negras, austeras, eclesiásticas, que iam até o teto; e os *làttimi* não eram absolutamente os objetos de vidro descritos por Micòl, mas, como eu havia suposto, queijos, pequenas e gotejantes figuras de queijo esbranquiçado, em formato de garrafa. Rindo, Micòl insistia para que eu provasse e saboreasse um deles. E eis que se espichava na ponta dos pés e já estava quase tocando com o indicador estendido da mão direita um dos que estavam postos mais no alto (os de lá de cima eram os melhores — ela me explicava —, os mais frescos), mas eu não, não aceitava de jeito nenhum, angustiado não só pela presença do cão, mas também pela consciência de que lá fora, enquanto conversávamos, a maré lacustre estava subindo rapidamente. Se eu demorasse mais um pouco, a água alta me imobilizaria, impedindo-me de sair de seu quarto sem ser notado. De fato, eu entrara ali de noite e às escondidas, no quarto de Micòl: escondido de Alberto, do professor Ermanno, de dona Olga, da avó Regina, dos tios Giulio e Federico, da cândida sra. Blumenfeld. E Jor, que era o único a saber, testemunha exclusiva da *coisa* que entre nós *também* havia, este não podia dizer nada.

Sonhava ainda que agora nos falávamos finalmente às claras, sem mais fingimentos, com as cartas na mesa.

Como sempre, estávamos no meio de uma discussão, Micòl afirmando que a *coisa* entre nós começara desde o primeiro dia, isto é, desde que ela e eu, ainda muito surpresos de nos reencontrar e reconhecer, tínhamos escapado para ver o jardim, e eu contestando que não, que a meu ver a *coisa* começara bem depois, por telefone, quando ela me dissera que se tornara "feia", uma "solteirona de nariz vermelho". Eu não acreditara, é claro. No entanto, ela nem podia imaginar — eu acrescentava, com um nó na garganta — como suas palavras me fizeram sofrer. Nos dias seguintes, antes de reencontrá-la, eu havia pensado continuamente nisso, sem conseguir me apaziguar.

"Bem, talvez seja verdade", Micòl concordava nesse ponto, pousando sua mão na minha. "Se a ideia de que me tornei feia e de nariz vermelho ficou atravessada em você, então me rendo, quer dizer que você tem razão. Mas como faremos agora? A desculpa do tênis já não se sustenta, e aqui em casa, com o perigo de ficarmos bloqueados pela água alta (está vendo como é Veneza?), em casa não seria conveniente nem adequado que você entrasse."

"E para que isso?", eu rebatia. "No fim das contas, você poderia sair."

"Eu, sair?", exclamava ela, arregalando os olhos. "E me diga, *dear friend*: para ir aonde?"

"Não... não sei", eu respondia balbuciando. "Ao Montagnone, por exemplo, ou à praça de Armas nos lados do Aqueduto, ou então, se for incômodo se comprometer, à Piazza della Certosa, do lado da Via Borso. É lá que *todo mundo* sempre foi namorar (não sei seus pais, mas os meus, nos velhos tempos, também iam). E, tenha paciência, namorar um pouco juntos, que mal tem? Não é como fazer amor! É ficar no primeiro degrau, à beira do abismo. Mas até tocar o fundo do abismo, ainda há uma longa descida pela frente!"

E eu estava a ponto de acrescentar que, se nem a Piazza della Certosa lhe agradava, como parecia, também poderíamos quem sabe pegar dois trens diferentes e nos encontrarmos em Bolonha. Além disso eu não ia, faltando-me a coragem até em sonho. Mas ela, balançando a cabeça e sorrindo, já me declarava que era inútil, impossível, "*verboten*": nunca sairia da casa e do jardim comigo. O que é?, provocava-me, divertida. Depois que ela se deixasse levar por aí, circulando nos costumeiros locais "ao ar livre" propícios ao "eros do *natío borgo selvaggio*",* por acaso seria em Bolonha, quem sabe em algum "hotelzão" daqueles preferidos por vovó Josette, tipo o Brun e o Baglioni** (de todo modo, mediante a prévia apresentação na *réception* de nossas excelentes e perfeitamente homólogas credenciais de raça), que eu planejava a partir de agora conduzi-la?

Na noite do dia seguinte, assim que voltei de uma ida imprevista a Bolonha, à universidade, tentei ligar para ela.

Alberto atendeu.

"Como vai?", cantarolou irônico, logo demonstrando reconhecer mais uma vez minha voz. "Faz um bom tempo que não nos vemos. Tudo bem? O que tem feito?"

Desconcertado e com o coração em tumulto, desandei a falar precipitadamente. Juntei um monte de coisas: notícias sobre a tese de graduação, que se avolumava à minha frente como

* "Selvagem vilarejo natal" é um verso do poema "Le ricordanze" [As recordações], de Giacomo Leopardi (1798-1837). ** Os dois melhores hotéis de Bolonha antes da Segunda Guerra.

uma muralha intransponível; considerações sobre a estação, que, depois dos últimos quinze dias de mau tempo, parecia prometer algum respiro (mas não havia muita esperança: o ar pungente falava por si, já estávamos em pleno inverno, e os belos dias de outubro passado, era melhor esquecê-los); e principalmente histórias sobre minha rápida passagem por Bolonha.

De manhã — relatei — eu tinha passado na Via Zamboni, onde, depois de ter acertado algumas coisas na secretaria, pude consultar na biblioteca certo número de títulos da bibliografia panzacchiana que eu estava preparando. Mais tarde, por volta da uma, fui comer no Papagallo: mas não no assim chamado "seco", aos pés dos Asinelli, que além de caríssimo tinha uma cozinha a meu ver nitidamente inferior à fama, mas no outro, o Papagallo "ensopado", que ficava em uma ruazinha lateral à Via Galliera e era especial justamente pelos ensopados e caldos, e também pelos preços, de fato modestos. Depois, à tarde, fui encontrar uns amigos e fiz a ronda pelas livrarias do centro, tomei chá no Zanarini, o da Piazza Galvani, ao final do Pavaglione; resumindo, passei muito bem — concluí —, "quase como quando frequentava regularmente a cidade".

"Imagine que", acrescentei em seguida, inventando do nada, e quem sabe que demônio me inspirou a contar de repente uma história daquelas, "antes de voltar à estação, tive até tempo de dar uma passadinha na Via dell'Oca."

"Na Via dell'Oca?", perguntou Alberto, animando-se de pronto, mas com certa timidez.

Não precisei de outro incentivo para me sentir tomado daquele mesmo impulso rude que às vezes levava meu pai a se mostrar diante dos Finzi-Contini bem mais grosseiro e "assimilado" do que realmente era.

"Como!", exclamei. "Não vá me dizer que não sabe que na Via dell'Oca, em Bolonha, há uma das... pensõezinhas de família mais famosas da Itália!"

Ele tossiu.

"Não, não sabia", falou.

Então, com um tom de voz diferente, acrescentou que dali a uns dias ele também teria de viajar para Milão. Ficaria lá uma semana, pelo menos. Afinal de contas, junho não estava tão longe quanto parecia, e ele ainda não achara um professor que lhe permitisse remendar "um trapo de tese qualquer"; para ser sincero, nem procurara um.

Depois disso, mudando de novo de assunto, perguntou se por acaso, agora há pouco, eu não tinha passado de bicicleta pela Muralha degli Angeli. Naquele momento ele estava no jardim, tinha ido ver o estrago que a chuva causara à quadra de tênis. Mas um pouco pela distância, um pouco pela luz já escassa, não conseguiu apurar se de fato fosse eu o tipo que, sem descer do selim e apoiando-se com a mão ao tronco de uma árvore, estava lá, parado, a observar. Ah, então era eu?, continuou, depois que admiti, não sem titubear, que, ao voltar para casa da estação, tinha tomado o caminho da Muralha: e isso, expliquei, por uma íntima repulsa que sempre experimentei ao topar com certas "caras de réu" reunidas em frente ao Caffè della Borsa, na avenida Roma, ou dispersas ao longo da Giovecca. Ah, então era eu?, repetiu. Bem que ele tinha desconfiado! De todo modo, se era eu, por que não respondi aos chamados dele, aos seus assovios? Não escutei?

Não escutei — voltei a mentir —, aliás, nem tinha notado que ele estava no jardim. E agora não tínhamos mais nada a nos dizer, mais nada com que preencher o repentino silêncio que se abrira entre nós.

"Mas você... você queria falar com Micòl, não é?", ele disse afinal, como se recordando.

"Pois é", respondi. "Poderia chamá-la, por favor?"

Ele a chamaria com o maior prazer, replicou. Acontece que (e era muito estranho que, pelo visto, "aquele anjo" não me tivesse avisado) Micòl tinha ido no início da tarde para Veneza, com o mesmo propósito de salvar seu pescoço da tese. Descera para o almoço já vestida para a viagem, com malas e tudo, anunciando sua intenção à "família boquiaberta". Não aguentava mais, declarou, sentir aquele trabalhinho pesando no estômago. Em vez de junho, ela se formaria em fevereiro: o que em Veneza, com as bibliotecas Marciana e Querini-Stampalia à disposição, seria a coisa mais fácil do mundo, ao passo que em Ferrara, não; por um monte de motivos, sua tese sobre Dickinson nunca avançaria no ritmo necessário. Foi o que ela disse. Mas quem sabe se resistiria à atmosfera depressiva de Veneza, e de uma casa (a dos tios) que ela não amava. O mais provável é que, dali a uma ou duas semanas, a víssemos voltar à base com a viola no saco. Nem em sonho ele imaginaria Micòl passando mais de vinte dias seguidos longe de Ferrara, nunca...

"Ah", concluiu. "Seja como for, o que você diria (nesta semana é impossível, na próxima, também, mas na outra daria, acho que seria possível), o que você diria de combinarmos uma ida de carro até Veneza? Seria divertido aparecermos do nada na frente da irmãzinha: eu, você e o Giampi Malnate, por exemplo!"

"É uma ideia", respondi. "Por que não? Podemos falar sobre o assunto."

"Enquanto isso", ele retomou com um esforço no qual eu sentia sua vontade de me oferecer imediatamente uma compensação pelo que me revelara, "enquanto isso, por favor, se você não tiver nada melhor a fazer, por que não vem me encontrar aqui em casa, digamos amanhã, por volta das cinco da tarde? Acho que amanhã Malnate virá também. Vamos tomar chá... ouvir uns discos... bater papo... Não sei se lhe interessa, a você, que é um literato, ficar com um engenheiro (que serei mais tarde) e um químico industrial. Mas, se você se *dignar*, não faça cerimônia: venha, que nos dará um grande prazer."

Continuamos a conversa mais um pouco, Alberto cada vez mais animado e entusiasta com aquele seu projeto, que parecia intempestivo, de me receber em sua casa, e eu, atraído, mas também repelido. Era a mais pura verdade, lembrei-me: pouco antes, da Muralha, passei quase meia hora olhando o jardim e sobretudo a casa, que, do ponto onde eu estava, e através dos ramos quase nus das árvores, eu via incidir no céu crepuscular fina e elevada como um emblema heráldico. Duas janelas do mezanino, ao nível do terraço do qual se descia ao parque, já estavam iluminadas, e uma luz elétrica também filtrava lá de cima, da única e altíssima janelinha que se abria imediatamente abaixo da cumeeira do telhado em forma de cúspide. Por longo tempo, com os bulbos dos olhos doloridos na cavidade das órbitas, continuei fixando o pequeno lume da janelinha superior (um quieto e trêmulo lampejo suspenso no ar cada vez mais escuro, como o de uma estrela); e somente os assovios distantes e os gritos tiroleses de Alberto, suscitando em mim, além do temor de ter sido reconhecido, a ânsia de tornar a ouvir ao telefone a voz de Micòl, puderam a certa altura arrastar-me de lá...

Mas e agora?, eu me perguntava, desconsolado. Que me importava ir agora à casa *deles*, se eu não encontraria mais Micòl?

Até que a notícia que recebi de minha mãe enquanto eu saía do compartimento do telefone, ou seja, que por volta do meio-dia Micòl Finzi-Contini telefonara perguntando por mim ("Me pediu que lhe avisasse que ela precisou viajar para Veneza, que lhe manda lembranças e que vai lhe escrever", acrescentou mamãe, desviando o olhar), foi suficiente para me fazer mudar logo de ideia. Desde aquele instante, o tempo que me separava das cinco do dia seguinte começou a passar com extrema lentidão.

3

Foi assim que desde então comecei a ser recebido pode-se dizer diariamente no apartamento particular de Alberto (que ele chamava de estúdio; e de fato era um estúdio, com quarto de dormir e banheiro contíguos): aquele famoso quarto atrás de cuja porta, passando pelo corredor ao lado, Micòl ouvia ressoar as vozes misturadas do irmão e do amigo Malnate, e onde, afora as criadas quando chegavam com o carrinho de chá, durante todo o inverno jamais me ocorreu de encontrar qualquer outro membro da família. Oh, o inverno de 1938-39! Recordo aqueles longos meses imóveis, como suspensos acima do tempo e do desespero (em fevereiro nevou, Micòl demorava a regressar de Veneza), e ainda agora, há mais de vinte anos de distância, as quatro paredes do estúdio de Alberto Finzi-Contini voltam a ser para mim o vício, a droga tão necessária quanto inconsciente de cada dia de então...

O certo é que eu não estava nem um pouco desesperado naquela primeira tarde de dezembro em que tornei a atravessar de bicicleta o Barchetto del Duca. Micòl havia partido. Entretanto eu pedalava pela alameda de entrada, na pouca luz e em meio à névoa, como se dali a pouco fosse reencontrar Micòl, e apenas Micòl. Estava emocionado, alegre, quase feliz. Olhava à minha frente, buscando com o farol os locais de um passado que me parecia remoto, mas ainda recuperável, não ainda perdido. E eis o pequeno bosque de bambus e mais acima, à direita, a sombra incerta da casa colonial dos Perotti, de onde uma das janelas do primeiro andar vazava uma luz amarelada; eis que mais à frente vem ao meu encontro a fantasmática estrutura da ponte sobre o Panfilio; e eis por fim, prenunciada pelo rangido dos pneus no pedrisco da esplanada, a massa gigantesca da *magna domus*, inacessível como um penhasco isolado, completamente escura, exceto por uma luz branca e vivíssima que saía em fluxos de uma pequena porta térrea, aberta evidentemente para me acolher.

Desci da bicicleta e fiquei parado por um instante, olhando a soleira deserta. Cortada na transversal pela folha esquerda da porta que permanecera fechada, eu podia entrever uma escada pequena e íngreme, recoberta por uma faixa de tapete vermelho: de um vermelho vivo, escarlate, sanguíneo. A cada degrau, uma barra de latão polida e cintilante, como se fosse de ouro.

Depois de apoiar a bicicleta na parede externa, inclinei-me para prendê-la com o cadeado. E ainda estava ali, na sombra, inclinado rente à porta através da qual, além da luz, emanava uma boa quentura de aquecedor (no escuro, não conseguia manejar bem o cadeado, de modo que já pensava em acender um fósforo), quando de repente a voz familiar do professor Ermanno ressoou próxima.

"O que você está fazendo? Está trancando à chave?", dizia o professor, parado na soleira. "Mas faz muito bem. Nunca se sabe, prudência nunca é demais."

Como sempre sem compreender se ele zombava veladamente de mim com sua gentileza um tanto lamuriosa, levantei-me de pronto.

"Boa tarde", falei, tirando o chapéu e estendendo-lhe a mão.

"Boa tarde, meu caro", respondeu ele. "Mas pode ficar com o chapéu, pode ficar!"

Senti sua mão pequena e gorducha insinuar-se quase inerte na minha e retirar-se imediatamente. Estava sem chapéu, com uma velha boina esportiva baixada até os óculos e uma echarpe de lã em torno do pescoço.

Espreitou desconfiado em direção à bicicleta.

"Você a trancou, não é?"

Respondi que não. Então ele, contrariado, insistiu que eu voltasse atrás e fizesse o favor de trancá-la à chave, porque — repetiu — nunca se sabe. Um furto era improvável, continuava dizendo da soleira, enquanto eu de novo tentava introduzir entre os raios da roda posterior o gancho do cadeado. Todavia não era possível confiar plenamente no muro externo do jardim. Ao longo do perímetro do muro, em especial nos flancos da Muralha degli Angeli, havia pelo menos uma dezena de pontos em que uma escalada não seria de nenhuma dificuldade para um garoto razoavelmente esperto. De resto, tornar a ultrapassá-lo, mesmo com o peso de uma bicicleta a tiracolo, seria para o mesmo garoto uma operação também bastante fácil.

Por fim, consegui acionar o cadeado. Ergui os olhos, mas na soleira não havia ninguém.

O professor me aguardava no vestíbulo, aos pés da escada. Entrei, fechei a porta, e somente então me dei conta de que ele me olhava perplexo, arrependido.

"Eu me pergunto", disse, "se não teria sido melhor você trazer a bicicleta para dentro... Aliás, confie em mim. Da próxima vez que vier, pode entrar com a bicicleta. Se deixá-la ali, debaixo da escada, não vai dar o mínimo incômodo a ninguém."

Virou-se e começou a subir. Mais que nunca encurvado, sempre com a boina na cabeça e a echarpe ao pescoço, avançava com vagar, agarrando-se ao corrimão. Enquanto isso falava, ou melhor, balbuciava: como se, mais que a mim que o seguia, se dirigisse a si mesmo.

Foi Alberto quem dissera a ele que hoje eu viria visitá-lo. De modo que, como Perotti acusara de manhã um pouco de febre (tratava-se apenas de uma leve bronquite, mas que precisava ser tratada a fim de evitar possíveis contágios), e como não dava para contar com Alberto, sempre desmemoriado, distraído, nas nuvens, ele mesmo assumira a tarefa de "estar de sentinela". Claro, se Micòl estivesse em casa, ele não teria nenhum motivo de preocupação, já que Micòl, sabe-se lá como fazia, sempre achava tempo para cuidar de tudo, dedicando-se não só aos próprios estudos, mas também ao andamento geral da casa, e até aos "fogões", isso mesmo, pelos quais nutria uma paixão quase igual à que lhe suscitavam os romances e as poesias (era ela que fazia as contas nos fins de semana com Gina e Vittorina, ela que, quando necessário, se incumbia de *sciachtare* as galinhas com as próprias mãos: e isso apesar de amar tanto os bichos, coitada!). Mas hoje Micòl não estava (Alberto me avisara que Micòl não estava em casa?), infelizmente precisou partir para Veneza ontem à tarde. E lá ia ele me explicando todos os motivos pelos quais, não podendo contar com Alberto nem com seu "anjo da guarda", e como se não bastasse diante da indisposição de Perotti, teve de fazer as vezes também de porteiro.

Disse ainda outras coisas que não recordo. Mas me lembro de que, ao final, voltou a falar de Micòl, dessa vez para se queixar de uma "recente inquietude" por parte dela, devida, percebe-se, a "tantos fatores", se bem que... E aqui se calou de repente. Durante todo aquele tempo, não só subimos até o topo da escada, mas também enveredamos e seguimos por dois corredores, atravessando vários aposentos com o professor Ermanno sempre me servindo de guia e apagando uma a uma as luzes por onde passávamos.

Absorvido como estava pelo que ouvia a respeito de Micòl (o detalhe de que era ela quem, com as próprias mãos, esganava os frangos na cozinha estranhamente me fascinara), eu observava, mas quase sem ver. De resto, passávamos por ambientes não muito diversos dos de outras casas da boa sociedade ferrarense, judaica ou não, invadidos também estes pelo habitual mobiliário: armários monumentais, pesados baús seiscentistas de pés com formato leonino, mesas tipo refeitório, "savonarolas" de couro com guarnições em bronze, poltronas *frau*, rebuscados lampadários de vidro ou ferro batido pendentes no centro de tetos em caixotões, espessos tapetes de cor tabaco, cenoura e sangue de boi, estendidos em toda parte sobre parquetes de um brilho fosco. Ali talvez houvesse uma maior quantidade de quadros do século XIX, paisagens e retratos, e de livros, na maior parte encadernados e enfileirados atrás dos vidros de enormes estantes de mogno escuro. Além disso, dos grandes radiadores da calefação se desprendia um calor que em nossa casa meu pai qualificaria de delirante (eu tinha a impressão de escutá-lo!): mais que de uma casa particular, um calor de hotel luxuoso, e de fato, quase de imediato, comecei a suar e precisei tirar meu casaco.

Ele na frente e eu atrás, atravessamos pelo menos uma dúzia de cômodos de tamanho desigual, ora amplos como autênticas salas, ora pequenos e até minúsculos, conectados um ao outro às vezes por corredores nem sempre retos nem no mesmo nível. Por fim, quando chegamos à metade de um desses corredores, o professor Ermanno se deteve diante de uma porta.

"Aqui estamos", disse.

Apontava a entrada com o indicador, convidativo.

Desculpou-se por não poder entrar comigo, porque — explicou — precisava repassar certas contas das propriedades rurais; e prometeu que dali a pouco mandaria "uma das moças com alguma coisa quente"; depois disso, assegurando-se de que eu voltaria (continuava guardando para mim as cópias de seus artiguinhos sobre a história veneziana, que eu não me esquecesse!), apertou minha mão e desapareceu rapidamente no fundo do corredor.

Entrei.

"Ah, você está aqui!", cumprimentou-me Alberto.

Estava afundado em uma poltrona.

Levantou-se apoiando ambas as mãos nos braços, ficou de pé, deixou sobre uma baixa mesinha de canto o livro que estava lendo, aberto e com o dorso para cima, e por fim veio ao meu encontro.

Trajava uma calça de vicunha cinza e um de seus belos pulôveres cor de folha seca, sapatos ingleses marrons (Dawsons autênticos, depois me disse, que encontrara em Milão em uma lojinha perto de San Babila), uma camisa de flanela aberta no colarinho sem gravata, e trazia um cachimbo entre os dentes. Apertou minha mão sem excessiva cordialidade. Enquanto isso, mirava um ponto além de meus ombros. O que estava atraindo sua atenção? Eu não entendia.

"Me desculpe", murmurou.

Desviou-se de mim inclinando o longo dorso de lado e, no instante em que passava ao meu lado, me dei conta de ter deixado a dupla porta aberta pela metade. Todavia Alberto já estava lá, pronto para fechá-la. Pegou a maçaneta da porta externa, mas, antes de puxá-la para si, espichou a cabeça para fora e escrutou o corredor.

"E Malnate?", perguntei. "Ainda não chegou?"

"Não, ainda não", respondeu enquanto voltava.

Fez que lhe passasse o chapéu, a echarpe, o casaco, e então desapareceu no cômodo ao lado. Deste, entrevisto pela porta comunicante, me foi dado perceber já alguma coisa: parte da cama coberta por uma colcha de lã xadrez em vermelho e azul, de tipo esportivo, aos pés dela um pufe de couro e, pendurado na parede lateral à estreita passagem que dava no banheiro, também este semiaberto, um pequeno nu masculino de De Pisis enquadrado em uma moldura simples e clara.

"Sente-se", disse Alberto. "Volto logo."

De fato, ele logo reapareceu, e agora, sentado à minha frente na mesma poltrona de onde o vi levantar-se pouco antes com uma levíssima ostentação de cansaço, talvez de tédio, me examinava com uma estranha expressão de simpatia destacada, objetiva, que nele, como eu sabia, era sinal do máximo interesse pelos outros de que era capaz. Sorria para mim revelando os grandes incisivos da família materna: grandes e fortes demais para seu rosto comprido e pálido, e mesmo para as gengivas que os encimavam, não menos exangues que o rosto.

"Quer ouvir um pouco de música?", propôs, acenando para um rádio-gramofone disposto no canto do estúdio, ao lado da entrada. "É um Philips, realmente muito bom."

Fez que ia se levantar de novo da poltrona, mas o detive.

"Não, espere", falei, "talvez depois."

Olhei ao redor.

"Que discos você tem?"

"Ah, um pouco de tudo: Monteverdi, Scarlatti, Bach, Mozart, Beethoven. Também *disponho* de bastante jazz, mas não se assuste: Armstrong, Duke Ellington, Fats Waller, Benny Goodman, Charlie Kunz..."

Continuou listando nomes e títulos, gentil e equânime como de costume, mas com indiferença: nem mais nem menos como se me deixasse escolher em um cardápio de pratos que ele mesmo se absteria de experimentar. Só se animou, e moderadamente, ao me exibir as virtudes de *seu* Philips. Era — ele disse — um aparelho bastante notável, devido a certos "dispositivos" especiais que, planejados por ele, depois foram executados por um ótimo técnico de Milão. Tais modificações influíam sobretudo na qualidade do som, que era emitido não por um único alto-falante, mas por quatro fontes sonoras distintas. Havia de fato o alto-falante reservado aos sons graves, outro aos médios, o terceiro aos agudos e o quarto aos agudíssimos; de modo que, por meio do alto-falante destinado, suponhamos, aos sons agudíssimos, até os assovios — fez sorrindo — "saíam" à perfeição. E eu não pensasse que estivessem dispostos todos juntos, pelo amor de Deus! *Dentro* do móvel do rádio-gramofone ficavam apenas dois: o alto-falante de sons médios e o dos agudos. O dos agudíssimos ele teve a ideia de esconder lá ao fundo, perto da janela, ao passo que o quarto, o dos graves, foi instalado bem debaixo do sofá onde eu estava sentado. E tudo isso com o objetivo de se alcançar certo efeito estereofônico.

Naquele momento Dirce entrou, vestindo um uniforme de tecido azul e avental branco, estreito na cintura, arrastando atrás de si o carrinho de chá.

Vi surgir no rosto de Alberto uma ligeira expressão de contrariedade. A jovem também deve ter percebido.

"Foi o professor quem mandou que o trouxesse logo", disse.

"Não se preocupe. Vamos então beber uma xícara de chá."

De cabelos louros e encaracolados, com as bochechas avermelhadas das vênetas pré-alpinas, a filha de Perotti preparou em silêncio e de olhos baixos as duas xícaras e as pousou na mesinha, retirando-se em seguida. No ar do aposento permaneceu um cheiro bom de sabonete e talco. Até o chá, assim me pareceu, sabia levemente a ele.

Enquanto eu bebia, continuava olhando ao redor. Admirava a decoração do quarto, tão racional, funcional, moderna, tão diferente do resto da casa, e no entanto não conseguia entender por que me sentia invadido por uma crescente sensação de desconforto, de opressão.

"Gosta de como arrumei meu estúdio?", indagou Alberto.

De repente, parecia ansioso sobre meu consenso: que eu naturalmente não lhe neguei, derramando-me em elogios à simplicidade da mobília (pondo-me de pé, fui examinar de perto uma grande mesa de desenhista, disposta de viés perto da janela e encimada por uma perfeita luminária articulável, de metal) e sobretudo às luzes indiretas, que — asseverei — me pareciam não só muito repousantes, mas também adequadíssimas ao trabalho.

Ele me deixava falar e parecia contente.

“Foi você quem desenhou os móveis?”

“Na verdade, não. Copiei um pouco da *Domus* e da *Casabella*, e um pouco da *Studio*, sabe, aquela revista inglesa... Quem os fez para mim foi um marceneiro da Via Coperta.”

Ouvir que eu aprovava seus móveis — acrescentou — só podia enchê-lo de satisfação. De fato, seja para descansar ou trabalhar, que necessidade havia de se cercar de coisas feias ou quem sabe de antiguidades? Quanto a Giampi Malnate (e ao nomeá-lo enrubesceu um tantinho), aquele vivia insinuando que o estúdio, decorado como estava, parecia mais uma garçonnière que um estúdio; e ainda dizia, como bom comunista, que as *coisas* podem no máximo oferecer paliativos, sucedâneos, sendo ele contrário por princípio a paliativos e sucedâneos de qualquer espécie, e contrário até à técnica, inclusive, sempre que a técnica tivesse a pretensão de atribuir a um gaveteiro de fechadura perfeita, só para dar um exemplo, a solução de todos os problemas do indivíduo, inclusive aqueles morais e políticos. De todo modo, ele — e tocou o próprio peito com um dedo — tinha uma opinião diferente. Mesmo respeitando as convicções de Giampi (era comunista, e como: eu não sabia?), ele achava a vida já muito confusa e tediosa para que também o fossem os objetos e o mobiliário, esses nossos mudos e fiéis companheiros de quarto.

Foi a primeira e última vez que o vi acalorar-se, tomar partido por certas ideias em vez de outras. Bebemos uma segunda xícara de chá, mas agora a conversa definhava, tanto que foi preciso recorrer à música.

Escutamos uns dois discos. Dirce voltou trazendo uma bandeja de guloseimas. Finalmente, por volta das sete, o telefone que estava sobre uma escrivaninha ao lado da mesa de desenho começou a tocar.

“Quer apostar que é Giampi?”, resmungou Alberto, indo atender.

Antes de erguer o fone do gancho, hesitou um instante: como o jogador que, tendo recebido as cartas, retarda o momento de olhar a sorte de frente.

Mas era mesmo Malnate, como logo percebi.

"E então, o que você está fazendo? Não vem mais?", dizia Alberto decepcionado, com uma queixa quase infantil na voz.

O outro falou longamente (colado ao ouvido de Alberto, o receptor vibrava sob o choque de sua grave e calma pronúncia lombarda). Por fim, pude distinguir um "tchau", e a comunicação foi interrompida.

"Ele não vem", disse Alberto.

Voltou lento para a poltrona, deixou-se cair nela, esticou-se e bocejou.

"Parece que ficou preso na fábrica", acrescentou, "e que ainda vai ficar lá umas duas ou três horas. Pediu desculpas. E me disse que lhe mandasse saudações."

4

Mais que o genérico "até logo" que troquei com Alberto ao me despedir, foi uma carta de Micòl, postada dias depois, que me convenceu a voltar lá.

Tratava-se de uma cartinha espirituosa, nem muito longa nem muito curta, escrita nas quatro faces de duas folhas de papel azul que uma caligrafia ao mesmo tempo impetuosa e leve preenchera rapidamente, sem incertezas ou correções. Micòl iniciava com um pedido de desculpas: viajara de repente, sem nem me dar tchau, e isso não tinha sido elegante de sua parte, estava prontíssima a admiti-lo. Porém, antes de partir — acrescentava —, havia tentado me ligar, mas infelizmente não me encontrou; além disso, recomendara a Alberto que, se por acaso eu não me fizesse vivo, ele mesmo me procurasse. Se foi assim que se passou, isso quer dizer que ele, Alberto, manteve o juramento de me resgatar "custasse o que custasse"? Ele, com sua famosa fleuma, sempre deixava todos os contatos se perderem, e no entanto precisava tanto desses contatos, o desgraçado! A carta prosseguia por mais duas páginas e meia, discorrendo sobre a tese agora "de velas soltas rumo ao porto final", referindo-se a Veneza que no inverno "simplesmente fazia chorar", e encerrando de surpresa com a tradução em versos de um poema de Emily Dickinson.

Esta:

Morii per la Bellezza: e da poco ero
discesa nell'avello,
che, caduto pel Vero, uno fu messo
nell'attiguo sacello.

"Perché sei morta?", mi chiese sommesso.
Dissi: "Morii pel Bello".
"Io per la Verità; dunque è lo stesso,
— disse —, son tuo fratello."

Da tomba a tomba, come due congiunti
incontratisi a notte,
parlavamo cosi; finché raggiunti
*l'erba ebbe nomi e bocche.**

Em seguida, um postscriptum que dizia textualmente: "*Alas, poor Emily*. Eis o tipo de compensação com que deve contentar-se a abjeta solteirice!".

Gostei da tradução, mas foi sobretudo o postscriptum que me tocou. A quem eu deveria referi-lo? À "*poor Emily*" ou, mais ainda, a uma Micòl em fase depressiva, de autocomiseração?

* Poema 449, de Emily Dickinson: "*I died for Beauty—but was scarce/ Adjusted in the tomb/ When One who died for Truth, was lain/ In an adjoining Room— // He questioned softly 'Why I failed?'/ 'For Beauty', I replied—/ 'And I—for truth—Themself are One—/ We Brethren, are', He said—// And so, as Kinsmen, met a Night—/ We talked between the Rooms—/ Until the Moss had reached our lips—/ And covered up—our names—*". Na tradução de Maurício Santana Dias e Silvana Moreli Vicente Dias: "Morri pela Beleza — mas mal/ Me habituara ao Túmulo/ Quando Alguém, morto pela Verdade,/ Foi posto no Cômodo ao lado —// Suave me perguntou 'Por que morreu?'/ 'Pela Beleza', repliquei eu —/ 'E eu — pela Verdade — Ambas iguais' —/ Disse ele — 'Assim somos fraternais' —// Então, como Parentes na Noite —/ Conversamos entre as Paredes —/ Até que o Musgo nos chegou aos lábios —/ E nossos nomes — recobriu —".

Ao responder, mais de uma vez tive o cuidado de me ocultar atrás de espessas cortinas de fumaça. Depois de mencionar minha primeira visita à casa dela, omitindo quão decepcionante tinha sido para mim e prometendo que voltaria em breve, mantive-me prudentemente colado à literatura. Estupendo o poema de Dickinson — escrevi —, mas ótima também a tradução que ela fizera, e precisamente porque de um gosto um tanto ultrapassado, um pouco "à la Carducci". Tinha apreciado acima de tudo sua fidelidade. Dicionário na mão, eu a cotejara com o texto inglês, não encontrando nela nada discutível, com a exceção, talvez, de um ponto, ou seja, onde ela traduziu *moss*, que significa propriamente "musgo, mofo", por "relva". Quer dizer, continuei: mesmo assim como estava, a tradução dela funcionava muito bem, já que nessa matéria é sempre preferível uma bela infidelidade a uma feiura rasteira. De todo modo, o defeito que eu assinalava era plenamente remediável. Bastaria ajustar a última estrofe assim:

Da tomba a tomba, come due congiunti
incontratisi a notte,
parlavamo così; finché il muschio raggiunti
ebbe i nomi, le bocche.

Micòl respondeu dali a dois dias com um telegrama em que me agradecia "de todo coração, de verdade!" por meus conselhos literários e então, no dia seguinte, me mandou um aerograma contendo duas novas redações datiloscritas da tradução. Eu, por minha vez, enviei-lhe uma missiva de umas dez páginas que contestava palavra por palavra o aerograma. No fim das contas, por carta nos revelamos bem mais desajeitados e sem brilho que por telefone, de modo que logo interrompemos nossa correspondência. Mas nesse meio-tempo voltei a frequentar o estúdio de Alberto, agora com regularidade, mais ou menos todos os dias.

Giampiero Malnate também ia, assíduo e pontual, quase com a mesma frequência. Conversando, discutindo, muitas vezes brigando (enfim, odiando-nos e ao mesmo tempo nos amando desde o primeiro momento), foi assim que pudemos nos conhecer a fundo e passar muito rapidamente a um tratamento informal.

Eu me lembrava do modo como Micòl se expressara a respeito do "físico" dele. Eu também achava Malnate corpulento e opressivo; eu também, assim como ela, experimentava com frequência uma espécie de autêntico desgosto por aquela sinceridade, aquela lealdade, aquele eterno protesto de franqueza viril, aquela pacata confiança em um futuro lombardo e comunista que brilhava em seus olhos cinzentos e demasiado humanos. Apesar disso, desde a primeira vez que me sentei diante dele, no estúdio de Alberto, tive um único desejo: que ele se afeiçoasse a mim, que não me considerasse um intruso entre ele e Alberto, enfim, que não considerasse mal-arranjado o trio cotidiano em que, decerto não por iniciativa sua, ele se viu embarcado. Creio que a adoção do cachimbo por minha parte também remonte àquela época.

Falávamos de muitas coisas entre nós dois (Alberto preferia ficar ouvindo), mas sobretudo de política, é claro.

Eram os meses imediatamente sucessivos ao acordo de Munique, e justo este, o acordo de Munique e suas consequências, era o assunto mais recorrente em nossas discussões. Qual seria o próximo passo de Hitler, agora que a região dos Sudetos havia sido incorporada ao Grande Reich? Em que flanco ele atacaria? Quanto a mim, eu não era pessimista, e pelo menos dessa vez Malnate me deu razão. A meu ver, o pacto que a França e a Inglaterra foram forçadas a assinar ao final da crise do último setembro não seria duradouro. Sim. Hitler e Mussolini tinham induzido Chamberlain e Daladier a abandonar a Tchecoslováquia de Benes à própria sorte.

Mas e depois? Quem sabe trocando Chamberlain e Daladier por homens mais jovens e mais decididos (aí estava a vantagem do sistema parlamentar!, eu dizia), daqui a pouco a França e a Inglaterra seriam capazes de fincar os pés. O tempo só podia jogar a seu favor.

Mas bastava que a conversa derivasse para a guerra da Espanha, já em seus lances finais, ou tangenciasse de algum modo a União Soviética para que a atitude de Malnate em relação às democracias ocidentais, e a mim em especial, considerado com ironia seu representante e paladino, logo se tornasse menos flexível. Ainda o vejo avançar a grande cabeça morena para a frente, com a testa lustrosa de suor, cravando o olhar no meu com a mesma e insuportável tentativa de chantagem, entre moral e sentimental, a que recorria com tanto gosto, enquanto a voz assumia um tom grave, caloroso, persuasivo, paciente. Por favor, quem foram — perguntava — os verdadeiros responsáveis pela revolta franquista? Por acaso não foram as direitas francesa e inglesa, as quais não apenas a toleraram de início, mas depois, na sequência, até a apoiaram e aplaudiram? Do mesmo modo que o comportamento anglo-francês, correto na forma, mas na verdade ambíguo, permitiu que Mussolini abocanhasse a Etiópia em 1935, também na Espanha foi sobretudo a hesitação culpável dos Baldwin, dos Hallifax e do próprio Blum que fez a balança pender para o lado de Franco. Inútil culpar a União Soviética e as Brigadas Internacionais — insinuava cada vez mais suavemente —, inútil imputar à Rússia, que se tornou o confortável bode expiatório de todos os imbecis, se os acontecimentos ali estavam se precipitando. A verdade é outra: apenas a Rússia entendeu desde o início quem eram o Duce e o Führer, somente ela previu com clareza o inevitável acordo entre os dois e agiu a tempo, por conseguinte. Ao contrário, as direitas francesa e inglesa, subversivas da ordem democrática como todas as direitas de todos os países e de todos os tempos, sempre olharam a Itália fascista e a Alemanha nazista com uma simpatia mal disfarçada. Para os reacionários da França e da Inglaterra, o Duce e o Führer podiam parecer tipos com certeza meio incômodos, um tantinho mal-educados e excessivos, mas preferíveis sob todos os aspectos a Stálin, já que Stálin, como se sabe, sempre foi o demônio. Depois de ter atacado e anexado a Áustria e a Tchecoslováquia, a Alemanha já começava a pressionar a Polônia. Pois bem, se França e Inglaterra estavam reduzidas a pacientes espectadoras, era preciso impingir a responsabilidade por sua impotência atual àqueles cavalheiros valentes, dignos, decorativos, todos de cartola e redingote (tão condizentes, ao menos na maneira de vestir, com as nostalgias oitocentistas de *tantos* literatos decadentes...), que agora mesmo continuavam a governá-las.

Mas a polêmica de Malnate se tornava ainda mais viva toda vez que a conversa recaía sobre as últimas décadas da história italiana.

Ele dizia: era evidente que, para mim, e no fundo para o próprio Alberto, o fascismo não era senão uma doença repentina e inexplicável, que ataca à traição o organismo saudável, ou, para usar uma frase cara a Benedetto Croce, "mestre de ambos vocês" (e nessa altura Alberto nunca deixava de balançar a cabeça desolado, em sinal de negação, mas o outro nem o notava), a invasão dos hicsos. Resumindo, para nós dois, a Itália liberal dos Giolitti, dos Nitti, dos Orlando, e até a dos Sonnino, dos Salandra e dos Facta, tinha sido toda bela e santa, o produto milagroso de uma espécie de idade do ouro para a qual, se possível, seria oportuno voltar passo a passo. Mas acontece que estávamos errados, e como estávamos! O mal não tinha chegado de repente, de modo nenhum. Ao contrário, vinha de muito longe, ou seja, desde os primeiríssimos anos do Risorgimento, caracterizados por uma ausência, digamos sem meios-termos, total de participação popular, do povo de verdade, na causa da Liberdade e da Unificação. Giolitti? Se Mussolini conseguiu superar a crise causada pelo assassinato de Matteotti em 1924, quando tudo em volta dele parecia desmoronar e até o rei vacilava, devemos agradecer justamente ao *nosso* Giolitti, e a Benedetto Croce também, ambos dispostos a engolir qualquer sapo desde que o avanço das classes populares encontrasse barreiras e adiamentos. Foram eles mesmos, os liberais dos nossos sonhos, que concederam a Mussolini o tempo necessário para que ele recuperasse o fôlego. Nem seis meses depois, o Duce os recompensou pelos serviços prestados, suprimindo a liberdade de imprensa e dissolvendo os partidos. Giovanni Giolitti se retirou da vida política, abrigando-se em suas terras no Piemonte; e Benedetto Croce voltou a seus queridos estudos filosóficos e literários. Mas houve quem, sendo muito menos culpado, aliás, sem culpa nenhuma no cartório, pagou um preço bem mais salgado. Amendola e Gobetti foram espancados até a morte; Filippo Turati morreu no exílio, longe de sua Milão onde poucos anos antes enterrara a pobre companheira, Anna; Antonio Gramsci tomou o rumo das nossas patrióticas prisões (morreu no ano passado, na cadeia: nós não sabíamos?); os operários e os camponeses italianos, levados de roldão com seus líderes naturais, perderam qualquer esperança efetiva de redenção social e de dignidade humana, e agora, fazia quase vinte anos, vegetavam e morriam em silêncio.

Não era fácil me contrapor a essas ideias, e por várias razões. Em primeiro lugar, porque a cultura política de Malnate, que respirara socialismo e antifascismo dentro de casa desde a primeira infância, era superior à minha. Em segundo lugar, porque o rótulo que ele queria colar em mim (o de literato decadente ou "hermético", como ele dizia, formado em política pelos livros de Benedetto Croce) me parecia inadequado, não condizente e, portanto, algo a ser refutado antes mesmo de se começar qualquer discussão entre nós. O fato é que eu preferia me manter calado, esboçando um sorriso vagamente irônico. Suportava em silêncio.

Quanto a Alberto, ele também ficava calado: em parte por, habitualmente, não ter nada a objetar, mas sobretudo para deixar o amigo encarniçar-se contra mim, o que o satisfazia acima de tudo. Entre três pessoas fechadas por dias e dias discutindo em um quarto, é quase fatal que duas delas terminem se alinhando contra a terceira. Querendo mostrar-se em concordância com Giampi e expressar sua solidariedade a ele, Alberto parecia pronto a aceitar tudo que o viesse do outro, inclusive o fato de que ele, Giampi, muitas vezes o metia junto comigo no mesmo saco. Era verdade: Mussolini e seus comparsas estavam acumulando contra os judeus italianos infâmias e abusos de todo tipo, dizia por exemplo Malnate; o famigerado Manifesto da Raça de julho passado, redigido por dez dos chamados "estudiosos fascistas", nem se sabia bem como qualificá-lo, se mais vergonhoso ou mais ridículo. Mas, isso posto — acrescentava —, nós éramos capazes de lhe dizer quantos eram os "israelitas" antifascistas na Itália antes de 1938? Bem poucos, receava, uma minoria exígua, pois na própria Ferrara, como Alberto lhe dissera várias vezes, o número de judeus filiados ao Partido Fascista sempre foi altíssimo. Eu mesmo, em 1936, tinha participado dos *Littoriali* da Cultura. Naquela época eu já estava lendo a *História da Europa* "do" Croce? Ou esperara, para mergulhar nela, o ano seguinte, o ano do Anschluss e dos primeiros alertas de um racismo italiano?

Eu suportava e sorria, às vezes me rebelando, mas quase sempre sem reagir, conquistado à minha revelia, repito, por sua franqueza e sinceridade, de fato um tanto rudes e implacáveis demais, demasiado góis — pensava comigo —, mas no fundo realmente piedosas porque realmente igualitárias, fraternas. E quando Malnate a certa altura passava a maltratar Alberto, às vezes acusando nem tão de brincadeira a ele e a sua família de serem "no fim das contas" donos de terra imundos, porcos latifundiários e ainda por cima uns aristocratas obviamente saudosos do feudalismo medieval, razão por que não era "no fim das contas" tão injusto se agora pagavam de alguma maneira tributo pelos privilégios gozados por eles até aquele momento (dobrado em dois como para defender-se das rajadas de um furacão, Alberto ria até as lágrimas, balançando a cabeça em sinal afirmativo, ele mesmo pagaria de bom grado por tudo aquilo), não era sem um secreto regozijo que eu o escutava trovejar contra o amigo. O menino dos anos anteriores a 1929, aquele que, caminhando ao lado da mãe pelas alamedas do cemitério, sempre a ouvira definir o solitário mausoléu monumental dos Finzi-Contini como "um verdadeiro horror", de repente se insurgia do mais profundo de mim e aplaudia com maldade.

Mas às vezes parecia que Malnate quase se esquecesse de minha presença. E isso em geral ocorria quando ele se punha a relembrar com Alberto os "tempos de Milão", as amizades daquela época, masculinas e femininas, os restaurantes que costumavam frequentar juntos, as noites no Scala, as partidas de futebol na Arena ou em San Siro, os passeios de fim de semana na montanha ou na Riviera. Ambos tinham feito parte de um "grupo" — dignou-se a me explicar certa noite — que exigia unanimemente dos participantes um só requisito: a inteligência. Grandes tempos aqueles, de verdade!, disse suspirando. Marcados pelo desprezo a qualquer forma de provincianismo e de retórica, aqueles anos podiam ser definidos não só como o auge de sua juventude, mas também como os tempos da Gladys, uma bailarina do Lírico que foi sua amiga por alguns meses (é sério, nada mal, a Gladys: alegre, "boa acompanhante", no fundo desinteressada, convenientemente safada...

mas depois, tendo se interessado por Alberto sem ser correspondida, acabou deixando os dois plantados).

"Nunca entendi bem por que Alberto sempre a rejeitou, pobre Gladys", acrescentou com uma piscadela de olho.

Então, virando-se para Alberto:

"Coragem. De lá para cá já se passaram mais de três anos, estamos a quase trezentos quilômetros da cena do crime. Podemos finalmente pôr as cartas na mesa?"

Entretanto Alberto se esquivou, corando; e não se falou mais da Gladys.

Ele gostava do trabalho que o levara para nossas bandas — repetia com frequência —, gostava também de Ferrara, como cidade, e achava um verdadeiro absurdo que Alberto e eu pudéssemos considerá-la uma espécie de túmulo ou prisão. Sem dúvida, nossa situação era um tanto peculiar. Mas estávamos errados ao nos vermos como membros da única minoria perseguida na Itália. Imaginem! Os operários da fábrica onde ele trabalhava, por exemplo, o que eles achavam que eram: uns brutos sem sensibilidade? Ele poderia citar para nós vários que não só jamais tiraram a carteira do Partido, mas também, socialistas ou comunistas, e por esse motivo espancados e "subornados" muitas vezes, continuavam firmes, apegados às suas ideias. Tinha ido a algumas das reuniões clandestinas que eles promovem e teve a grata surpresa de encontrar lá, além de operários e camponeses vindos só para aquilo, alguns de bicicleta desde Mésola e de Goro, também três ou quatro advogados dos mais conhecidos da cidade: uma prova de que também aqui, em Ferrara, nem toda a burguesia estava do lado do fascismo, nem todos os setores dela eram traidores. Algum de nós já tinha ouvido falar de Clelia Trotti? Não? Bem, tratava-se de uma ex-professora da escola fundamental, uma velhinha que, na juventude, pelo que lhe contaram, tinha sido a alma do socialismo ferrarense; aliás, continuava sendo, e como!

Aos setenta anos completos, animada e alegre, não havia reunião de que não participasse. Ele a conhecera justamente assim. Quanto ao seu socialismo de tipo humanitário, à la Andrea Costa, melhor nem comentar: obviamente não se tiraria grande coisa dali. Mas quanto ardor naquela mulher, quanta fé, quanta esperança! Ela o fizera se lembrar, até no aspecto físico, em especial nos olhos azuis de ex-loura, da sra. Anna, a companheira de Filippo Turati, que ele conhecera na infância, em Milão, por volta de 1922. O pai dele, advogado, cumpriu com o casal Turati quase um ano de prisão em 1898. Íntimo de ambos, foi um dos poucos que ousaram continuar visitando o casal, nas tardes de domingo, em seu modesto apartamento na Galeria. E muitas vezes ele acompanhava o pai.

Não, por favor, Ferrara não era de modo nenhum aquela prisão que alguém podia pensar que fosse, caso lhes desse ouvidos. Claro, se observada da zona industrial, fechada como surgia no círculo de suas antigas muralhas, especialmente em dias de tempo ruim, era fácil que desse uma impressão de solidão, de isolamento. No entanto, ao redor de Ferrara havia uma zona rural rica, viva, operosa, e mais ao fundo, a nem quarenta quilômetros de distância, estava o mar, com praias desertas orladas de estupendas selvas de azinheiras e pinhos: o mar, sim, que é sempre um grande recurso. Mas afora isso, a cidade em si, quando se entra dentro dela como ele decidira fazer, ao examiná-la de perto e sem preconceitos, encerrava intimamente, como qualquer outra, tantos tesouros de retidão, de inteligência, de bondade e até de coragem que apenas gente cega e surda, ou então endurecida, podia ignorá-los ou desconhecê-los.

5

Nos primeiros tempos, Alberto não parava de anunciar sua iminente partida para Milão. Depois, pouco a pouco, parou de tocar no assunto, e sua tese de graduação acabou se tornando uma questão embaraçosa, a ser evitada com cautela. Ele não falava sobre o tema e, evidentemente, desejava que nós também deixássemos essa conversa de lado.

Como já mencionei, as intervenções dele em nossos debates eram raras e sempre irrelevantes. Tomava o partido de Malnate, quanto a isso não havia dúvida, mostrando-se alegre se ele triunfava e, ao contrário, preocupado quando eu prenunciava uma vitória. Mas no mais das vezes se calava. No máximo, de quando em quando se saía com alguma exclamação ("Ah, essa é boa!..."; "Bem, em certos aspectos..."; "Um momento: vejamos com calma..."), acrescentando às vezes uma breve risada ou um pigarro discreto.

Até no aspecto físico ele tendia a escapar, apagar-se, desaparecer. Em geral, Malnate e eu nos sentávamos frente a frente, no centro do cômodo, um no sofá e o outro em uma das duas poltronas: com uma mesinha no meio, ambos sob o foco de luz. Levantávamos apenas para ir ao pequeno banheiro contíguo ao quarto, ou para verificar o tempo pelas vidraças da ampla janela que dava para o parque. Alberto, por sua vez, preferia ficar à distância, abrigado por trás da dupla barricada da escrivaninha e da prancheta. Nas vezes que se levantava, nós o víamos andar de lá para cá pelo quarto, na ponta dos pés, os cotovelos colados aos flancos. Substituía continuamente os discos do rádio-gramofone, sempre atento a que o volume do som não excedesse nossa voz, verificava os cinzeiros, esvaziando-os no banheiro quando estavam cheios, regulava a intensidade das luzes indiretas, perguntava em voz baixa se queríamos mais um pouco de chá, retificava a posição de certos objetos. Enfim, tinha o ar atarefado e discreto do dono de casa que se preocupa apenas com uma coisa: permitir que os importantes cérebros de seus hóspedes pudessem funcionar nas melhores condições ambientais possíveis.

Todavia, estou convencido de que o responsável por difundir no aposento aquela sensação de vaga opressão que se respirava ali era justamente ele, com sua organização meticulosa, suas iniciativas cuidadosas e imprevisíveis, seus estratagemas. Bastava, sei lá, que nas pausas durante a conversa ele passasse a ilustrar as virtudes da poltrona em que eu estava sentado, cujo espaldar "garantia" às vértebras uma posição "anatomicamente" mais correta e vantajosa; ou que, abrindo a pequena bolsa de couro escuro do tabaco para cachimbo e oferecendo-a para mim, ele me fizesse notar a variada qualidade dos cortes, a seu ver indispensável para que se obtivesse o máximo rendimento de nossos Dunhill e GBD (um tanto de doce, um tanto de forte, um tanto de Maryland); ou que, por motivos nunca muito claros, que só ele conhecia, anunciasse com um vago sorriso, erguendo o queixo em direção ao rádio-gramofone, a temporária suspensão do som de algum dos alto-falantes: em cada uma dessas circunstâncias, em mim sempre se punha em alerta um ataque de nervos, sempre a ponto de explodir.

Certa noite, não consegui me conter. Claro, gritei, dirigindo-me a Malnate: sua atitude diletante, no fundo a de um turista, lhe permitia assumir em relação a Ferrara um tom de longanimidade e de indulgência que eu invejava nele. Mas de que modo ele via, ele, que falava tanto em tesouros de retidão, de bondade etc., um caso que acontecera comigo, precisamente comigo, apenas uns dias atrás?

Eu tinha tido a bela ideia — comecei a contar — de me transferir com papéis e livros para a sala de consulta da Biblioteca Municipal da Via delle Scienze: um local que vira e mexe eu frequentava desde os tempos de ginásio, e onde me sentia quase como em casa. Entre aquelas antigas paredes, todos muito gentis comigo. Depois que me inscrevi em letras, seu diretor, o dr. Ballola, começou a me considerar do ramo. Bastava me avistar e logo vinha sentar-se a meu lado, para me pôr a par dos avanços em sua pesquisa já de décadas acerca do material biográfico de Ariosto, conservado em seu gabinete particular, com a qual ele se declarava certo de "superar decididamente os consistentes resultados alcançados nesse campo por Catalano". Quanto aos vários funcionários da biblioteca, eles agiam em relação a mim com tanta confiança e familiaridade que não só me dispensavam de preencher as fichas para os livros, mas até me deixavam fumar um cigarro de vez em quando.

Então, como eu dizia, naquela manhã me veio a bela ideia de passá-la na biblioteca. No entanto, mal tive tempo de me sentar a uma das mesas da sala de consulta e de separar o que iria usar, e um dos funcionários, um tal Poledrelli, sujeito de uns sessenta anos, grande, jovial, famoso devorador de espaguetes e incapaz de juntar duas palavras que não fossem em dialeto, se aproximou de mim para me intimar que eu me retirasse, de imediato. Todo empertigado, encolhendo a pançona e conseguindo até se exprimir em língua italiana, o ótimo Poledrelli explicou em alto e bom som, oficial, que o senhor diretor estabelecera ordens taxativas a esse respeito: de modo que — repetiu — eu fizesse urgentemente o favor de me levantar e desaparecer dali. Naquela manhã, a sala de consulta estava especialmente lotada de alunos do segundo ciclo fundamental.

A cena foi assistida num silêncio sepulcral por não menos de uns cinquenta pares de olhos e outras tantas orelhas. Pois bem, até por isso — continuei — não tinha sido nada agradável me levantar, recolher minhas coisas da mesa, enfiar tudo aquilo dentro da pasta e então alcançar, um passo após o outro, o portão envidraçado da entrada. Tudo bem: aquele desgraçado do Poledrelli só havia seguido as ordens. Mas que ele ficasse muito atento, ele, Malnate, se por acaso lhe ocorresse de conhecê-lo (vai saber se esse mesmo Poledrelli não pertencia ao círculo da professora Trotti!), ficasse muito atento a fim de não se deixar enrolar pela falsa aparência de benevolência daquele carão de plebeu. Dentro daquele peito vasto como um armário, ele abrigava um coração desse tamanhinho: rico em linfa popular, sem dúvida, mas nada confiável.

E tem mais, e tem mais! — insisti. Não era pelo menos despropositado que ele agora viesse fazer sermões não digo a Alberto, cuja família sempre se manteve à parte da vida social da cidade, mas a mim que, ao contrário, nasci e cresci em um ambiente disposto até demais a abrir-se, a misturar-se com os outros em tudo? Meu pai, voluntário de guerra, tirara a carteira do Partido Fascista em 1919; e eu mesmo tinha pertencido ao GUF até ontem. Portanto, como sempre fomos gente muito normal, aliás, eu diria até banal em nossa normalidade, teria sido de fato absurdo que agora, da noite para o dia, pretendessem de nós um comportamento fora da norma. Convocado pela Federação a fim de ouvir pessoalmente a própria expulsão do Partido, e depois expulso do Clube dos Comerciários como indesejável, teria sido realmente estranho se meu pai, pobre coitado, opusesse a tal tratamento um rosto menos angustiado e abatido que aquele que me era familiar. E meu irmão Ernesto, que, se quisesse entrar na universidade, precisaria emigrar para a França, inscrevendo-se no Politécnico de Grenoble? E Fanny, minha irmã de apenas treze anos, obrigada a continuar o ginásio na escola israelita da Via Vignatagliata? Arrancados bruscamente de seus colegas de escola, dos amigos de infância, por acaso se esperava também da parte deles um comportamento de exceção? Esqueça! Uma das formas mais odiosas de antissemitismo era justamente esta: lamentar que os judeus não fossem suficientemente *como* os outros e depois, em sentido oposto, constatada sua assimilação quase total ao ambiente comum, lamentar que fossem tal qual os outros, nem um pouco diferentes da média comum.

Eu me deixara transportar pela raiva, desviando-me bastante dos termos do debate, e Malnate, que continuara me ouvindo com atenção, ao final fez que eu o notasse. Antissemita, ele?, murmurou: era a primeira vez, francamente, que tinha de escutar uma acusação semelhante! Ainda alterado, eu já estava pronto a rebater e a dobrar a carga. Mas naquele instante, enquanto passava por trás das costas de meu adversário com a deselegante rapidez de um pássaro assustado, Alberto me lançou uma mirada suplicante. "Chega, por favor!", dizia seu olhar. Que ele, às escondidas do amigo do peito, apelasse de modo inesperado ao que havia de mais secreto entre nós dois me atingiu como um evento extraordinário. Não repliquei, não disse mais nada. No mesmo instante, as primeiras notas de um quarteto de Beethoven interpretado pelos Busch se elevaram na atmosfera esfumaçada do quarto, selando minha vitória.

Mas aquela noite não foi importante apenas por isso. Por volta das oito, começou a chover com tal violência que Alberto, depois de uma rápida consulta telefônica em linguagem cifrada, talvez com a mãe, propôs que ficássemos para jantar.

Malnate logo disse que aceitava de bom grado. Quase sempre jantava no Giovanni — disse —, "sozinho feito um cão". Nem podia acreditar que passaria uma noite "em família".

Também aceitei. Mas perguntei se poderia ligar para casa.

"Mas é claro!", exclamou Alberto.

Sentei-me onde habitualmente ele se sentava, atrás da escrivaninha, e disquei o número. Enquanto esperava, olhei de lado, através dos vidros da janela riscados de chuva. No escuro denso, as massas das árvores mal se distinguiam. Para além do negro intervalo do parque, sabe-se lá onde, bruxuleava uma fraca luz.

Por fim, a voz lamentosa de meu pai atendeu.

"Ah, é você?", disse. "Já estávamos ficando preocupados. De onde você está ligando?"

"Vou jantar fora", respondi.

"Com esta chuva!"

"Pois é."

"Ainda está nos Finzi-Contini?"

"Estou."

"Quando voltar para casa, não importa a hora, venha falar comigo um minuto, combinado? De todo modo, não consigo pegar no sono, você sabe..."

Deitei o fone no gancho e ergui os olhos. Alberto me observava.

"Feito?", perguntou.

"Feito."

Saímos os três para o corredor, atravessamos várias salas e saletas, descemos por uma escadaria em cujos pés, de casaca e luvas brancas, Perotti nos aguardava, e de lá passamos diretamente à sala de jantar.

O resto da família já estava lá. O professor Ermanno, dona Olga, a sra. Regina e um dos tios de Veneza, o tisiólogo, que, ao ver Alberto entrar, levantou-se e foi ao seu encontro, beijou-o em ambas as faces e então, enquanto lhe baixava distraidamente com o dedo a borda de uma pálpebra inferior, começou a lhe contar por que se encontrava ali. Precisara ir a Bolonha para uma consulta — dizia — e então, no caminho de volta, pensou em parar e jantar com eles, entre um trem e outro. Quando entramos, o professor Ermanno, a esposa e o cunhado estavam sentados diante da lareira acesa, com Jor espichado a seus pés em todo o seu comprimento. A sra. Regina, por sua vez, estava sentada à mesa, bem debaixo do lampadário central.

É inevitável que a lembrança de meu primeiro jantar na casa dos Finzi-Contini (ainda estávamos em janeiro, acho) tenda a confundir-se um pouco com lembranças dos muitos outros jantares de que participei ao longo do mesmo inverno na *magna domus*. Entretanto, recordo com estranha precisão o que comemos naquela noite, ou seja: um caldo de arroz com iscas de fígado, *polpettone* de peru com geleia, língua salgada com acompanhamento de azeitonas pretas e talos de espinafre ao vinagre, uma torta de chocolate, frutas frescas e secas, nozes, avelã, passas e *pinoli*. Recordo ainda que, tão logo nos sentamos à mesa, Alberto tomou a iniciativa de contar a história de minha recente exclusão da Biblioteca Municipal, e que uma vez mais me espantei com a pouca surpresa que tal notícia suscitou nos quatro idosos. De fato, os sucessivos comentários por parte deles sobre a situação geral, e também sobre a dupla Ballola-Poledrelli, invocada de tanto em tanto durante toda a refeição, não foram nem um pouco amargos, mas, como sempre, elegantemente sarcásticos e quase alegres. E alegre, decididamente alegre e satisfeito, foi o tom de voz com que mais tarde o professor Ermanno, tomando-me pelo braço, propôs que eu aproveitasse a partir de então, com total liberdade, como e quando quisesse, os quase vinte mil livros de sua casa, um número notável dos quais — me disse — relativo à literatura italiana de meados e final do século XIX.

Mas o que mais me espantou desde aquela primeira noite foi sem dúvida a sala de jantar em si, com seus móveis de madeira avermelhada, em estilo floreal, sua ampla lareira de boca arqueada e sinuosa, quase humana, suas paredes forradas de couro, exceto aquela, inteiramente envidraçada, que emoldurava a escura e silenciosa tempestade do parque como a escotilha do *Nautilus*: tão íntima, tão protegida, quase diria tão sepultada, mas acima de tudo tão condizente com o que eu era então, agora entendo!, a abrigar aquela espécie de brasa preguiçosa que é tantas vezes o coração dos jovens.

Ao atravessarmos a soleira, tanto eu quanto Malnate fomos recebidos com grande amabilidade, não só pelo professor Ermanno, gentil, jovial e animado como sempre, mas até por dona Olga. Foi ela quem distribuiu os lugares à mesa. Malnate sentou-se à sua direita; eu, na outra ponta da mesa, à direita de seu marido; ao irmão Giulio coube o lugar à sua esquerda, entre ela e a velha mãe. Mesmo esta última, bonita nas faces rosadas, nos alvos cabelos de seda mais cheios e luminosos que nunca, mesmo ela de vez em quando olhava ao redor com ar benigno e divertido.

O lugar à minha frente, cheio de pratos, taças e talheres, parecia à espera de um sétimo convidado. Enquanto Perotti ainda estava circulando com a sopeira do caldo de arroz, perguntei em voz baixa ao professor Ermanno a quem estava reservada a cadeira à sua esquerda. E ele, também em voz baixa, me respondeu que aquela cadeira "presumivelmente" não estava reservada a mais ninguém (conferiu o horário em seu grande Omega de pulso, balançou a cabeça e suspirou), sendo de fato a cadeira normalmente ocupada por Micòl: "minha Micòl", como ele disse, para ser exato.

6

O professor Ermanno não vendeu gato por lebre. Entre os quase vinte mil livros da casa, a imensa maioria de assunto científico, histórico ou variamente erudito (grande parte destes últimos em alemão), havia de verdade muitas centenas referentes à literatura da Nova Itália. Pode-se dizer que não faltava nada do que saíra do ambiente literário carducciano de fins do século, nas décadas em que Carducci lecionou em Bolonha. Havia os volumes em verso e prosa não só do Mestre, mas também os de Panzacchi, Severino Ferrari, Lorenzo Stecchetti, Ugo Brilli, Guido Mazzoni, do jovem Pascoli, do jovem Panzini, do novíssimo Valgimigli: em geral primeiras edições, todas trazendo dedicatórias autógrafas à baronesa Josette Artom di Susegana. Reunidos em três estantes isoladas e envidraçadas que ocupavam toda uma parede do vasto salão do primeiro andar, contíguo ao escritório pessoal do professor Ermanno, diligentemente catalogados, não há dúvida de que esses livros representavam em seu conjunto uma coleção que qualquer biblioteca pública, inclusive a do Archiginnasio de Bolonha, almejaria poder ostentar. Do acervo não estavam ausentes nem mesmo os quase inencontráveis livrinhos de prosa lírica de Francesco Acri, o famoso tradutor de Platão, que até ali eu só conhecia como tradutor: não tão "santo", pois, como nos garantira no quinto ano de ginásio o professor Meldolesi (porque ele também, Meldolesi, fora aluno de Acri), já que suas dedicatórias à avó de Alberto e Micòl se mostravam dentre todas talvez as mais galantes, as mais masculinamente cônscias da altiva beleza a que se dirigiam.

Podendo dispor de toda uma biblioteca especializada, e além disso estranhamente ávido por estar ali todas as manhãs, na grande, aquecida e silenciosa sala que recebia a luz vinda de três altos janelões adornados com sanefas de seda branca com linhas vermelhas verticais, em cujo centro, recoberta por um forro de cor cinza, se alongava uma mesa de bilhar, nos dois meses e meio que se seguiram consegui levar a termo minha tese sobre Panzacchi. E talvez eu tivesse podido terminá-la até antes, quem sabe, se de fato quisesse. Mas era isso mesmo que eu buscava? Ou buscava sobretudo estender, pelo maior tempo possível, o direito de me apresentar na casa Finzi-Contini *também* nas manhãs? O certo é que, em meados de março (enquanto isso, chegara a notícia da formatura de Micòl: aprovada com nota máxima), eu continuava indolentemente apegado àquele meu pobre privilégio de uso também matutino da casa de onde ela insistia em manter-se distante. Agora estávamos a poucos dias da Páscoa católica, que naquele ano coincidiu mais ou menos com o Pessach, a Páscoa judaica. Embora a primavera já estivesse às portas, uma semana antes nevara com extraordinária abundância, trazendo de volta um frio intenso. Quase parecia que o inverno não quisesse ir embora. E eu também, o coração habitado por um obscuro e misterioso lago de medo, me agarrava à pequena escrivaninha que o professor Ermanno, desde o último janeiro, mandara dispor para mim debaixo da janela central do salão de bilhar, como se, fazendo isso, me fosse permitido frear a irrefreável progressão do tempo. Eu me levantava, aproximava-me da janela, olhava o parque lá embaixo. Sepultado por um manto de neve de meio metro, todo branco, o Barchetto del Duca surgia transformado em uma paisagem de saga nórdica. Às vezes, eu me surpreendia esperando justamente isto: que a neve e o gelo nunca mais derretessem, que durassem pela eternidade.

Por dois meses e meio, meus dias foram mais ou menos iguais. Pontual como um funcionário, saía de casa no frio das oito e meia quase sempre de bicicleta, mas às vezes também a pé. Depois de no máximo vinte minutos, lá estava eu, tocando a campainha do portão nos fundos da avenida Ercole I d'Este, para depois atravessar o parque que, nos primeiros dias de fevereiro, era invadido pelo perfume delicado das flores amarelas do calicanto. Às nove, já estava sentado à mesa do salão de bilhar, onde permanecia até a uma da tarde e para onde retornava por volta das três. Mais tarde, lá pelas seis, passava no estúdio de Alberto com a certeza de que encontraria Malnate lá. Por fim, como já disse, ambos éramos convidados para o jantar com frequência. Aliás, esse costume de jantar fora se tornara tão normal para mim que já nem me telefonavam de casa. Se tanto, ao sair de casa eu dizia a minha mãe: "Acho que esta noite vou jantar lá". Lá: e nem precisava acrescentar mais nada.

Trabalhava por horas e horas sem que ninguém aparecesse ali, exceto Perotti, que por volta das onze me trazia em uma bandejinha de prata uma xícara de café. Também isso, o café das onze, transformou-se quase imediatamente em um ritual cotidiano, um hábito adquirido sobre o qual não valia a pena que nem eu nem ele gastássemos uma única palavra. O que Perotti de vez em quando se permitia falar, enquanto aguardava que eu terminasse de sorver o café, era sobre o "andamento" da casa, a seu ver gravemente comprometido pela ausência demasiado prolongada da "senhorita", que tudo bem, claro, havia de se tornar professora, se bem que... (e aquele "se bem que", acompanhado de um trejeito dubitativo, podia aludir a muitas coisas: à nenhuma necessidade de que os patrões, sorte deles, tinham de ganhar a vida, assim como às leis raciais, que em todo caso tornariam *nossos* diplomas de formatura meros pedaços de papel, sem qualquer serventia prática)... mas pelo menos umas escapadas, já que sem ela a casa estava indo rapidamente "para as cucuias", umas escapadas rápidas, quem sabe uma semana sim e outra não, ela deveria poder dar. Comigo, Perotti sempre achava um jeito de se queixar dos patrões. Em sinal de desconfiança e desaprovação, apertava os lábios, piscava o olho, balançava a cabeça. Quando se referia a dona Olga, chegava a tocar a testa com o áspero indicador. Eu não dava corda a ele, naturalmente, firmíssimo em não aceitar aqueles seus recorrentes convites a uma cumplicidade servil que, além de me repugnar, me feria. Mas em pouco tempo, diante de meus silêncios e dos sorrisos frios, só restava a Perotti ir embora e me deixar mais uma vez sozinho.

Certo dia, em vez dele, quem se apresentou foi sua filha mais nova, Dirce. Também ela aguardou, ao lado da escrivaninha, que eu terminasse de tomar o café. Eu bebia e a olhava de soslaio.

"Como é que você se chama?", perguntei, devolvendo-lhe a xícara vazia, com o coração que começara a disparar.

"Dirce", sorriu, e seu rosto se cobriu de vermelho.

Vestia o costumeiro avental de um grosso tecido azul, curiosamente cheirando a *nursery*. Então escapou, evitando corresponder ao meu olhar que buscava cruzar com o dela. No instante seguinte, eu já me envergonhava pelo que havia acontecido (mas o que havia acontecido, afinal?), como se se tratasse da mais vil e mais sórdida traição.

O único da família que de vez em quando aparecia era o professor Ermanno. Com extrema cautela, abria a porta do estúdio lá no fundo e então, na ponta dos pés, avançava pelo salão de modo que muitas vezes eu só percebia sua presença quando ele já estava ali, de lado, inclinado respeitosamente sobre os papéis e os livros espalhados à minha frente.

"Como vai?", perguntava satisfeito. "Parece-me que estamos indo a velas soltas!"

Eu me preparava para levantar.

"Não, não, pode continuar trabalhando", exclamava. "Já estou de saída."

Na maioria das vezes, ele não ficava mais que cinco minutos, e nesse intervalo sempre achava um meio de me manifestar toda a simpatia e toda a consideração que minha tenacidade no trabalho lhe inspiravam. Ele me observava com olhos acesos e brilhantes: como se de mim, de meu futuro de literato e estudioso, ele esperasse quem sabe o quê, como se contasse comigo para algum desígnio secreto seu, que transcendia não apenas a ele, mas também a mim mesmo... E, nesse sentido, lembro-me de que essa atitude dele em relação a mim, embora me lisonjeasse, me fazia sofrer um pouco. Por que ele não pretendia o mesmo de Alberto — eu me perguntava —, que aliás era seu filho? Por qual motivo aceitava, sem protestar, que ele houvesse renunciado a se diplomar? E Micòl? Em Veneza, Micòl estava fazendo exatamente a mesma coisa que eu fazia aqui: terminando de escrever a tese. No entanto, ele nunca mencionava o nome dela, Micòl, ou, se mencionava, era sempre com um suspiro. Era como se dissesse: "Ela é uma garota, e é melhor que as mulheres pensem na casa, e não em literatura!". Mas eu devia mesmo acreditar nele?

Certa manhã, deteve-se e conversou mais demoradamente que o habitual. Depois de alguns rodeios, tornou a falar das cartas de Carducci e de seus "trabalhinhos" relativos a Veneza: tudo coisa — falou, acenando ao seu gabinete, atrás de minhas costas — guardada por ele "bem ali". Enquanto isso sorria misteriosamente, com o rosto imobilizado em uma expressão astuta e convidativa. Era claro: queria conduzir-me "bem ali", e ao mesmo tempo queria que fosse eu a lhe propor que me conduzisse.

Apressei-me a contentá-lo.

Assim nos transferimos para o gabinete, que era uma sala pouco menos ampla que o salão de bilhar, mas reduzida, ou melhor, atravancada por um incrível amontoado de objetos díspares.

Para começar, aqui também havia muitíssimos livros. Os de assunto literário misturados com os de ciências (matemática, física, economia, agricultura, medicina, astronomia etc.); os de história nacional, ferrarense ou veneziana com os de "antiguidades judaicas": os volumes lotavam sem ordem, ao acaso, as mesmas estantes envidraçadas, e ocupavam boa parte da grande mesa de nogueira atrás da qual, sentado, provavelmente o professor Ermanno não conseguiria despontar senão com o topo da boina, amontoando-se em pilhas vacilantes sobre as cadeiras e até no chão, tomado aqui e ali por eles. Além disso, um grande mapa, um atril, um microscópio, meia dúzia de barômetros, um cofre de aço pintado de vermelho-escuro, uma cândida maca de ambulatório médico, várias ampulhetas de diversas dimensões, um tímpano de latão, um pequeno piano vertical alemão encimado por dois metrônomos fechados em seus estojos piramidais e muitos outros objetos além desses, de duvidosa utilidade e dos quais não me lembro, conferiam ao ambiente um ar de gabinete faustiano do qual ele, o professor Ermanno, foi o primeiro a sorrir e a desculpar-se, como se tudo aquilo fosse uma fraqueza pessoal sua, particular: quase como um resíduo de bizarrices juvenis. Mas ia me esquecendo de dizer que aqui, à diferença do que ocorria em todos os cômodos da casa, geralmente sobrecarregados de quadros, só havia um: um enorme retrato de Lenbach em tamanho natural, assomando como um retábulo da parede atrás da mesa. A esplêndida dama loura figurada nele, em postura ereta, ombros nus, um leque na mão enluvada, com a cauda sedosa do vestido branco arrematada à frente, a ressaltar a esbelteza das pernas e a plenitude das formas, só podia ser, obviamente, a baronesa Josette Artom de Susegana. Que fronte de mármore, que olhos, que lábios desdenhosos, que busto!

Realmente parecia uma rainha. Das inúmeras coisas presentes no gabinete, o retrato da mãe foi o único objeto do qual o professor Ermanno não sorriu: nem naquela manhã nem nunca.

De todo modo, naquela mesma manhã fui finalmente presenteado com dois opúsculos venezianos. Em um deles — explicou-me o professor — estavam reunidas e traduzidas todas as inscrições do cemitério israelita do Lido. Já o segundo tratava de uma poeta judia que vivera em Veneza na primeira metade do século XVII, tão famosa em sua época quanto hoje, "infelizmente", caída em esquecimento. Chamava-se Sara Enriquez (ou Enriques) Avigdòr. Em sua casa no Gueto Velho, ela mantivera aberto por algumas décadas um importante salão literário, assiduamente frequentado pelo eruditíssimo rabino ferrarense-veneziano Leone da Modena e por vários expoentes literários do período, e não só italianos. Escrevera uma quantidade considerável de "ótimos" sonetos que ainda hoje esperavam a pessoa capaz de reivindicar sua beleza. Durante mais de quatro anos, manteve uma brilhante correspondência epistolar com o célebre Ansaldo Cebà, nobre genovês autor de um poema épico sobre a rainha Ester, o qual metera na cabeça que a converteria ao catolicismo, mas depois, vendo que toda insistência era inútil, se viu por fim obrigado a renunciar a isso. Em resumo, uma grande mulher: honra e glória do judaísmo italiano em plena Contrarreforma, e em certa medida também da "família" — acrescentou o professor Ermanno enquanto se sentava para me escrever duas linhas de dedicatória —, uma vez que parecia comprovado que sua esposa, por parte de mãe, descendia justamente dela.

Levantou-se, circundou a mesa, pegou-me pelo braço e conduziu-me até o vão da janela.

No entanto havia algo — continuou, baixando a voz como se temesse que alguém pudesse escutar — de que ele se sentia obrigado a me advertir. Se no futuro acontecesse de eu também me interessar por essa Sara Enriquez, ou Enriques, Avigdòr (e o assunto era desses que mereciam um estudo bem mais acurado e aprofundado do que ele foi capaz de fazer na juventude), a certa altura eu toparia fatalmente com algumas vozes contrárias... discordantes... enfim, com determinados textos de literatos de quinta categoria, na maior parte contemporâneos da poeta (panfletos transbordantes de inveja e antissemitismo), que tendiam a insinuar que nem todos os sonetos em circulação com a assinatura dela, e nem todas as cartas escritas por ela a Cebà, eram... hum... de seu próprio punho. Pois bem, ao redigir sua biografia, ele certamente não pôde ignorar a existência de tais boatos e, de fato, como eu veria, as registrara de modo pontual. Em todo caso...

Interrompeu a fim de perscrutar meu rosto, incerto sobre minhas reações.

Em todo caso — retomou —, se eu também, "no futuro", pensasse... hum... me decidisse a tentar uma reavaliação... uma revisão... ele desde já me aconselhava a não dar excessivo crédito a certas maledicências talvez pitorescas, talvez saborosas, mas no fundo fora de propósito. No fim das contas, o que deve fazer um bom historiador? Propor-se, sim, como ideal, o objetivo da verdade, mas sem jamais perder pelo caminho o sentido da oportunidade e da justiça. Eu não estava de acordo?

Inclinei a cabeça em sinal de concordância, e ele, aliviado, bateu levemente em meu ombro com a palma da mão.

Feito isso, afastou-se de mim, atravessou encurvado o gabinete, inclinou-se para o cofre e o abriu, extraindo dele um estojo forrado de veludo azul.

Virou-se, regressou todo sorridente à janela e, antes mesmo de abrir o estojo, disse que ele adivinhava o que eu havia adivinhado: ali dentro estavam de fato conservadas as famosas cartas de Carducci. Eram quinze: e nem todas — acrescentou — eu julgaria de grande interesse, já que cinco delas tratavam unicamente de certo embutido para molhos, "feito em nossos campos", que o poeta, presenteado com ele, manifestara apreciar "altamente". Apesar disso, havia ali uma que seguramente me surpreenderia. Tratava-se de uma carta do outono de 1875, ou seja, escrita quando já se delineava no horizonte a crise da direita histórica. No outono de 1875, a posição política de Carducci se mostrava a seguinte: como democrata, como republicano, como revolucionário, afirmava não poder alinhar-se senão com a esquerda de Agostino Depretis. Por outro lado, o "hirto vinhateiro de Stradella"* e as "turbas" de seus amigos lhe pareciam gente vulgar, "homúnculos". Eles nunca seriam capazes de reconduzir a Itália à sua missão, de fazer da Itália uma grande nação, digna dos antigos Pais...

Continuamos a conversa até a hora do almoço. E, feitos todos os cálculos, o resultado final foi o seguinte: a partir daquela manhã, a porta de comunicação entre a sala de bilhar e o gabinete contíguo, em vez de sempre fechada, ficou frequentemente aberta. Cada qual continuou passando a maior parte do tempo em seus respectivos aposentos. Mas nos encontrávamos muito mais vezes que antes, o professor Ermanno vindo me ver, e eu indo encontrá-lo. Quando a porta estava aberta, até trocávamos umas frases por ela: "Que horas são?", "Como está indo o trabalho?", e por aí vai. Poucos anos depois, durante a primavera de 1943, na cadeia, as frases que eu trocaria com um vizinho de cela desconhecido, gritando-lhe no alto pelas frestas do respiradouro, seriam desse mesmo tipo: lançadas assim, mais pela necessidade de ouvir a própria voz, de se sentir vivo.

* Citação de um verso de "Roma", poema das *Odi barbare* (1877), em que Carducci interpela Depretis: "*Che importa a me se l'irto spettral vinattier di Stradella*" [Que me importa se o hirto e espectral vinhateiro de Stradella].

7

Naquele ano, a Páscoa em nossa casa foi comemorada apenas com um jantar.

Foi meu pai quem quis assim. Até por causa da ausência de Ernesto — ele disse —, vamos esquecer uma Páscoa como as dos anos anteriores. De resto, afora isso, como poderíamos? Eles, meus Finzi-Contini, mais uma vez se mostraram excelentes. Com a desculpa do jardim, haviam conseguido manter todas as criadas, da primeira à última, fazendo-as passar por camponesas empregadas no cultivo das hortaliças. Mas e nós? Desde que fomos forçados a dispensar Elisa e Mariuccia, e a substituí-las por aquele peixe morto da velha Cohen, na prática já não dispúnhamos de ninguém. Nessas condições, nem mesmo nossa mãe seria capaz de operar milagres.

"Não é verdade, meu anjo?"

Meu anjo não nutria pela srta. Ricca Cohen, sessentona distinta e aposentada da prefeitura, sentimentos muito mais afetuosos que os de meu pai. Além de sempre se regozijar quando ouvia algum de nós falar mal da coitada, mamãe aderira com sincera gratidão à ideia de uma Páscoa em tom menor. Está bem, aprovara: um jantar é o suficiente, o da primeira noite, não era preciso muita coisa para prepará-lo. Ela e Fanny se virariam quase sozinhas, sem que "aquela lá" — e acenava com o queixo na direção de Cohen, fechada na cozinha — tivesse de armar sua habitual cara amarrada. Mas havia um problema: justamente porque "aquela lá" não seria obrigada a muitos vaivéns com pratos e travessas, aliás, sob o risco de aprontar algum desastre, já que tinha as pernas fracas, seria necessário talvez pôr a mesa não na sala, que ficava muito afastada da cozinha — e sobretudo neste ano, por causa da neve, mais fria que a Sibéria —, não na sala, mas aqui, na copa...

Não foi um jantar alegre. No centro da mesa, a cesta que trazia em meio aos "manjares" rituais a terrina de *charosset*, os maços de erva amarga, o pão ázimo e o ovo cozido reservado a mim, o primogênito, imperava inutilmente sobre o lenço azul e branco de seda que vovó Ester havia bordado com as próprias mãos quarenta anos antes. Apesar de todo o cuidado, aliás, precisamente por isso, a mesa assumira um aspecto muito semelhante àquela oferecida nas noites do Kippur, quando era posta apenas para Eles, os mortos familiares, cujos ossos jaziam no cemitério ao final da Via Montebello, e no entanto estavam bem presentes, aqui, em espírito e efígie. Aqui, em seus lugares, nessa noite sentávamos nós, os vivos. Mas em número reduzido em relação aos de outrora, e nem todos alegres, sorridentes, falantes, e sim tristes e pensativos como os mortos. Eu olhava meu pai e minha mãe, ambos muito envelhecidos em poucos meses. Olhava Fanny, que já estava com quinze anos, mas, como se um arcano temor tivesse impedido seu desenvolvimento, não aparentava ter mais que doze. Olhava ao redor, um a um, tios e primos dos quais a maior parte seria dali a alguns anos engolida pelos fornos crematórios alemães, e com certeza não imaginavam que acabariam assim, como de resto nem eu imaginava, mas, apesar disso, já desde então, naquela noite, embora os visse tão insignificantes em seus pobres rostos cobertos por chapeuzinhos burgueses ou emoldurados em permanentes burguesas, embora os soubesse de mente tão obtusa, tão inaptos para avaliar a real dimensão do hoje e para ler no amanhã, já então me pareciam envoltos na mesma aura de misteriosa fatalidade estatuária que os envolve agora, na memória. Olhava a velha Cohen, nas raras vezes que se arriscava a botar a cabeça na porta da cozinha: Ricca Cohen, a distinta solteirona de sessenta anos que saíra do asilo da Via Vittoria para vir ser criada em uma casa de correligionários abastados, mas que não desejava outra coisa senão voltar ao asilo e, antes que os tempos piorassem mais ainda, morrer lá. Por fim olhava a mim mesmo, refletido na água opaca do espelho em frente, eu também já um pouco encanecido, preso também na mesma engrenagem, porém relutante, ainda não resignado. Eu não estava morto — dizia a mim mesmo —, eu ainda estava bem vivo! Mas então, se ainda vivia, por que continuava ali, reunido com os outros, para quê? Por que não me furtava logo àquele desesperado e grotesco encontro de espectros, ou pelo menos não tapava os ouvidos para não ouvir mais falar de "discriminação", de "méritos patrióticos", de "atestados de terceira idade", de "quartos de sangue", para não ouvir mais a lamúria mesquinha, a monótona, cinzenta e inútil trenodia que parentes e consanguíneos entoavam em surdina ao redor? O jantar teria se arrastado assim, entre discursos batidos, sabe-se lá por quantas horas, com meu pai evocando a cada minuto, amargo e deliciado, as várias "ofensas" que teve de suportar ao longo dos últimos meses, a começar de quando, na Federação, o secretário federal, cônsul Bolognesi, lhe anunciara com olhos culpados, doridos, que se via forçado a "cancelá-lo" da lista dos filiados ao Partido, para terminar com quando, de olhos não menos entristecidos, o presidente do Círculo dos Comerciários o convocou para lhe anunciar que devia considerá-lo um "demissionário". Ele teria muitas para contar! Até meia-noite, até uma, até duas! E depois? Depois haveria a última cena, a das despedidas. Eu já podia até ver. Tínhamos todos descido em grupo pelas escadas escuras, como um rebanho oprimido. Chegados ao pórtico, alguém (talvez eu) se adiantou para entreabrir o portão da rua e aí, pela última vez antes de nos separarmos, se renovaram por parte de todos, inclusive minha, os boas-noites, as felicitações, os apertos de mão, os abraços, os beijos nas faces. Até que de repente, do portão que ficara semiaberto, ali, contra a escuridão da noite, eis que irrompeu dentro do pórtico uma rajada de vento. É vento de furacão, e vem do meio da noite. Investe contra o pórtico, atravessa-o, ultrapassa assoviando as cancelas que separam o pórtico do jardim, e enquanto isso já dispersou à força quem ainda teimava em demorar um pouco mais, calando de golpe, com seu uivo selvagem, os que ainda pretendiam conversar. Vozes sumidas, gritos frágeis logo abafados. Soprados para longe, todos: como folhas sem peso, como pedaços de papel, como fios de cabelo envelhecidos pelos anos e pelo terror... Ah, no fundo Ernesto tivera a felicidade de não poder cursar a faculdade na Itália. Escrevia de Grenoble dizendo que passava fome, que as aulas no Politécnico, com o pouco francês que sabia, eram quase ininteligíveis para ele. Mas sorte dele que passava fome e temia não se sair bem nos exames. Eu continuei aqui, e para mim, que fiquei e que mais uma vez escolhera por orgulho e aridez uma solidão alimentada de esperanças vagas, nebulosas e impotentes, para mim já não havia de fato esperança, *nenhuma* esperança.

Mas quem é capaz de prever?

Com efeito, por volta das onze, enquanto meu pai, com o evidente propósito de dissipar o mau humor geral, acabava de puxar a alegre cantiga do "Caprêt ch'avea comperà il signor Padre" (era a sua preferida, seu "cavalo de batalha", como dizia), a certa altura, erguendo por acaso os olhos ao espelho à minha frente, pude notar a porta da cabine de telefone se entreabrindo bem devagar às minhas costas. Da fresta despontou, cauteloso, o rosto da velha Cohen. Olhava para mim, justo para mim; e quase parecia pedir ajuda.

Levantei e me aproximei.

"O que foi?"

Acenou ao receptor do aparelho pendendo do fio e desapareceu pelo outro lado, através da passagem que levava ao vestíbulo.

Sozinho no escuro mais absoluto, antes mesmo de encostar o receptor no ouvido, reconheci a voz de Alberto.

"Estou ouvindo uma cantoria", gritava estranhamente festivo. "A que ponto vocês estão?"

"No 'Caprêt ch'avea comperà il signor Padre'."

"Ah, bem. Nós já acabamos. Por que você não aparece?"

"Agora?!", exclamei espantado.

"Por que não? Aqui a conversa já está minguando, e você, com seus famosos recursos, com certeza poderia dar uma animada."

Soltou um risinho.

"Além disso...", acrescentou, "lhe preparamos uma surpresa."

"Uma surpresa? E o que poderia ser?"

"Venha e verá."

"Quantos mistérios."

Meu coração batia furiosamente.

"Cartas na mesa."

"Vamos, não se faça implorar. Vou repetir: venha e verá."

Fui imediatamente para o vestíbulo, peguei casaco, echarpe e chapéu, pus a cabeça na cozinha, recomendando a Cohen, em voz baixa, que ela dissesse, se por acaso me procurassem, que eu precisara sair um momento, e dois minutos depois já estava na rua.

Esplêndida noite de lua, gélida, limpidíssima. Pelas ruas não passava quase ninguém, a avenida Giovecca e a avenida Ercole I d'Este, lisas, desimpedidas e de um alvor quase salino, se abriam diante de mim como duas grandes pistas. Eu pedalava no meio da estrada, em plena luz, com as orelhas doloridas de frio; mas no jantar eu tinha bebido várias taças de vinho, e não sentia aquele gelo, até suava. O pneu da roda da frente mal aflorava a neve endurecida, e o pó enxuto que saltava me enchia de um sentimento de alegria imprudente, como se estivesse esquiando. Ia depressa, sem medo de derrapar. Enquanto isso, pensava na surpresa que, nas palavras de Alberto, me aguardava na casa dos Finzi-Contini. Será que Micòl tinha voltado? Mas seria estranho. Por que ela mesma não me telefonaria? E por que, antes do jantar, ninguém a vira no templo? Se ela tivesse ido ao templo, eu já teria sabido. Meu pai, quando estava à mesa fazendo o costumeiro relato dos presentes à função (fizera-o inclusive por minha causa: para indiretamente me recriminar por não ter comparecido), com certeza não se esqueceria de nomeá-la. Ele nomeara todos, um por um, os Finzi-Contini e os Herrera, mas não Micòl. Será que ela havia chegado por conta própria, no último momento, com o trem rápido das nove e quinze?

Em um clarão ainda mais intenso de neve e de lua, embrenhei-me pelo Barchetto del Duca. No meio do caminho, pouco antes de pegar a ponte sobre o canal Panfilio, repentinamente parou diante de mim uma sombra gigantesca. Era Jor. Reconheci sua figura com um átimo de atraso, quando já estava para gritar. Mas, tão logo vi que era ele, o susto se transformou em mim em uma sensação quase igualmente aterradora de presságio. Então era verdade — dizia a mim mesmo —, Micòl tinha voltado. Avisada pela campainha da rua, ela se levantara da mesa, descera ao andar térreo e agora, tendo mandado Jor ao meu encontro, me esperava na soleira da portinha secundária, que servia exclusivamente aos domésticos e aos íntimos. Mais umas poucas pedaladas e então Micòl, ela mesma, figurinha escura gravada num fundo de luz branquíssima, de central elétrica, acariciada nos ombros pelo sopro protetor do calorífero. Mais alguns segundos e eu ouviria sua voz, seu "oi".

"Oi", disse ela, parada na soleira. "Que bom que você veio."

Eu tinha previsto tudo com muita precisão: tudo, menos que iria beijá-la. Desci do selim, respondi: "Oi, desde quando você está aqui?", e ela ainda teve tempo de dizer: "Desde hoje à tarde, fiz a viagem com meus tios", e então... então lhe dei um beijo na boca. Aconteceu de repente. Mas como? Eu ainda estava com o rosto escondido em seu colo morno e perfumado (um perfume estranho, um cheiro misturado de pele infantil e talco) e já me perguntava. Como pôde acontecer? Depois a abracei, ela esboçou uma fraca tentativa de resistência, e por fim se deixou beijar. Foi assim? Talvez tenha sido assim. Mas e agora?

Afastei-me lentamente. Agora ela estava ali, o rosto a vinte centímetros do meu. Eu a observava sem dizer nada, imóvel, incrédulo, já incrédulo. Encostada no batente da porta, os ombros cobertos por um xale de lã preto, ela também me olhava em silêncio. Mirava meus olhos, seu olhar entrava direto em mim, duro, seguro: com a inexorabilidade límpida de uma espada.

Fui o primeiro a desviar a vista.

"Desculpe", murmurei.

"Desculpe por quê? Talvez eu é que tenha errado ao vir encontrá-lo. A culpa é minha."

Balançou a cabeça. Depois esboçou um sorriso bom, afetuoso.

"Que beleza de neve!", fez, acenando ao jardim com a cabeça. "Imagine, em Veneza nunca, nem um centímetro. Se soubesse que tinha nevado tanto aqui..."

Terminou com um gesto da mão: da mão direita, que ela tirou de debaixo do xale, e logo notei um anel.

Peguei seu pulso.

"O que é isso?", perguntei, tocando o anel com a ponta do indicador.

Fez uma careta, como de desprezo.

"Fiquei *noiva*. Não sabia?"

Imediatamente caiu em uma sonora risada.

"Mas que nada, vamos...", fez, "não vê que estou brincando? É um anelzinho de nada. Olhe."

Tirou-o do dedo movimentando muito os cotovelos, passou-o para mim, e de fato era um anelzinho de nada: um fino aro de ouro com uma pequena turquesa. Presente de muitos anos atrás, dado pela avó Regina — explicou —, que o tinha escondido dentro de um "ovinho" de Páscoa.

Recebido de volta o anel, enfiou-o de novo no dedo e então me pegou pela mão.

"Agora venha", sussurrou, "porque se não, lá em cima, é capaz" — e riu — "de ficarem preocupados."

Durante o trajeto, sempre me segurando pela mão (nas escadas ela parou, examinou meus lábios sob a luz e concluiu com um desenvolto "ótimo!"), não parou de falar um momento sequer.

Sim, dizia: a história da tese tinha andado melhor do que ela podia imaginar. Ao longo de toda a arguição, ela "botou banca" por uma boa hora, "discursando para lá e para cá". Ao final da sessão, pediram-lhe que se retirasse, e ela, por trás da porta de vidro esmerilhado do Salão Nobre, pôde escutar confortavelmente tudo o que a comissão de professores falava a seu respeito. A maioria tendia a lhe dar o "louvor", mas havia um, o professor de alemão (um nazista de marca maior!), que não queria ceder aos argumentos. Ele foi bastante explícito, o digníssimo senhor. Na opinião dele, o louvor não podia ser concedido a ela sem causar um gravíssimo escândalo. Mas como!, gritava. A senhorita era judia, aliás, não parecia ter sido discriminada, e agora ainda queriam lhe conferir o louvor! Ora! Devia dar graças por terem permitido que se formasse... O presidente da banca, meu professor de inglês, apoiado pelos outros, rebateu com muita energia que a faculdade era uma faculdade, que inteligência e preparo (bondade dele!) não tinham nada que ver com grupos sanguíneos etc. etc. Porém, quando chegou o momento de apurar o resultado, era óbvio e certo o triunfo do nazista. E a ela não restara outra satisfação, salvo as desculpas que mais tarde, seguindo-a pelas escadas da Ca' Foscari, o professor de inglês lhe pedira (coitado: com o queixo tremendo e os olhos rasos...), a ela não restara outra satisfação senão a de acolher o veredicto com a mais impecável das saudações romanas. Ao proclamá-la doutora, o diretor da faculdade tinha erguido o braço. Como ela deveria se comportar? Limitar-se a uma graciosa mesura de cabeça? Ah, não!

Ria contentíssima, e eu também ria, eletrizado, contando-lhe por minha vez, com riqueza de detalhes cômicos, minha expulsão da Biblioteca Municipal. Mas quando perguntei a ela por que motivo tinha permanecido mais um mês em Veneza depois da formatura (em Veneza — acrescentei —, onde, segundo ela, nunca se sentira bem como cidade, nem contava com nenhum amigo, mulher ou homem que fosse), nessa altura ficou séria e retirou a mão da minha, dando-me como resposta apenas uma rápida mirada lateral.

Uma antecipação da feliz acolhida que receberíamos na sala de jantar nos foi dada por Perotti, à espera no vestíbulo. Assim que nos viu despontar da escadaria, seguidos por Jor, dirigiu a nós um sorriso extraordinariamente satisfeito, quase cúmplice. Em outra circunstância, o comportamento dele teria me chocado, quase como uma ofensa. Mas havia alguns minutos eu me via em um estado de espírito muito peculiar. Sufocando dentro de mim qualquer motivo de inquietude, eu seguia em frente cheio de uma estranha leveza, como transportado por asas invisíveis. No fundo, Perotti é um bom homem, eu pensava. Ele também estava contente de ver a "senhorita" em casa de novo. Era possível recriminá-lo, pobre velho? De agora em diante, com certeza pararia de resmungar.

Aparecemos lado a lado na soleira da sala de jantar, e à nossa presença, como eu dizia, foi dedicada a mais franca das festas. Os rostos de todos os comensais estavam rosados, acesos; todos os olhares, apontados para nós, expressavam simpatia e afeição. Até a sala, tal como subitamente se mostrou a mim naquela noite, me pareceu bem mais acolhedora que de hábito, em certo sentido também ela rosada na madeira polida de seus móveis, nos quais a labareda alta e ondulante da lareira suscitava suaves reflexos encarnados. Nunca a vira tão iluminada. À parte o brilho que emanava dos cepos ardentes, sobre a mesa coberta por uma bela toalha alvíssima (pratos e louças já tinham sido retirados, evidentemente) a grande corola invertida do lampadário central despejava uma verdadeira cascata de luzes.

"Venham, venham!"

"Bem-vindo!"

"Estávamos começando a achar que você tivesse desistido de vir!"

Quem pronunciou a última frase foi Alberto, mas eu podia perceber, minha chegada o enchera de um contentamento autêntico. Todos olhavam para mim: uns, como o professor Ermanno, virando-se completamente para trás; outros, aproximando-se com o peito da mesa ou, ao contrário, afastando-se dela de braços estendidos; outros, por fim, como dona Olga, sentada sozinha lá na frente com o fogo da lareira às suas costas, avançando o rosto e semicerrando as pálpebras. Observavam-me, examinavam-me, esquadrinhavam-me da cabeça aos pés, e todos pareciam muito satisfeitos comigo, com a impressão que eu causava ao lado de Micòl. Apenas Federico Herrera, o engenheiro das ferrovias, ficou surpreso e como perplexo, demorando a harmonizar-se com o contentamento geral. Mas foi questão de segundos. Depois de receber informações do irmão Giulio (eu os vi confabular rapidamente atrás da velha mãe, aproximando ambas as cabeças calvas), logo se desdobrou em manifestações de simpatia dirigidas a mim. Além de fazer um trejeito com a boca que lhe descobriu os grandes incisivos superiores, ergueu o braço em um gesto, mais que de saudação, de solidariedade, de estímulo quase esportivo.

O professor Ermanno insistiu para que eu sentasse à sua direita. Era meu lugar habitual, ele explicou a Micòl, que enquanto isso se sentava à sua esquerda, de frente para mim: que eu ocupava "normalmente" quando ficava para jantar. Já Giampiero Malnate — acrescentou em seguida —, o amigo de Alberto, sentava "do outro lado, lá", à direita da mamãe. E Micòl escutava com um ar curioso, entre despeitada e sardônica: como se lhe incomodasse perceber que, em sua ausência, a vida da família tomara rumos não exatamente previstos por ela, e ao mesmo tempo feliz de que as coisas tivessem caminhado justo daquele jeito.

Sentei e apenas então, surpreso de ter visto mal, me dei conta de que a toalha não estava desocupada. No meio da mesa havia uma bandeja de prata, baixa, circular e bastante ampla, e no centro dela, contornado a dois palmos de distância por um raio de cartõezinhos brancos, cada um dos quais trazendo uma letra do alfabeto escrita a lápis vermelho, despontava um solitário cálice de champanhe.

"E o que é isso?"

"Isso é a *grande* surpresa que eu lhe disse!", exclamou Alberto. "É simplesmente formidável. Basta que três ou quatro pessoas em círculo ponham um dedo na sua borda, e imediatamente ele, para lá e para cá, uma letra depois da outra, responde."

"Responde?!"

"Certo! Escreve bem devagar todas as respostas. E sensatas, sabe, você nem imagina como são sensatas!"

Havia tempos eu não via Alberto tão eufórico, tão animado.

"E de onde veio essa bela novidade?", perguntei.

"É apenas um jogo", interveio o professor Ermanno, pondo uma mão em meu braço e balançando a cabeça. "Coisa que Micòl trouxe lá de Veneza."

"Ah, então você é a responsável!", falei, dirigindo-me a Micòl. "E essa sua taça também lê o futuro?"

"Como não?!", exclamou ela, rindo. "Aliás, lhe digo que a especialidade *dela* é precisamente essa."

Naquele momento entrou Dirce, trazendo no alto, equilibrado em uma só mão, um disco de madeira escura repleto de docinhos de Páscoa (até as bochechas de Dirce estavam rosadas, reluzentes de saúde e bom humor).

Como convidado e último a chegar, fui o primeiro a ser servido. Os docinhos, os famosos *zucarìn*, feitos de massa podre misturada com bagos de uva-passa, pareciam ser quase iguais aos que eu tinha experimentado de mau grado meia hora antes, em casa. No entanto, os *zucarìn* dos Finzi-Contini logo me pareceram muito melhores, bem mais gostosos: e eu disse isso me dirigindo a dona Olga, que, concentrada em escolher da travessa que Dirce lhe oferecia, não pareceu notar meu cumprimento.

Em seguida, veio Perotti com as mãos grossas de camponês agarradas às bordas de uma segunda bandeja (esta, de peltre), trazendo uma jarra de vinho branco e várias taças. Assim, enquanto continuávamos todos sentados em volta da mesa, cada qual bebendo o Albana em pequenos goles e beliscando os *zucarìn*, Alberto ia me explicando em detalhes as "virtudes divinatórias do receptáculo", que agora estava em silêncio, é verdade, mas até pouco antes respondera com uma *verve* excepcional e admirável a todos que o interrogaram.

Indaguei o que perguntaram a ele.

"Ah, de tudo um pouco."

Tinham perguntado, por exemplo — continuou —, se mais cedo ou mais tarde ele conseguiria se formar como engenheiro; e o cálice prontamente rebateu com um sequíssimo "não". Depois Micòl quis saber se ela se casaria, e quando; e aqui o cálice foi bem menos peremptório, aliás, bastante confuso, dando a resposta de um autêntico oráculo clássico, ou seja, passível das interpretações mais diversas. Até sobre a quadra de tênis o interrogaram, "pobre cálice santo!", tentando descobrir se papai deixaria de lado sua eterna ladainha para adiar ano a ano o início das obras de recuperação. A esse respeito, dando prova de uma boa dose de paciência, a "Pítia" voltou a ser bem explícita, assegurando que as desejadas melhorias seriam realizadas "logo", isto é, ainda no corrente ano.

Mas foi sobretudo em matéria de política que o cálice cumpriu maravilhas. Em breve, daqui a poucos meses, sentenciara, a guerra estouraria: uma guerra prolongada, sangrenta, dolorosa para *todos*, a ponto de abalar o mundo inteiro, mas que por fim, depois de muitos anos de batalhas incertas, terminaria com a vitória completa das forças do bem. "Do bem?", a essa altura indagou Micòl, que era sempre a especialista em gafes. "E quais seriam, por favor, as forças do bem?" Ao que o cálice, deixando todos os presentes embasbacados, replicou com uma única palavra: "Stálin".

"Imagine só", exclamou Alberto em meio à gargalhada geral, "imagine como Giampi ficaria contente se estivesse no jogo. Vou escrever para ele."

"Ele não está em Ferrara?"

"Não. Viajou anteontem. Foi passar a Páscoa em casa."

Alberto continuou contando por um bom tempo o que o cálice dissera, e então o jogo foi retomado. Também pus o indicador na borda do "receptáculo", também fiz perguntas e aguardei as respostas. Mas agora, sabe-se lá por quê, do oráculo já não saía nada que fosse compreensível. Alberto, teimoso e obstinado como sempre, insistiu bastante. Nada.

De todo modo, eu me fazia de desentendido. Mais que prestar atenção nele ou no jogo, observava sobretudo Micòl: Micòl, que de tanto em tanto, sentindo meu olhar sobre si, descontraía o cenho carregado de quando jogava tênis para me lançar um rápido sorriso pensativo, tranquilizador.

Eu observava seus lábios suavemente tingidos de batom. Eu mesmo os beijara, eu, agora há pouco. Mas não seria tarde demais? Por que não o fizera seis meses antes, quando tudo ainda seria possível, ou pelo menos durante o inverno? Quanto tempo tínhamos perdido: eu aqui, em Ferrara, e ela em Veneza! Eu poderia perfeitamente ter pegado o trem em um domingo para ir encontrá-la. Havia um direto que partia de Ferrara às oito da manhã e chegava a Veneza às dez e meia. Assim que descesse do trem, telefonaria para ela propondo que me levasse ao Lido (assim, aliás — teria dito a ela —, eu poderia finalmente visitar o famoso cemitério israelita de San Niccolò). Por volta da uma, almoçaríamos algo juntos, sempre naquelas bandas, e depois, tendo ligado para a casa dos tios a fim de amansar a Fräulein (oh, a cara de Micòl enquanto telefonava para ela, as contorções da boca, as caretas de palhaço!), depois iríamos passear pela praia deserta. Até para isso haveria todo o tempo. Quanto à volta, eu teria dois trens à disposição: o das cinco e o das sete, ambos ótimos para que nem os de casa percebessem qualquer coisa. Ah, sim: se tivesse feito isso quando *devia*, tudo teria sido bem mais fácil. Uma brincadeira.

Que horas eram? Uma e meia, talvez duas. Daqui a pouco eu precisaria ir, e provavelmente Micòl me acompanharia na descida, até a porta do jardim.

Talvez fosse nisso que ela também estava pensando, isso que a inquietava. Sala após sala, corredores após corredores, caminharíamos um ao lado do outro sem ter mais a coragem nem de nos olharmos, nem de trocar uma palavra. Ambos temíamos a mesma coisa, eu sentia: a despedida, o ponto cada vez mais próximo e sempre menos imaginável da despedida, do beijo de adeus. E no entanto, caso Micòl renunciasse a me acompanhar, deixando que Alberto ou até Perotti se incumbisse da tarefa, com que ânimo eu poderia enfrentar o resto da noite? E o dia seguinte?

Mas talvez não; já voltava a sonhar, teimoso e desesperado: levantar-me da mesa talvez se mostrasse inútil, desnecessário. Aquela noite não acabaria nunca.

Parte 4

I

Rapidamente, já no dia seguinte, comecei a me dar conta de que para mim seria muito difícil restabelecer as antigas relações com Micòl.

Depois de uma longa hesitação, arrisquei telefonar por volta das dez. Responderam (Dirce) que os "jovens" ainda estavam no quarto, e que eu fizesse a gentileza de chamar "por volta do meio-dia". Para enganar a espera, joguei-me na cama. Tinha pegado um livro ao acaso, *Le Rouge et le noir*, mas, por mais que tentasse, não conseguia me concentrar. E se ao meio-dia eu não telefonasse para ela? Mas logo mudei de ideia. De repente, tive a impressão de que agora eu só desejava uma coisa de Micòl: sua amizade. Em vez de desaparecer — dizia a mim mesmo —, era muito melhor que eu agisse como se na noite anterior não tivesse acontecido nada. Ela compreenderia. Sensibilizada por meu tato, plenamente apaziguada, em pouco tempo me restituiria toda a sua confiança, a cara e a antiga intimidade.

Ao meio-dia em ponto, tomei coragem e disquei o número da casa Finzi-Contini pela segunda vez.

Tive que esperar bastante, mais que o habitual.

"Alô", falei por fim, com a voz embargada de emoção.

"Ah, é você?"

Era mesmo a voz de Micòl.

Bocejou.

"O que foi?"

Desconcertado, vazio de argumentos, não achei nada melhor do que dizer que eu já havia telefonado para ela, duas horas antes. Foi Dirce — acrescentei gaguejando — que me sugeriu tornar a ligar por volta do meio-dia.

Micòl ficou escutando. Então começou a se queixar do dia que tinha pela frente, cheio de coisas para arrumar depois de meses e meses de ausência, malas a desfazer, papéis de todo tipo a reordenar etc., e no final com a perspectiva nada animadora para ela de um segundo "ágape". O problema de todo afastamento prolongado era esse, resmungou: para retomar o ritmo e recuperar a rotina de sempre, era preciso empregar uma energia ainda maior do que a já notável que tivera de gastar para "sair de campo".

Perguntei se ela apareceria mais tarde no templo.

Respondeu que não sabia. Talvez sim, mas também talvez não. Nesse momento não se sentia em condições de garantir.

Desligou sem me convidar a ir visitá-los de noite, e sem estabelecer como e quando nos reencontraríamos.

Naquele dia, evitei ligar de novo para ela e nem fui ao templo. Mas por volta das sete, passando pela Via Mazzini e notando a Dilambda cinza dos Finzi-Contini parada atrás da esquina da Via delle Scienze, com Perotti de quepe e uniforme de motorista sentado ao volante, à espera, não resisti à tentação de me postar na embocadura da Via Vittoria e aguardar. Fiquei ali um bom tempo, sob um frio cortante. Era a hora de pico do passeio vespertino, logo antes do jantar. Ao longo das duas calçadas da Via Mazzini, atravancadas de neve suja e já semidesfeita, a multidão se apressava em ambas as direções. Por fim, fui premiado. De repente, mesmo estando longe, eu a vi despontar inesperadamente do portão do templo e parar na soleira. Vestia um curto casaco de leopardo, estreitado na cintura por um cinto de couro. Os cabelos louros brilhando na luz das vitrines, ela olhava para cá e para lá como se procurasse alguém. Era a mim que procurava? Eu estava para sair da sombra e me apresentar quando os parentes, que na certa a seguiram à distância pelas escadas, chegaram em grupo às suas costas. Estavam todos lá, inclusive a avó Regina. Dei meia-volta e me afastei a passos rápidos, descendo a Via Vittoria.

No dia seguinte e nos sucessivos, insisti nos telefonemas, mas só raramente consegui falar com ela. Quase sempre algum outro atendia, ou Alberto, ou o professor Ermanno, ou Dirce, ou mesmo Perotti, os quais, com exceção de Dirce, breve e passiva como uma telefonista, e constrangedora e fria justamente por isso, me enredavam em conversas longas e inúteis. Tanto que a certa altura eu interrompia Perotti. Mas com Alberto e o professor a coisa era mais complicada. Eu os deixava falar. E sempre esperava que eles mencionassem Micòl. Mas nada. Como tivessem decidido evitar o tema e agissem de comum acordo, pai e irmão deixavam toda a iniciativa em minhas mãos. O resultado é que muitas vezes eu desligava sem sequer ter achado forças para pedir que a chamassem.

Então retomei as visitas: seja de manhã, com o pretexto da tese, seja à tarde, quando ia encontrar Alberto. Nunca fazia nada para alertar Micòl de que eu estava na casa. Tinha certeza de que ela sabia, e que mais cedo ou mais tarde apareceria.

Quanto à tese, embora já estivesse terminada, eu ainda precisava passá-la a limpo. Por isso, carregava comigo a máquina de escrever, cujo tiquetaquear, assim que rompeu pela primeira vez o silêncio no salão de bilhar, atraiu imediatamente o professor Ermanno à soleira de seu gabinete.

"Como vão as coisas? Já está recopiando?", gritou alegre.

Veio até mim e quis ver a máquina. Tratava-se de uma portátil italiana, uma Littoria, que meu pai me dera de presente anos antes, quando eu tinha passado no exame de conclusão do ensino médio. O nome da marca não provocou seu riso, como eu tinha temido. Ao contrário. Constatando que a Itália "também" já estava produzindo máquinas de escrever que, como a minha, pareciam funcionar perfeitamente, deu a impressão de estar satisfeito. Eles tinham três em casa — disse-me —, uma usada por Alberto, outra por Micòl e a terceira por ele: todas americanas, da marca Underwood. As dos rapazes eram portáteis bem robustas, sem dúvida, mas não tão leves como esta (enquanto isso a sopesou, segurando-a pela alça). Já a dele era de tipo normal: de escritório, se quisermos. Mas...

Teve uma espécie de pequeno sobressalto.

Eu sabia quantas cópias ela permitia fazer de uma só vez, se quisesse?, acrescentou com ar cúmplice. Até sete.

Então me levou ao gabinete e a mostrou para mim, erguendo não sem esforço um estojo preto e lúgubre, talvez metálico, que até ali eu nunca havia notado. Diante de tal peça de museu, evidentemente bem pouco usada mesmo quando nova, sacudi a cabeça. Não, obrigado, falei. Com minha Littoria eu só conseguiria tirar três cópias, duas das quais em papel velino. No entanto, preferia continuar assim.

Batia nas teclas capítulo após capítulo, mas a cabeça estava em outro lugar. E também ia para outro lugar quando, de tarde, eu descia para o estúdio de Alberto. Malnate tinha voltado de Milão uma semana depois da Páscoa, cheio de indignação pelo que estava ocorrendo naqueles dias (a queda de Madri: ah, mas não ficaria assim!; a tomada da Albânia: que vergonha, que palhaçada!). Quanto a este último fato, reproduzia o que certos amigos dele e de Alberto lhe disseram em Milão. Mais que promovida pelo "Duce" — contava —, a incursão albanesa tinha sido desejada por "Ciano Galeazzo", que, com ciúmes de Von Ribbentrop, valeu-se daquela patifaria asquerosa para mostrar ao mundo que não ficava atrás do alemão em matéria de diplomacia-relâmpago. Era inacreditável! Parece que até o cardeal Schuster se manifestara a respeito, deplorando o episódio e advertindo; e embora o tivesse dito em um círculo muito estreito, toda a cidade ficou sabendo depois. Giampi também relatava outras coisas de Milão: uma apresentação do *Don Giovanni* de Mozart no Scala, à qual por sorte ele não tinha faltado; uma mostra de quadros de um "grupo novo", na Via Bagutta; e sobre Gladys, ela mesma, que encontrara por acaso na Galleria toda coberta de vison e de braços dados com um famoso industrial do aço — a qual, como sempre simpaticíssima, ao passar por ele lhe lançara um discreto aceno com o dedo, que sem dúvida significava "me telefone" ou "lhe telefono". Pena que tivesse de voltar logo "ao batente"! Meteria com muito gosto um par de chifres no conhecido industrial do aço, iminente aproveitador de guerra... Falava e falava, como sempre se dirigindo sobretudo a mim, mas, no fundo, se mostrava um pouco menos didático e peremptório que nos meses anteriores: como se de sua escapada a Milão, feita para reencontrar a família e os amigos, ele tivesse extraído uma nova disposição à indulgência em relação aos outros e às suas opiniões.

Com Micòl, como já disse, eu só tinha raras conversas por telefone, durante as quais ambos evitávamos aludir a qualquer coisa de muito íntimo. Entretanto, alguns dias depois de tê-la esperado por mais de uma hora diante do templo, não pude resistir à tentação de me queixar de sua frieza.

"Sabe", falei, "vi você na noite seguinte à Páscoa."

"Ah é? Você também estava no templo?"

"Não. Estava passando na Via Mazzini e notei o carro de vocês, mas preferi esperar do lado de fora."

"Que ideia."

"Você estava muito elegante. Quer que lhe diga como estava vestida?"

"Acredito, acredito na sua palavra. Onde você estava *estacionado*?"

"Na calçada em frente, na esquina da Via Vittoria. A certa altura, você começou a olhar na minha direção. Diga a verdade: me reconheceu?"

"Pare com isso. Por que eu deveria lhe dizer uma coisa em vez de outra? Mas o que eu não entendo é por que você... Me desculpe, mas não poderia *ter mexido os pés*?"

"Estava para fazer isso. Depois, quando notei que você não estava sozinha, acabei desistindo."

"Bela descoberta que eu não estava sozinha! Mas você é mesmo um tipo esquisito. Podia vir falar comigo do mesmo jeito, acho."

"Sim, claro, pensando bem. O problema é que nem sempre é fácil pensar. De resto, você gostaria?"

"Meu Deus, quanta história!", suspirou.

Na vez seguinte em que consegui falar com ela, quase duas semanas mais tarde, me contou que estava doente, com um forte resfriado e um pouco de febre. Que chatice! Por que eu nunca ia visitá-la? Eu a esquecera totalmente.

"Você está... está na cama?", balbuciei desconcertado, sentindo-me vítima de uma injustiça enorme.

"É claro que estou, e ainda por cima debaixo dos lençóis. Confesse: você se recusa a vir por medo da gripe."

"Não, não, Micòl", respondi, amargo. "Não me creia mais frouxo do que sou. Só me espanto de que você me acuse de tê-la esquecido, quando ao contrário... Não sei se você se lembra", continuei, com a voz que ia se apagando, "mas antes da sua partida era muito fácil nos falarmos por telefone, porém agora, você deve admitir, se tornou uma espécie de desafio. Sabe que estive várias vezes na sua casa nesses dias? Alguém lhe contou?"

"Sim."

"E então! Se quisesse me ver, sabia muito bem onde me achar: de manhã na sala de bilhar e à tarde no estúdio do seu irmão. A verdade é que você não tinha nenhuma vontade."

"Quanta bobagem! Nunca gostei de ir ao estúdio de Alberto, principalmente quando ele recebe amigos. Quanto a ir vê-lo de manhã, você não está trabalhando? Se tem uma coisa que *detesto* é justamente incomodar as pessoas quando elas estão no trabalho. De todo modo, se você realmente quiser, amanhã ou depois de amanhã passo um instante para dizer um oi."

Na manhã do dia seguinte ela não veio, mas à tarde, enquanto eu me encontrava com Alberto (deve ter sido por volta das sete: Malnate se despedira bruscamente fazia uns minutos), Perotti entrou trazendo uma mensagem dela. A "senhorita" gostaria que eu subisse um momento, anunciou impassível, mas, tive a impressão, de mau humor. Ela se desculpava. Ainda estava de cama, do contrário teria descido. O que eu preferia: ir vê-la imediatamente ou ficar para jantar e subir depois? A senhorita preferiria que fosse imediatamente, visto que estava com um pouco de enxaqueca e queria apagar a luz bem cedo. Porém, caso eu decidisse ficar...

"Não, por favor", falei, olhando para Alberto. "Vou agora mesmo."

Levantei disposto a seguir Perotti.

"Não faça cerimônias, olhe lá", disse Alberto, acompanhando-me gentil até a porta. "Acho que hoje à noite papai e eu vamos jantar sozinhos. Até vovó está de cama com gripe, e mamãe não se afasta de perto dela nem por um minuto. Então, se quiser ficar um pouco conosco e subir para ver Micòl depois... Papai ficaria feliz."

Respondi que não podia, que precisava encontrar uma "pessoa" às nove, "na Piazza", e corri atrás de Perotti, que já estava no final do corredor.

Sem trocarmos uma palavra, logo chegamos à base da longa escada helicoidal que levava bem ao alto, até a torre-lucerna. O apartamento de Micòl, como eu sabia, era o situado no ponto mais alto da casa, apenas meio lance abaixo do último andar.

Sem me dar conta do elevador, encaminhei-me para subir a pé.

"Tudo bem que o senhor é jovem", escarneceu Perotti, "mas cento e vinte e três degraus são muita coisa. Não prefere ir de elevador? Funciona, sabe?"

Abriu a cancela da negra gaiola externa, depois a porta corrediça da cabina, e por fim se pôs de lado para que eu entrasse.

Atravessar a soleira da cabina, que era um caixote antediluviano, todo em madeiras reluzentes cor de vinho, placas cintilantes de cristal adornadas com um M, um F e um C elaboradamente entrelaçados, ser tomado na garganta pelo cheiro pungente e meio sufocante de algo entre o mofo e a aguarrás que impregnava o ar naquele espaço estreito, e perceber de repente um imotivado senso de calma, de tranquilidade fatalista, de distanciamento até irônico foi uma coisa só. Onde eu tinha sentido um cheiro desse tipo?, perguntava a mim mesmo. Quando?

A cabina começou a erguer-se devagar pelo vão da escada. Eu farejava o ar e, enquanto isso, olhava Perotti diante de mim, seus ombros revestidos de riscado. O velho tinha deixado à minha completa disposição o assento forrado de um veludo macio. Em pé a dois palmos de distância, absorto, empertigado, com uma mão agarrada à maçaneta de latão da porta corrediça e a outra apoiada no painel de botões, também este reluzente de um bem polido latão, Perotti voltara a fechar-se em um silêncio carregado de todos os sentidos possíveis. Mas foi então que me lembrei e compreendi. Perotti se calava não tanto porque desaprovasse, como a certo ponto me passou pela cabeça, que Micòl me recebesse em seu quarto, mas porque a oportunidade que se lhe oferecia de manobrar o ascensor (oportunidade talvez rara) o enchia de uma satisfação tão mais intensa quanto mais íntima, mais secreta. O ascensor não lhe era menos caro que o coche lá no depósito. Eram nessas coisas, nessas venerandas testemunhas de um passado que já era também o seu, que ele desafogava o aguerrido amor pela família a que ele servia desde que era rapaz, sua fidelidade raivosa de velho animal doméstico.

"Ele sobe bem", exclamei. "De que marca é?"

"É americano", respondeu, virando o rosto pela metade e torcendo a boca no típico esgar de desprezo atrás do qual os camponeses frequentemente mascaram a admiração. "*El gà* mais de quarenta anos, mas ainda seria capaz de levantar um regimento inteiro."

"Deve ser um Westinghouse", arrisquei ao acaso.

"Bem, *sogio mì...*", balbuciou. "Um desses nomes aí."

Daí ele começou a me contar como e quando o dispositivo foi "posto de pé". Só que a cabina, parando de chofre, obrigou-o com evidente desgosto a interromper-se quase no mesmo instante.

2

No estado de ânimo em que eu me encontrava naquele momento, de serenidade provisória e sem ilusões, a acolhida de Micòl me surpreendeu como uma dádiva imprevista, imerecida. Tive o temor de que me tratasse mal, com a mesma indiferença cruel dos últimos tempos. Mas bastou entrar em seu quarto (depois de me deixar ali, Perotti havia fechado discretamente a porta às minhas costas) para ver que ela me sorria amável, gentil, amiga.

Então me aproximei da cama, apoiando ambas as mãos na grade. Com dois travesseiros sustentando as costas, Micòl estava com todo o busto para fora dos cobertores. Vestia um pulôver verde-escuro, de gola alta e mangas compridas. Em cima do peito, a medalhinha de ouro do *shaddai* cintilava sobre a lã da malha... Quando entrei, ela estava lendo: um romance francês, como logo percebi ao reconhecer de longe o tipo da capa, branca e vermelha; e provavelmente foi mais a leitura do que o resfriado que lhe estampou sob os olhos um sinal de cansaço. Não, ela estava sempre bonita — dizia a mim mesmo então, ao contemplá-la —, talvez nunca tivesse estado tão bonita e atraente.

Rente à cama, na altura da cabeceira, havia um carrinho de nogueira com dois níveis, o de cima ocupado por uma lâmpada articulada acesa, pelo telefone, por uma chaleira de cerâmica vermelha, um par de xícaras de porcelana branca com a borda dourada e uma térmica de alpaca. Micòl se espichou para apoiar o livro no nível inferior e então se virou, buscando o interruptor da luz elétrica que pendia no lado oposto da cabeceira. Pobre coitada — ia dizendo entre os dentes —, não era mesmo o caso de ficar em um mortório como esse! E, assim que surgiu, a luz mais intensa foi saudada por ela com um "aah" de satisfação.

Depois continuou a falar: do "esquálido" resfriado que a prendia na cama fazia mais de quatro dias; dos comprimidos de aspirina com que, às escondidas de papai e do tio Giulio, ferrenho inimigo dos antipiréticos (na opinião deles, faziam mal ao coração, mas isso não era verdade!), tinha tentado sem sucesso apressar o término da doença; o tédio das horas intermináveis de convalescença, que lhe tiravam até a vontade de ler. Ah, ler! Antigamente, na época das famosas gripes com febre cavalar de seus treze anos, ela era bem capaz de devorar em poucos dias todo o *Guerra e paz* ou o ciclo completo dos *Três mosqueteiros* de Dumas, ao passo que agora, durante um miserável resfriado com dor de cabeça, tinha de agradecer se conseguia "despachar" algum romancezinho francês, desses impressos fininhos. Eu conhecia *Les Enfants terribles* de Cocteau?, perguntou, retomando o livro do carrinho e o estendendo para mim. Não era nada mau, era divertido e chique. Mas eu iria comparar com *Os três mosqueteiros*, *Vinte anos depois* e *O visconde de Bragelonne*? Esses, sim, é que eram romances! E vamos ser claros: mesmo "no aspecto do chiquê", eles funcionavam "muitíssimo melhor".

De repente, ela se interrompeu.

"Ué, mas por que você continua aí parado?", exclamou. "Meu santo Deus, você é mesmo pior que um menino pequeno! Pegue aquela poltroninha" (a indicava para mim), "e venha se sentar mais perto."

Apressei-me em obedecer, mas não era o suficiente. Agora eu *devia* beber alguma coisa.

"Posso lhe oferecer alguma coisa?", dizia. "Quer um chá?"

"Não, obrigado", respondi. "Antes do jantar não me dá vontade. Me embrulha o estômago e tira o apetite."

"Talvez um pouco de Skiwasser?"

"Me causa o mesmo efeito."

"Está fervendo, sabe? Se não estou enganada, você só experimentou a versão de verão, a gelada, no fundo uma *heresia*: o Himbeerwasser."

"Não, não, obrigado."

"Meu Deus", se lamuriou. "Quer que eu toque a campainha e lhe mande trazer um aperitivo? Nós não o bebemos nunca, mas acho que em algum lugar da casa há uma garrafa de Bitter Campari. Perotti, *honni soit*, sabe com certeza onde encontrar..."

Balancei a cabeça.

"Não quer mesmo nada!", exclamou decepcionada. "Mas que tipo é você!"

"Prefiro não."

Falei "prefiro não", e ela caiu na risada.

"Por que esse riso todo?", perguntei, um tanto ofendido.

Ela me observava como se visse minhas verdadeiras feições pela primeira vez.

"Você disse 'prefiro não' como Bartleby. Com a mesma cara."

"Bartleby? E quem seria esse senhor?"

"Já se vê que você não leu os contos de Melville."

De Melville — falei — eu só conhecia *Moby Dick*, traduzido por Cesare Pavese. Então ela quis que eu me levantasse, que fosse buscar na estante ali em frente, aquela entre as duas janelas, o volume dos *Piazza Tales* e o levasse para ela. Enquanto eu procurava entre os livros, ela ia me contando o enredo do conto. Bartleby era um escrevente — ela dizia —, um escrevente contratado por um conhecido advogado de Nova York (este, um ótimo profissional: ativo, competente, "liberal", "um desses americanos do século XIX que Spencer Tracy representa tão bem") a fim de recopiar a papelada do escritório, alegações finais e assim por diante. Acontece que ele, Bartleby, quando lhe davam o que escrever, trabalhava que era uma beleza. Porém, se Spencer Tracy resolvesse delegar a ele alguma tarefinha a mais, como anexar uma cópia ao documento original, ou dar um pulo na tabacaria da esquina para comprar um selo, ele nada; limitava-se a sorrir evasivo, respondendo com educada firmeza: "*I prefer not to*".

"E por que motivo?", perguntei, voltando com o livro na mão.

"Porque só queria trabalhar como escrevente. Escrevente e ponto-final."

"Mas, me desculpe", objetei. "Imagino que Spencer Tracy pagava um salário regular a ele."

"Claro", respondeu Micòl. "Mas e daí? O salário paga o trabalho, não a *pessoa* que o executa."

"Não entendo", insisti. "Bartleby, no escritório, sem dúvida Spencer Tracy o contratara como copista, mas também, suponho, para que ajudasse a tocar o barco no geral. No fundo, o que ele lhe pedia? Um *a mais* que, talvez, fosse um *a menos*. Para alguém obrigado a ficar sentado, o pulo na tabacaria da esquina pode representar um desvio útil, a pausa necessária: em todo caso, uma magnífica ocasião para estender um pouco as pernas. Não, sinto muito. A meu ver, Spencer Tracy tinha todas as razões para pretender que seu Bartleby não ficasse ali, bancando o turrão, e cumprisse prontamente o que lhe era pedido."

Discutimos muito longamente sobre o pobre Bartleby e Spencer Tracy. Ela me acusava de não compreender, de ser *um* banal, o conformista inveterado de sempre. Conformista? Ela continuava zombando. Mas o fato é que antes, com ar de comiseração, ela me comparara a Bartleby. Agora, ao contrário, vendo que eu estava ao lado dos "empregadores abjetos", começara a exaltar em Bartleby o "inalienável direito de todo ser humano à não colaboração", isto é, à liberdade. Enfim, continuava me criticando, mas por motivos inteiramente opostos.

A certa altura, o telefone tocou. Chamavam da cozinha para saber se e quando deveria levar para cima a bandeja com o jantar.

Micòl declarou que por ora não estava com fome, que ela mesma ligaria mais tarde. Se aceitaria um caldo de legumes?, respondeu com uma careta a uma pergunta precisa, que lhe veio do outro lado da linha: Naturalmente. De todo modo, não precisavam prepará-lo já, por favor: ela nunca suportara "comida requentada".

Assim que desligou, virou-se para mim. Ficou me observando com olhos ao mesmo tempo doces e graves, e por uns segundos não disse nada.

"Como você está?", perguntou por fim, em voz baixa.

Engoli em seco.

"Assim, assim."

Sorri e passei os olhos ao redor.

"É estranho", continuei. "Cada detalhe deste quarto corresponde exatamente a como eu o tinha imaginado. Olhe lá o récamier, por exemplo. É como se eu já o tivesse visto. Aliás, eu *já* o vi."

Contei-lhe o sonho que eu tinha tido seis meses antes, na véspera de sua partida para Veneza. Indiquei as fileiras de *làttimi* reluzindo na penumbra, sobre as prateleiras das estantes: os únicos objetos ali dentro — falei — que, no sonho, me pareceram diferentes do que eram na realidade. Expliquei de que forma os tinha visto, e ela me escutava séria, atenta, sem me interromper em nenhum momento.

Quando terminei, ela afagou a manga de meu paletó com uma leve carícia. Então me ajoelhei ao lado da cama, abracei-a, beijei-a no pescoço, nos olhos, sobre os lábios. E ela me deixava fazer, mas sempre com os olhos fixos em mim e, com deslocamentos mínimos da cabeça, tentando sempre me impedir de beijá-la na boca.

"Não... não", era só o que dizia. "Pare... por favor... Seja bonzinho... Não, não... alguém pode vir... Não."

Inútil. Pouco a pouco, primeiro com uma perna e depois com a outra, subi na cama. Agora me deitava sobre ela com todo o meu peso. Continuava a beijá-la cegamente no rosto, não conseguindo senão raramente encontrar seus lábios, sem jamais conseguir que fechasse os olhos. Por fim, escondi o rosto em seu pescoço. E enquanto meu corpo, quase por conta própria, se agitava convulsivo sobre o dela, imóvel sob as cobertas como uma estátua, de golpe, em um desabamento súbito e terrível que me atingiu por inteiro, tive a precisa sensação de que a estava perdendo, de que a tinha perdido.

Foi ela a primeira a falar.

"Levante-se, por gentileza", escutei-a dizendo, muito próxima ao meu ouvido. "Assim não consigo respirar."

Eu estava aniquilado, literalmente. Descer daquela cama me parecia uma empresa acima de minhas forças. Mas não tinha outra escolha.

Fiquei de pé. Dei alguns passos pelo cômodo, vacilando. Por fim, deixei-me cair de novo na poltroninha ao lado da cama e escondi o rosto entre as mãos. Minhas faces ardiam.

"Por que você faz assim?", disse Micòl. "Seja como for, é inútil."

"Inútil por quê?", perguntei, erguendo vivamente os olhos. "Pode-se saber por quê?"

Ela me olhava, com uma sombra de sorriso vagando em torno da boca.

"Não quer ir um momento ali?", disse, acenando à entrada do banheiro. "Você está todo vermelho, vermelho *impizà*. Lave o rosto."

"Sim, obrigado. Talvez seja melhor."

Levantei em um impulso e me dirigi ao banheiro. Mas eis que, justo naquele instante, a porta que dava para as escadas foi sacudida por um baque vigoroso. Parecia que alguém estivesse tentando entrar por arrombamento.

"O que foi?", sussurrei.

"É Jor", Micòl respondeu calma. "Vá abrir para ele."

3

Dentro do espelho oval posto acima do lavabo, eu via minha cara refletida.

Examinava-a atentamente, como se não fosse minha, como se pertencesse a outra pessoa. Embora a tivesse mergulhado várias vezes na água fria, ainda se mostrava toda vermelha, vermelha *impizàda* — como Micòl tinha dito —, com manchas mais escuras entre o nariz e o lábio superior, em cima e ao redor das maçãs do rosto. Perscrutava com minuciosa objetividade aquele grande rosto iluminado, ali, diante de mim, atraído pouco a pouco pelo pulsar das artérias sob a pele da fronte e das têmporas, pela rede cerrada de pequenas veias escarlate que, arregalando os olhos, parecia apertar em uma espécie de assédio os discos azuis das íris, por alguns pelos da barba mais densos no queixo e ao longo das mandíbulas, por uma minúscula espinha quase imperceptível... Não pensava em nada. Através da fina parede divisória, ouvia Micòl falando ao telefone. Com quem? Com o pessoal da cozinha, era de supor, para avisar que lhe trouxessem a sopa. Bem. A próxima despedida decerto seria bem menos embaraçosa. Para ambos.

Entrei quando ela estava pondo o fone no gancho, e mais uma vez, não sem espanto, compreendi que ela não tinha nada contra mim.

Espichou-se da cama para encher uma xícara de chá.

"Agora, por favor, sente-se", falou, "e beba alguma coisa."

Obedeci em silêncio. Bebia devagar, em sorvos lentos, sem levantar os olhos. Deitado às minhas costas no parquete, Jor dormia. Seu pesado ronco de mendigo bêbado enchia o quarto.

Pousei a xícara.

E foi então que Micòl começou a falar. Sem se referir minimamente ao que acontecera pouco antes, iniciou dizendo como havia muito tempo, talvez muito mais tempo do que eu pudesse imaginar, ela se dispusera a conversar francamente comigo sobre a situação que aos poucos se criara entre nós. Eu não me lembrava mais — prosseguiu — do outubro passado, quando, para não nos molharmos, fomos parar no depósito e ali nos sentamos dentro do coche? Pois bem, foi justamente a partir daquela vez lá que ela se deu conta do mau rumo que nossas relações estavam tomando. Ela entendera de imediato que entre nós nascera algo de falso, de errado, de muito perigoso: e a culpa maior tinha sido dela, estava dispostíssima a admitir, se a encosta continuou desmoronando ainda por um bom tempo pela ribanceira. O que ela deveria ter feito? Simples, chamar-me de lado e falar francamente comigo logo, sem demora. Mas que nada: em vez disso, como uma verdadeira covarde, tomou o partido da pior solução, e fugiu. Ah, sim, cortar a corda é fácil. Mas a que leva isso, quase sempre, sobretudo quando se trata de "situações mórbidas"? Em noventa e nove por cento das vezes a brasa continua viva sob as cinzas, com o esplêndido resultado de que mais tarde, quando os dois se reveem, conversar tranquilamente como dois amigos se torna dificílimo, praticamente impossível.

Eu também entendia — intervim naquele ponto —, e no fim das contas era muito grato por sua sinceridade.

Mas havia um fato que eu gostaria que ela me explicasse. Ela partira de um dia para outro sem sequer se despedir de mim, e depois disso, assim que voltou de Veneza, teve uma só preocupação: garantir que eu não parasse de visitar seu irmão Alberto.

"Por que isso?", perguntei. "Se você queria mesmo, como acaba de dizer, que eu a esquecesse (desculpe o fraseado, não ria na minha cara!), não podia me deixar em paz completamente? Era difícil, claro. Mas não seria impossível que por falta de alimento, digamos, a brasa aos poucos fosse se apagando de todo, por si."

Ela me olhou sem dissimular um movimento de surpresa, talvez espantada de que eu achasse forças para passar ao contra-ataque, ainda que, feito o balanço final, com tão pouca convicção.

Eu não estava errado — assentiu então, pensativa, sacudindo a cabeça —, não estava errado de modo nenhum. Seja como for, pedia-me que acreditasse nela. Ao agir da maneira como agiu, não teve a mínima intenção de pescar em águas turvas. Prezava minha amizade, aí está, de um modo até exagerado demais. Além disso, falando sério, mais que em mim ela pensara em Alberto, que, exceto pela presença de Giampiero Malnate, ficara aqui sem ter ninguém com quem conversar de vez em quando. Pobre Alberto!, suspirou. Eu não tinha mesmo percebido, frequentando-o nos meses passados, como ele necessitava de companhia? Para alguém que, como ele, já se habituara a passar os invernos em Milão, com teatros, cinema e todo o resto a seu dispor, a perspectiva de permanecer bloqueado aqui, em Ferrara, fechado em casa por meses e meses, e além disso sem ter quase nada para fazer, não era nada alegre, eu tinha de convir. Pobre Alberto!, repetiu. Ela, em comparação, era muito mais forte, muito mais autônoma: capaz, se necessário, de suportar as solidões mais ferozes. De resto, tinha a impressão de já ter dito a mim: em matéria de desolação, Veneza no inverno talvez fosse ainda pior que Ferrara, e a casa dos tios não era menos triste que todo o conjunto.

"Esta aqui não é nem um pouco triste", falei, comovendo-me de repente.

"Você gosta?", perguntou animada. "Então vou lhe confessar uma coisa (mas depois não venha me recriminar, hein, não venha me acusar de hipocrisia, ou até de ambiguidade!). Desejava muito que você a conhecesse."

"E por quê?"

"Isso eu não sei. Realmente não saberia lhe dizer por quê. Suponho que pela mesma razão pela qual, quando era menina, no templo, tinha vontade de puxá-lo para debaixo do *taled* do papai... Ah, se eu pudesse! Ainda o vejo lá, debaixo do *taled* do seu pai, no banco em frente ao nosso. Que pena você me dava! É absurdo, eu sei: no entanto, quando o espiava, sentia a mesma pena como se você fosse um órfão, um menino sem pai nem mãe."

Calou-se por uns instantes, os olhos fixos no teto. Então, apoiando-se com o cotovelo em um travesseiro, retomou a fala — mas agora séria, grave.

Disse que lamentava me magoar, que lamentava muitíssimo. Por outro lado, era preciso que eu me convencesse: não era absolutamente o caso de estragarmos, como estávamos arriscando fazer, as belas lembranças de infância que tínhamos em comum. Começarmos a fazer amor, nós dois! Eu achava realmente possível?

Indaguei por que lhe parecia tão impossível.

Por infinitas razões — respondeu —, mas sobretudo porque a ideia de fazer amor comigo a desconcertava, embaraçava: tal como se imaginasse fazê-lo com um irmão, sim, com Alberto. É verdade, quando menina ela tivera uma "quedinha" por mim; e quem sabe era justamente por isso que, agora, se sentia tão bloqueada em relação a mim. Eu... eu estava "ao lado" dela, entendia?, não "de frente", ao passo que o amor (assim ao menos ela o imaginava) era coisa para gente decidida a oprimir-se reciprocamente, um esporte cruel, feroz, bem mais cruel e feroz que o tênis!, a ser praticado sem exclusão de golpes e sem jamais se importar, para mitigá-lo, com bondade de alma e honestidade de propósitos.

Maudit soit à jamais le rêveur inutile
Qui voulut le premier, dans sa stupidité,
S'éprenant d'un problème insoluble et stérile
*Aux choses de l'amour mêler l'honnêteté!**

advertiu Baudelaire, que entendia do assunto. E nós? Ambos estupidamente honestos, iguais em absolutamente tudo como duas gotas d'água ("e os iguais não se dão combate, creia em mim!"), nós seríamos mesmo capazes de oprimir um ao outro, de desejar de fato "nos dilacerarmos"? Não, tenha dó. Vendo o modo como o bom Deus nos fabricou, essa história não seria nem desejável nem possível.

Mas, mesmo admitindo por pura hipótese que fôssemos diferentes daquilo que somos, enfim, que houvesse entre nós uma possibilidade ainda que mínima de uma relação de tipo "cruento", como deveríamos nos comportar? "Noivarmos", por acaso, com a respectiva troca de anéis, as visitas dos pais etc.? Que história edificante! Se ainda fosse vivo e tivesse conhecimento do caso, garanto que Israel Zangwill em pessoa teria extraído disso um suculento apêndice para o seu *Sonhadores do gueto*. E que satisfação, que "abençoada" satisfação para todos, quando aparecêssemos juntos na escola italiana, no próximo Kippur: de rostos um tanto emaciados por causa do jejum, mas apesar disso bonitos, dignissimamente combinados! Com certeza não faltaria quem, ao nos ver, daria graças às leis raciais,

* "Amaldiçoado seja esse sonhador vão/ Que em primeiro lugar, em sua estupidez,/ Apegado a problemas assim sem solução,/ Quis às coisas do amor misturar a honradez!" Tradução de Júlio Castañon Guimarães dos versos 61-4 do poema "Femmes damnées (Delphine et Hippolyte)" [Mulheres condenadas (Delfina e Hipólita)], do livro *As flores do mal* (Penguin-Companhia das Letras, 2019, p. 475), de Charles Baudelaire. Trata-se de um dos poemas que foram excluídos, por censura, da edição original de 1857 e reinseridos na edição póstuma, de 1868.

proclamando que, perante a realidade de tão bela união, só restaria uma coisa a dizer: há males que vêm para o bem. E quem sabe até o secretário federal não ficasse comovido, lá na alameda Cavour! Ainda que, em segredo, aquela pessoa de bem que era o cônsul Bolognesi não fosse lá um grande filossemita! Argh!

Eu me mantinha calado, opresso.

Ela aproveitou para tirar o fone do gancho e dizer à cozinha que podiam trazer-lhe o jantar: mas daqui a uma meia horinha, não antes disso, já que — tornou a repetir — naquela noite ela estava com "zero fome". Só no dia seguinte, repensando em tudo, eu recordaria de quando estava fechado no banheiro e a escutei falar ao telefone. Então eu me enganara, disse a mim mesmo. Ela podia estar falando com qualquer um, da casa (ou até de fora), mas *não* com a cozinha.

Agora estava imerso em pensamentos bem diversos. Quando Micòl repôs o fone no gancho, levantei a cabeça.

"Você disse que nós dois somos iguais", falei. "Em que sentido?"

Mas claro, claro — exclamou —, no sentido de que eu, assim como ela, não dispunha daquele gosto instintivo das coisas que caracteriza as pessoas normais. Podia intuir perfeitamente: para mim, não menos do que para ela, mais que o presente, o que contava era o passado, mais que a posse, o recordar-se dela. Diante da memória, toda posse não pode parecer senão decepcionante, banal, insuficiente... Como ela me entendia! Minha ânsia de que o presente se tornasse "logo" o passado, para que eu pudesse amá-lo e contemplá-lo à minha vontade, era também a sua, tal e qual. Este era o "nosso" vício: seguir em frente com a cabeça sempre virada para trás. Não era assim?

Era assim — eu não poderia deixar de reconhecer a mim mesmo —, era exatamente assim. Quando é que eu a abraçara? No máximo uma hora antes. E tudo já se tornara irreal e fabuloso, como sempre: um acontecimento inacreditável, ou de causar medo.

"Quem sabe", respondi. "Talvez seja mais simples. Talvez eu não lhe agrade fisicamente. Só isso."

"Não diga tolices", protestou. "Não tem nada a ver."

"Claro que tem!"

"*You are fishing for compliments*,* e sabe muito bem disso. Mas não vou lhe dar essa satisfação, você não merece. De resto, mesmo se agora eu tentasse lhe repetir toda a admiração que sempre tive por seus famosos olhos glaucos (e não só pelos olhos), que resultado obteria? Você seria o primeiro a me julgar mal, uma hipocritona infame. Pensaria: veja só, depois do porrete a cenoura, o agradinho..."

"A menos que..."

"A menos que o quê?"

Hesitei, mas afinal me decidi.

"A menos que", repeti, "não haja algum outro no meio."

Fez que não com a cabeça, os olhos fixos em mim.

"Não tem coisíssima nenhuma no meio", respondeu. "E quem deveria ser?"

Acreditava nela. Mas estava desesperado, e queria feri-la.

"E você pergunta a mim?", disse, fazendo um bico. "Pode ser qualquer coisa. Quem me assegura que durante todo esse inverno, em Veneza, você não conheceu alguém?"

Caiu na risada: uma risada alegre, fresca, cristalina.

"Que ideia", exclamou. "Se eu só fiz labutar todo esse tempo na tese!"

"Não vá me dizer que nesses cinco meses de universidade você nunca transou com ninguém! Vamos lá: deve ter havido algum fulano, na faculdade, que corria atrás de você!"

Eu tinha certeza de que ela negaria. Mas estava enganado.

"É verdade, eu tive alguns paqueras", admitiu.

Foi como se uma mão me apertasse o estômago e o torcesse.

* Em inglês, algo como: "Você está querendo confetes".

"Muitos?", consegui perguntar.

Deitada como estava com as costas apoiadas, os olhos fixos no teto, ergueu levemente o braço.

"Ah... não saberia dizer", falou. "Me deixe pensar."

"Então foram tantos assim?"

Ela me olhou de viés com uma expressão esperta, decididamente malandra, que eu não conhecia nela e que me aterrorizou.

"Bem... digamos três ou quatro. Aliás cinco, para ser exata... Mas todos pequenos flertes, não me entenda mal, coisas muito inócuas... e até bastante chatas."

"Flertes como?"

"Você sabe... passeios pelo Lido... duas ou três idas a Torcello... uns beijos de vez em quando... muita mão na mão... e *muito* cinema. *Orgias* de cinema."

"Sempre com colegas de faculdade?"

"Mais ou menos."

"Católicos, imagino."

"Naturalmente. Mas não por questão de princípio, é claro. Você entende: a gente tem de se virar com o que encontra."

"Mas com...?"

"Não. Com *judìm*, realmente não. Não que na faculdade não houvesse alguns. Mas eram tão sérios e feios!"

Virou-se de novo para me olhar.

"De todo modo, neste inverno, nada", acrescentou sorrindo: "Posso até lhe jurar. Não fiz mais nada senão estudar e fumar, tanto que era a srta. Blumenfeld, logo ela, que me incentivava a sair".

Pegou de debaixo do travesseiro um maço de Lucky Strike, intacto.

"Quer um? Como vê, comecei pelos mais fortes."

Indiquei em silêncio o cachimbo que eu trazia enfiado no bolso do paletó.

"Você também!", riu, em uma diversão extraordinária. "Mas esse *vosso* Giampi realmente semeia discípulos!"

"Era você quem se lamentava de não ter amigos em Veneza!", deplorei. "Quantas mentiras. É igualzinha a todas as outras, vá."

Balançou a cabeça, não sei se com pena de mim ou de si mesma.

"Mas nem os flertes, nem mesmo aqueles menores, são coisas que se arranjem com amigos", disse melancólica; "por isso mesmo, falando de amigos, você deve reconhecer que eu lhe mentia até certo ponto. Mas você tem razão. Também sou como todas as outras: mentirosa, traidora, *infiel*... No fundo, não muito diferente de uma Adriana Trentini qualquer."

Tinha dito "infiel" escandindo as sílabas como de costume, mas acrescentando uma espécie de orgulho amargo. Prosseguindo, disse ainda que, se eu havia cometido algum erro, era o de sempre tê-la superestimado demais. Com isso, não é que ela tivesse a mínima intenção de justificar-se, imagine. Todavia, ela sempre leu tanto "idealismo" em meus olhos que se sentia em certa medida compelida a parecer melhor do que era na realidade.

Não restava muito a ser dito. Dali a pouco, quando Gina entrou com o jantar (já passara das nove), fiquei de pé.

"Desculpe, mas agora tenho que ir", falei, estendendo-lhe a mão.

"Conhece o caminho, não é? Ou prefere que Gina o acompanhe?"

"Não, não é preciso. Consigo sozinho."

"Pegue o elevador, olhe lá."

"Certo."

Na soleira, virei-me. Ela já estava levando a colher aos lábios.

"Tchau", falei.

Me sorriu.

"Tchau. Amanhã lhe telefono."

4

Mas o pior só começou uns vinte dias depois, quando voltei de uma viagem à França que fiz na segunda quinzena de abril.

Tinha ido a Grenoble, na França, por um motivo muito preciso. As poucas centenas de liras mensais que podíamos mandar pelos meios legais a meu irmão, Ernesto, só davam para pagar, como ele mesmo repetia continuamente em suas cartas, o aluguel do quarto onde dormia, na Place Vaucanson. Portanto, era urgente abastecê-lo com mais dinheiro. E foi meu pai, em uma noite em que voltei para casa mais tarde que de costume (ele me esperara acordado só para falar comigo), quem insistiu para que eu fosse lá, levar esse adicional pessoalmente. Por que eu não aproveitava a ocasião? Respirar umas lufadas de ar diferente "deste aqui", ver um pouco o mundo, me distrair: era isso que eu deveria fazer! Seria de grande proveito para mim, tanto físico quanto moral.

E assim viajei. Parei duas horas em Turim, quatro em Chambéry, e por fim cheguei a Grenoble. Na pensão que Ernesto frequentava para as refeições, logo fiquei conhecendo vários estudantes italianos, todos nas mesmíssimas condições de meu irmão e todos inscritos no Politécnico: um Levi de Turim, um Segre de Saluzzo, um Sorani de Trieste, um Cantoni de Mântua, um Castelnuovo de Florença, uma jovem Pincherle de Roma. Não me liguei a ninguém. Durante os doze dias que passei ali, concentrei a maior parte de meu tempo na Biblioteca Municipal, folheando manuscritos de Stendhal. Fazia frio em Grenoble, chovia. As montanhas em frente ao casario raramente deixavam entrever seus picos escondidos pela névoa e pelas nuvens, ao passo que, à noite, testes de blecaute total desencorajavam a sair. Ferrara me parecia muito distante: como se eu não fosse voltar nunca mais. E Micòl? Desde que eu tinha partido, trazia constantemente nos ouvidos a voz dela, a voz de quando me dissera: "Por que você faz assim? Seja como for, é inútil". Mas um dia aconteceu algo. Lendo por acaso em um dos cadernos stendhalianos estas palavras isoladas: *All lost, nothing lost*, de repente, como por milagre, me senti livre e curado. Então peguei um cartão-postal, escrevi nele a linha de Stendhal e o enviei para ela, Micòl, tal e qual, sem acrescentar nada, nem sequer a assinatura: que ela pensasse o que bem quisesse. Tudo perdido, nada perdido. Como era verdade!, dizia a mim mesmo. E respirava.

Era uma ilusão. Nos primeiros dias de maio, voltando à Itália, encontrei a primavera em pleno desabrochar, os campos entre Alessandria e Piacenza amplamente manchados de amarelo, as estradas rurais da Emília-Romanha percorridas por garotas em bicicletas, de pernas e braços nus, as grandes árvores das muralhas de Ferrara carregadas de folhas. Havia chegado em um domingo, por volta do meio-dia. Assim que entrei em casa, tomei um banho, almocei com a família e respondi com suficiente paciência a uma lista infindável de perguntas. Mas o repentino frenesi que me tomou no mesmo instante em que avistei, do trem, as torres e os campanários de Ferrara despontarem no horizonte não me consentiu, por fim, outras delongas. Às duas e meia eu já partia de bicicleta pela Muralha degli Angeli, os olhos fixos na imóvel germinação vegetal do Barchetto del Duca pouco a pouco mais próximo, à esquerda. Cada coisa voltara a ser como antes, quase como se eu tivesse passado os últimos quinze dias dormindo.

Lá embaixo, na quadra de tênis, Micòl estava jogando uma partida com um jovem de calças brancas, no qual não me foi difícil identificar Malnate; e logo fui notado e reconhecido por eles, já que os dois, parando de jogar, começaram a agitar as raquetes levantadas em grandes acenos. Mas não estavam sós, Alberto também estava lá. Emergindo além da orla da folhagem, eu o vi acorrer ao meio da quadra, olhar para mim e então levar as mãos à boca. Assoviou duas, três vezes. Podia-se saber o que eu estava fazendo no alto da Muralha?, cada um deles parecia, a seu modo, perguntar. E por que diabos eu não entrava logo no jardim, que cara mais estranho que eu era?! Agora eu me dirigia para a saída da avenida Ercole I d'Este, agora pedalava rente ao muro externo, já estava me aproximando do portão, e Alberto continuava soando seu "olifante". "Olhe lá, não vá fugir!", diziam seus assovios sempre potentíssimos, mas agora em certa medida benevolentes, de leve advertência.

"Salve!", gritei como sempre, saindo ao ar livre da galeria de rosas trepadeiras.

Micòl e Malnate tinham recomeçado a partida e, sem interrompê-la, responderam juntos com outro "Salve". Alberto se pôs de pé e veio ao meu encontro.

"Quer nos dizer onde você se escondeu esses dias todos?", perguntou. "Telefonei várias vezes para sua casa, mas você nunca estava."

"Ele foi para a França", Micòl respondeu por mim, da quadra.

"França!", exclamou Alberto, os olhos cheios de um espanto que me pareceu sincero. "E para fazer o quê?"

"Fui encontrar meu irmão em Grenoble."

"Ah, sim, é verdade, seu irmão estuda em Grenoble. E como ele está? Como está se virando?"

Enquanto isso, sentamo-nos em duas espreguiçadeiras postas uma ao lado da outra, de frente para a entrada lateral da quadra, em ótima posição para poder seguir o andamento da partida. Ao contrário do outono passado, Micòl não estava de shorts. Vestia uma saia de lã branca e pregueada, bem *old style*, uma camisa também branca, de mangas arregaçadas, e estranhas meias compridas de fio cândido, quase uma enfermeira da Cruz Vermelha. Toda suada, o rosto vermelho, obstinava-se em lançar as bolas nos cantos mais remotos da quadra, forçando os golpes. Mas Malnate, embora tivesse engordado e arfasse, rebatia com afinco.

Uma bola, rolando, veio parar a pouca distância de nós. Micòl se aproximou para pegá-la, e por um átimo meu olhar cruzou com o dela.

Vi que fez uma careta. Claramente contrariada, virou-se de modo brusco para Malnate.

"Vamos tentar um set?", gritou.

"Podemos tentar", murmurou o outro. "Quantos games de vantagem você me daria?"

"Nenhum", rebateu Micòl, carrancuda. "Posso no máximo lhe conceder a vantagem do serviço. Você serve, vamos!"

Jogou a bola por cima da rede e foi se posicionar para rebater o saque do adversário.

Por alguns minutos, Alberto e eu os observamos jogar. Eu me sentia tomado de mal-estar e infelicidade. O "você" informal de Micòl a Malnate e o fato de ela me ignorar ostensivamente me davam, de súbito, a medida do longo tempo em que estive distante. Quanto a Alberto, ele como sempre não tinha olhos senão para Giampi. Mas agora, como notei, em vez de admirá-lo e elogiá-lo, não parava um momento sequer de criticá-lo.

Lá estava um tipo — ele me confidenciava cochichando, e isso era tão surpreendente que, embora angustiado, eu não perdia uma sílaba de suas palavras —, lá estava um tipo que, mesmo se tivesse aulas de tênis todo santo dia com um Nüsslein ou um Martin Plaa, nunca seria capaz de se tornar um jogador, nem sequer passável. O que lhe faltava para progredir? Vejamos. Pernas? Pernas não, com certeza, caso contrário não teria se tornado aquele razoável alpinista que sem dúvida ele era. Fôlego? Fôlego também não, pelos mesmos motivos. Força muscular? Isso ele tinha para dar e vender, bastava um aperto de mão para notar. E então? A realidade é que o tênis — sentenciou com extraordinária ênfase —, além de ser um esporte, é também uma arte, e como toda forma de arte, exige um talento particular, quem não o possui continuará sendo sempre um "perna de pau", pelo resto da vida.

"Mas por favor!", gritou Malnate a certa altura. "Querem ficar um pouco em silêncio, vocês dois?"

"Jogue, jogue", retrucou-lhe Alberto, "e acima de tudo tente não ser derrotado por uma mulher!"

Eu não acreditava em meus ouvidos. Será possível? Onde estava toda a brandura de Alberto, toda a sua submissão ao amigo? Olhei atentamente para ele. De repente seu rosto se revelou abatido, emaciado, como enrugado por uma velhice precoce. Será que estava doente?

Fiquei tentado a lhe perguntar, mas me faltou a coragem. Em vez disso, perguntei se aquele era o primeiro dia em que voltavam a jogar tênis, e por que motivo não estavam presentes Bruno Lattes, Adriana Trentini e o resto da *zòzga*, como no ano passado.

"Mas você está mesmo por fora de tudo!", exclamou, descobrindo as gengivas em uma gargalhada.

Há mais ou menos uma semana — passou imediatamente a me contar —, constatada a beleza da estação, ele e Micòl tinham decidido dar uns dez telefonemas com o nobre objetivo, justamente, de renovar as glórias tenísticas do último outono. Telefonaram para Adriana Trentini, Bruno Lattes, para o jovem Sani, o jovem Collevatti, e para vários e magníficos exemplares de ambos os sexos das novas levas, que no ano anterior haviam ficado de fora. Todos eles, "velhos e jovens", tinham aceitado o convite com louvável presteza, de modo a garantir ao dia de abertura, no sábado 1º de maio, um sucesso francamente triunfal. Não apenas jogaram tênis: conversaram, paqueraram etc., e até houve dança, lá na *Hütte*, ao som do Philips "oportunamente instalado ali".

Sucesso ainda maior — prosseguiu Alberto — aconteceu na segunda *session* de domingo à tarde, 2 de maio. Mas já na manhã de segunda-feira, 3 de maio, os ares começaram a ficar carregados. Fazendo-se preceder por um sibilino cartão de visita, eis que por volta das onze se apresentou em bicicleta o advogado Tabet, sim, justamente aquele grande fascistoide do Geremia Tabet, em pessoa, que, depois de ter se trancado com papai no gabinete, lhe transmitiu a ordem taxativa por parte do secretário federal de interromper imediatamente o escândalo das recepções diárias e provocatórias, aliás privadas de qualquer conteúdo esportivo sadio, que havia um bom tempo tinham lugar em sua residência. Com efeito, não era admissível — fazia saber o cônsul Bolognesi por intermédio do amigo "em comum", Tabet —, não era admissível que o jardim da casa Finzi-Contini estivesse aos poucos se transformando em uma espécie de clube concorrente do Círculo de Tênis Eleonora d'Este, uma instituição, esta, tão benemérita do esporte ferrarense. Portanto, alto lá: a fim de evitar sanções oficiais, do tipo "temporada obrigatória em Urbisaglia por um período de tempo a ser determinado", de agora em diante nenhum associado do Eleonora d'Este poderia ser distraído de seu ambiente natural.

"E seu pai", perguntei, "como ele reagiu?"

"Como você queria que ele reagisse?", riu Alberto. "Só lhe restou se comportar como Don Abbondio. Inclinar-se e murmurar: 'Sempre disposto à obediência'. Acho que se expressou mais ou menos assim."

"Para mim, a culpa é de Barbicinti", gritou Micòl da quadra, a quem a distância obviamente não impedira de acompanhar nossa conversa. "Ninguém nunca vai me tirar da cabeça que foi ele quem correu à alameda Cavour para se queixar. Até vejo a cena. Mas, afinal de contas, é preciso compreendê-lo, coitadinho. Quando entra o ciúme no meio, a gente é capaz de tudo..."

Apesar de talvez pronunciadas sem uma intenção específica, aquelas palavras de Micòl me atingiram dolorosamente. Estive a ponto de me levantar e ir embora.

E quem sabe eu até tivesse agido assim se justo naquele momento, enquanto eu me virava para Alberto quase a invocar seu testemunho e sua ajuda, mais uma vez não parasse para observar o tom cinzento de seu rosto, a magreza sofrida de seus ombros perdidos dentro de um pulôver já amplo demais para ele (que piscava o olho para mim, como pedindo que eu não me aborrecesse, enquanto já partia para outro assunto: a quadra de tênis, os trabalhos para melhorá-la "desde a base", que, apesar de tudo, começariam dali a uma semana...), e se naquele mesmo instante eu não tivesse visto surgir lá longe, às margens da clareira, as escuras e dolentes figurinhas emparelhadas do professor Ermanno e de dona Olga, vindas do passeio vespertino no parque e rumando lentamente em nossa direção.

5

Recordo o longo período de tempo que se seguiu até os últimos dias fatais de agosto de 1939, ou seja, até as vésperas da invasão nazista da Polônia e da *drôle de guerre*, como uma espécie de lenta e progressiva descida no funil sem fundo do *Maelström*. Proprietários exclusivos da quadra de tênis, que logo foi recoberta por uma boa camada de terra vermelha de Ímola, tínhamos sobrado só nós quatro: eu, Micòl, Alberto e Malnate (quanto a Bruno Lattes, provavelmente perdido atrás dos rastros de Adriana Trentini, não se podia contar com ele). Variando as composições, gastávamos tardes inteiras em longas partidas de duplas, com Alberto, mesmo de fôlego curto e cansado, sempre disposto, sabe-se lá por quê, a recomeçar, sem nunca se dar ou nos dar trégua.

Por que motivo eu insistia em voltar todos os dias a um local onde, com certeza, só poderia recolher humilhações e amargura? Não saberia dizer exatamente. Talvez esperasse por um milagre, uma mudança brusca da situação, ou talvez, quem sabe, eu fosse ali justamente em busca de humilhações e amargura... Jogávamos tênis ou então, deitados à sombra em quatro chaises longues, diante da *Hütte*, discutíamos sobre os mesmos assuntos, arte e política. Porém, quando eu propunha a Micòl, que no fundo continuara sendo gentil e às vezes até afetuosa, uma volta pelo parque, era bem raro que ela dissesse sim. Quando concordava, nunca o fazia de bom grado, mas toda vez estampava no rosto uma expressão entre desgostosa e paciente, o que logo me induzia a lamentar o fato de tê-la arrastado para longe de Alberto e Malnate.

No entanto eu não me desarmava, não me conformava. Dividido entre o impulso de romper, de desaparecer para sempre, e seu oposto, de não renunciar a estar lá, de não ceder de jeito nenhum, na prática eu acabava não faltando nunca. É verdade que, às vezes, bastava um olhar mais frio que o normal por parte de Micòl, um gesto seu de intolerância, um trejeito de sarcasmo ou de tédio para que eu acreditasse com plena sinceridade ter me decidido a romper. Mas quanto tempo eu conseguia ficar afastado? Três, quatro dias no máximo. No quinto, lá estava eu de novo, ostentando a cara risonha e desenvolta de quem regressa de uma viagem enormemente proveitosa (ao reaparecer, eu sempre falava de viagens, viagens a Milão, a Florença, a Roma: e ainda bem que os três pareciam acreditar naquilo!), mas com o coração dilacerado e olhos que já recomeçavam a buscar nos de Micòl uma resposta impossível. Era o momento dos "ataques conjugais", como ela os chamava. Nessas horas, quando se apresentava uma ocasião, eu tentava até beijá-la. E ela se adaptava, nunca se mostrava deselegante.

Mas em uma noite de junho, em meados do mês, as coisas tomaram um rumo diferente.

Estávamos sentados um ao lado do outro nos degraus externos da *Hütte* e, embora já fosse umas oito e meia, ainda se conseguia enxergar. Eu olhava Perotti à distância, ocupado em desmontar e enrolar a rede da quadra cujo terreno, desde que chegara da Romanha a nova terra vermelha, nunca lhe pareceu suficientemente cuidado. Malnate estava tomando uma ducha dentro da cabana (podíamos ouvi-lo assobiar ruidosamente às nossas costas sob o jato de água quente); Alberto se despedira pouco antes com um melancólico "bye-bye". Enfim, tínhamos ficado só nós dois, Micòl e eu, e logo aproveitei para recomeçar com meu eterno, absurdo e tedioso assédio. Insistia, como sempre, na tentativa de convencê-la de que ela estava errada ao considerar inoportuna uma relação sentimental entre nós dois; como sempre, eu a acusava (de má-fé) de ter mentido para mim quando, nem um mês atrás, me garantira que entre mim e ela não havia nenhum outro. Na minha opinião, no entanto, havia um terceiro em cena; ou pelo menos tinha havido, em Veneza, durante o inverno.

"Vou lhe repetir pela enésima vez que você está enganado", disse Micòl em voz baixa, "mas sei que não adianta, sei perfeitamente que amanhã você vai voltar à carga com as mesmas histórias. O que quer que eu lhe diga: que trepo em segredo, que levo uma vida dupla? Se é isso mesmo que você quer, posso até satisfazer sua vontade."

"Não, Micòl", respondi com a voz também baixa, porém mais exaltada. "Posso ser tudo, menos um masoquista. Se você soubesse como minhas aspirações são normais, terrivelmente banais! Pode rir. Se há uma coisa que eu desejo é esta: ouvi-la *jurar* que o que me disse é verdade, e acreditar em você."

"Por mim, eu lhe juro agora mesmo. Mas você acreditaria?"

"Não."

"Então pior para você!"

"Certo, pior para mim. No entanto, se eu *pudesse* realmente acreditar..."

"O que você faria? Vamos lá."

"Oh, coisas sempre muito normais, banais, esse é o problema! Estas, por exemplo."

Agarrei suas mãos e comecei a cobri-las de beijos e lágrimas.

No início, ela não me interrompeu. Eu escondia o rosto contra seus joelhos, e o cheiro de sua pele lisa e tenra, levemente salgada, me atordoava. Beijei-a bem ali, sobre as pernas.

"Agora chega", falou.

Escapuliu as mãos das minhas e se pôs de pé.

"Tchau, estou com frio", continuou, "preciso entrar. A mesa já deve estar posta, e ainda tenho que tomar banho e me vestir. Levante-se, vamos, não se comporte feito um menino."

"Adeus!", gritou em seguida, virada para a *Hütte*. "Estou indo."

"Adeus", respondeu Malnate de dentro. "Obrigado."

"Até mais. Você vem amanhã?"

"Amanhã não sei. Vamos ver."

Separados pela bicicleta cujo guidom eu apertava espasmodicamente, encaminhamo-nos em direção à *magna domus*, alta e escura no ar cheio de pernilongos e morcegos do crepúsculo de verão. Íamos calados. Uma carroça cheia de feno, puxada por uma parelha de bois, vinha em sentido contrário ao nosso. Sentado em cima dela estava um dos filhos de Perotti, que, ao cruzar por nós, tirou o chapéu e nos desejou boa-noite. Ainda que eu acusasse Micòl sem acreditar, mesmo assim queria gritar que ela parasse com aquela comédia, queria insultá-la, quem sabe enchê-la de tapas. Mas e depois? O que eu conseguiria com isso?

Errei do mesmo modo.

"É inútil negar", falei, "de todo modo, sei até quem é a *pessoa*."

Tinha acabado de pronunciar aquela frase e já estava arrependido.

Ela me olhou séria, magoada.

"Pronto", ela disse, "e agora, segundo suas previsões, eu deveria quem sabe desafiá-lo a desembuchar o nome e o sobrenome que você tem guardados no estômago, se é que tem. Seja como for, chega. Não quero mais saber disso. Só sei que, a este ponto, lhe agradeceria se de agora em diante você fosse um pouco menos assíduo… sim… que você viesse a nossa casa com menor frequência. E lhe digo francamente: se eu não temesse desencadear um falatório na família, como assim?, por quê? etc., lhe pediria que não viesse aqui nunca mais."

"Desculpe-me", murmurei.

"Não, não posso desculpar", ela replicou balançando a cabeça. "Se fizesse isso, daqui a uns dias você começaria tudo de novo."

Acrescentou que, de uns bons tempos para cá, meu modo de me conduzir não era mais digno: nem comigo nem com ela. Ela me dissera e repetira mil vezes que era inútil, que eu não tentasse transferir nossas relações para outro plano que não o da amizade e do afeto. Não adiantou. Ao contrário, assim que eu podia, atacava-a com beijos e outras coisas, como se não soubesse que, em situações como a nossa, não há nada mais antipático e contraindicado. Meu Deus! Será possível que eu não conseguia me controlar? Se anteriormente tivesse havido entre nós uma ligação física um pouco mais profunda que aquela baseada em alguns beijos, aí sim, ela poderia entender que eu... que ela por assim dizer entrara em minha pele. Mas, tendo em vista as relações que sempre existiram entre nós, minha ânsia de beijá-la, de esfregar-me nela, era mais provavelmente o sinal de uma só coisa: de minha substancial aridez, de minha constitucional incapacidade de querer bem de verdade. E tem mais! O que significavam aquelas ausências repentinas, os regressos inesperados, as miradas inquisitórias ou "trágicas", os silêncios emburrados, as grosserias, as insinuações mirabolantes: todo o repertório de atos irrefletidos e embaraçosos que eu exibia incansavelmente, sem o mínimo pudor? Paciência se eu tinha reservado os "ataques conjugais" apenas para ela, em separado. Mas que também o irmão dela e Giampi Malnate fossem espectadores disso, aí não, não, de jeito nenhum.

"Acho que agora você está exagerando", falei. "Quando é que eu fiz cena diante de Malnate e de Alberto?"

"Sempre, o tempo todo!", rebateu.

Toda vez que eu voltava de uma semana de ausência — prosseguiu —, declarando, sei lá, que tinha estado em Roma, e tome-lhe risada, umas risadas nervosas, de maluco, sem a mínima razão, por acaso eu achava que Alberto e Malnate não notavam que eu estava contando lorotas, que eu não tinha absolutamente estado em Roma, e que meus frouxos de riso "tipo a *Cena delle beffe*"* eram dirigidos a mim? E nas discussões, quando eu me metia a gritar e a imprecar como um possesso, criando caso por qualquer coisa (mais dia, menos dia, Giampi acabaria se irritando com isso, e não sem motivos, coitado dele também!), por acaso eu pensava que os outros não percebiam que ela era a causa, ainda que inocente, daqueles meus ataques?

"Entendi", falei, baixando a cabeça. "Entendi perfeitamente que você não quer mais me ver."

"A culpa não é minha. Você é que aos poucos foi se tornando insuportável."

"Mas você disse", balbuciei depois de uma pausa, "você disse que eu posso vir de vez em quando, aliás, que eu deveria vir. Não é?"

"É."

"Bem... então você decide. Como devo me comportar para não cometer erros?"

"Ah, não sei", respondeu, dando de ombros. "Acho que, no início, você deveria ficar pelo menos uns vinte dias afastado. Para depois recomeçar a vir, se quiser. Mas, por favor, *mesmo depois* não apareça mais de duas vezes por semana."

"Terça e sexta, tudo bem? Como nas aulas de piano."

"Cretino", murmurou sorrindo, sem querer. "Você é mesmo um cretino."

* *A ceia dos bufões*, ópera de Umberto Giordano estreada em dezembro de 1924, com libreto de Sem Benelli.

6

Se bem que, sobretudo no início, o esforço tenha sido duríssimo, eu me impus uma espécie de questão de honra e me submeti escrupulosamente às interdições de Micòl. Basta dizer que, tendo me formado em 29 de junho e recebido, logo em seguida, um bilhetinho caloroso do professor Ermanno, no qual me parabenizava e também me convidava para jantar, achei conveniente não aceitá-lo, respondendo que lamentava, mas não poderia ir. Escrevi que estava com uma leve amigdalite, e que meu pai me proibira de sair à noite. Entretanto, se recusei o convite, fui induzido a isso apenas porque dos vinte dias de separação impostos por Micòl só haviam transcorrido dezesseis.

O esforço era duríssimo. E embora eu esperasse mais cedo ou mais tarde ser recompensado em alguma medida, minha esperança permanecia vaga, já que estava satisfeito em obedecer a Micòl e, por meio da obediência, me reunir a ela e aos lugares paradisíacos dos quais ainda me via excluído. Se antes eu sempre tinha algo a recriminar em relação a Micòl, agora mais nada, o único culpado era eu, apenas eu. Quantos erros tinha cometido!, dizia a mim mesmo. Repensava todas as vezes que, frequentemente com violência, tinha conseguido beijá-la na boca, mas apenas para dar razão a ela, que, mesmo me repelindo, me suportara por tanto tempo, e também para me envergonhar de minha libido de sátiro, mascarada de sentimentalismos e idealismos. Os vinte dias se passaram e me arrisquei a reaparecer, depois me atendo disciplinadamente a duas visitas semanais. Mas nem por isso Micòl desceu do pedestal de pureza e de superioridade moral em que eu a pusera desde minha partida para o exílio. Ela continuou firme ali, lá em cima. E eu me considerava afortunado só de poder continuar admirando a imagem distante, tão bela por dentro quanto por fora. "*Como a verdade/ como ela triste e bela...*": estes dois primeiros versos de um poema que nunca terminei, apesar de escritos muito mais tarde, em Roma, logo depois da guerra, se referem à Micòl de agosto de 1939, à maneira como eu a via então.

Expulso do Paraíso, aguardava em silêncio ser readmitido. Mas sofria: certos dias, de modo atroz. E foi buscando aliviar de algum jeito o peso de uma distância e de uma solidão muitas vezes intoleráveis que, cerca de uma semana após minha última e desastrosa conversa com Micòl, tive a ideia de procurar Malnate e manter contato ao menos com ele.

Sabia onde encontrá-lo. Assim como o professor Meldolesi antigamente, ele também morava no bairro de casinhas situado logo na saída da Porta San Benedetto, entre o Canil e a curva do Doro. Naqueles tempos, antes que a especulação imobiliária dos últimos quinze anos a deformasse, a zona, embora um tanto cinza e modesta, não parecia nada desagradável. Todas de dois andares, e cada uma dotada de seu jardinzinho, as casas pertenciam no geral a magistrados, professores, funcionários, empregados da prefeitura etc., os quais, caso acontecesse de se passar no verão por aquelas bandas depois das seis da tarde, não era difícil avistar para além das barras de cancelas pontudas, concentrados, às vezes de pijama, regando, podando e sachando animadamente. O senhorio de Malnate era justamente um juiz do Tribunal: um siciliano de seus cinquenta anos, magérrimo, com uma vasta cabeleira grisalha. Tão logo se apercebeu de mim, que, sem descer da bicicleta e agarrado com ambas as mãos às lanças da cancela, olhava curioso o interior do jardim, abandonou no chão o tubo de borracha que usava para regar os canteiros.

"O que o senhor deseja?", perguntou, aproximando-se.

"O dr. Malnate mora aqui?"

"Mora. Por quê?"

"Ele está em casa?"

"Quem sabe? O senhor marcou uma visita?"

"Sou amigo dele. Estava passando por aqui e pensei em parar um momento, para cumprimentá-lo."

Nesse meio-tempo, o juiz terminara de percorrer a dezena de metros que nos separava. Agora eu enxergava apenas a parte superior de seu rosto ossudo, obstinado, os olhos pretos e pungentes feito agulhas, aflorando acima da chapa metálica que enfaixava as lanças do portão na altura de um homem. Ele me perscrutava, desconfiado. Todavia o exame deve ter pendido a meu favor, porque quase imediatamente a fechadura estalou e eu pude entrar.

"Pode entrar por aquele lado", disse por fim o juiz Lalumìa, levantando o braço esquelético, "e siga a calçada que dá a volta atrás da casa. A pequena porta no térreo é a do apartamento do doutor. Toque a campainha. Pode ser que o doutor esteja. Se não estiver, minha esposa lhe abrirá a porta: ela deve estar lá embaixo neste momento, arrumando a cama dele para esta noite."

Dito isso, virou-me as costas e voltou para seu tubo de borracha, sem se preocupar comigo.

Em vez de Malnate, quem surgiu na entrada da portinha indicada pelo juiz foi uma mulherona madura, loura e transbordante, vestindo um penhoar.

"Boa noite", falei. "Estou procurando o dr. Malnate."

"Ele ainda não voltou", respondeu muito gentil a sra. Lalumìa, "de todo modo, não deve demorar. Quase todas as tardes, quando sai da fábrica, vai jogar tênis na casa dos srs. Finzi-Contini, sabe?, aqueles que moram na avenida Ercole I d'Este...

Mas, como lhe disse, a qualquer momento ele deve estar aqui. Antes do jantar", sorriu, baixando as pálpebras absorta, "antes do jantar ele sempre passa em casa para ver se chegou correspondência."

Eu disse que voltaria mais tarde e me movi para pegar a bicicleta que deixara apoiada no muro, ao lado da porta. Mas a senhora insistia para que eu ficasse. Quis que eu entrasse, que me acomodasse em uma poltrona, e enquanto isso, em pé diante de mim, me falava que era ferrarense, "ferrarense puro-sangue", que conhecia muito bem minha família, sobretudo minha mãe, "sua mamãe", de quem "uns quarenta anos atrás" (ao dizer isso, voltou a sorrir, baixando docemente as pálpebras) tinha sido colega de classe na escola fundamental Regina Elena, aquela perto da igreja de San Giuseppe, na Carlo Mayr. Como ela estava, minha mãe?, perguntou, pedindo que eu não me esquecesse de mandar lembranças da parte de Edvige, Edvige Santini, que ela com certeza saberia. Mencionou a guerra talvez iminente, aludiu às leis raciais com um suspiro e, sacudindo a cabeça, acrescentou que, estando havia algum tempo impedida de ter uma "criada", tinha ela mesma de pensar em tudo, inclusive na cozinha, e depois disso pediu licença e me deixou sozinho.

Após sua saída, olhei ao redor. Espaçoso, mas de teto baixo, o cômodo devia servir de dormitório, estúdio e saleta. Já passava das oito. Entrando por uma larga janela horizontal, os raios do pôr do sol iluminavam a poalha do ar. Observava o mobiliário à minha volta: o sofá-cama, metade cama e metade sofá, como confirmavam o grosso cobertor de algodão em estampa de flores vermelhas, dissimulando o colchão, e o grande travesseiro branco, descoberto e isolado de um lado; a mesinha escura, de gosto vagamente oriental, disposta entre o sofá-cama e a única poltrona, de couro, onde eu estava sentado; os abajures de falso pergaminho, espalhados meio a esmo; o aparelho telefônico de cor bege, que sobressaía do preto fúnebre de uma escrivaninha gasta de advogado, cheia de gavetas; os quadrinhos a óleo pendurados nas paredes. E apesar de dizer a mim mesmo que Giampi era bem petulante ao torcer o nariz aos móveis "*Novecento*" de Alberto (será possível que o moralismo dele, que o fazia censor tão rigoroso dos outros, lhe permitisse ser tão indulgente em relação a si e às suas coisas?), de repente, sentindo meu coração apertar inesperadamente ao pensar em Micòl — e era como se ela própria o apertasse com sua mão —, renovei o solene propósito de ser bom com Malnate, de não discutir nem brigar mais com ele. Quando viesse a saber de meu ato, Micòl também levaria isso em conta.

Ao longe, soou a sirene de uma das fábricas de açúcar de Pontelagoscuro. Imediatamente depois, um passo pesado fez o pedrisco do jardim ranger.

A voz do juiz ressoou muito perto, do outro lado da parede.

"Olá, doutor", dizia, com entonação marcadamente nasal, "em casa há um amigo que o está esperando."

"Um amigo?", fez Malnate, frio. "E quem será?"

"Vá, vá...", o outro encorajou-o. "Eu disse que é um amigo."

Alto, grande, mais alto e grande que nunca talvez por efeito do teto baixo, Malnate apareceu na soleira.

"Olhe só!", exclamou, arregalando os olhos de espanto e ajustando os óculos no nariz.

Aproximou-se, apertou vigorosamente minha mão, bateu várias vezes em meu ombro, e era muito estranho para mim, que desde que nos conhecemos sempre o percebi hostil, reencontrá-lo tão gentil, solícito, disposto a conversar. O que está acontecendo?, eu me perguntava confuso. Será que, também da parte dele, maturara a decisão de mudar radicalmente a atitude quanto a mim? Vai saber. O certo é que agora, na casa dele, não havia mais nada em sua figura do oponente áspero com quem, sob os olhares atentos de Alberto e Micòl, tínhamos tantas vezes batalhado. Bastou-me olhar para ele, e logo compreendi: entre nós dois, fora da casa Finzi-Contini (e pensar que, nos últimos tempos, havíamos brigado a ponto de nos ofendermos e quase chegarmos às vias de fato!), qualquer motivo de divergência estava fadado a ceder, a dissolver-se como neblina ao sol.

Enquanto isso, Malnate falava: verborrágico e inacreditavelmente cordial. Perguntou-me se, ao atravessar o jardim, eu tinha topado com o dono da casa e se ele por acaso agira de modo gentil. Respondi que o encontrara e descrevi a cena, rindo.

"Ainda bem."

Continuou me informando sobre o juiz e a esposa, sem me dar tempo de avisar que eu já tinha trocado umas palavras com ambos: ótimas pessoas — disse —, apesar de, no geral, serem um tanto maçantes em sua pretensão uníssona de protegê-lo contra as insídias e os perigos do "vasto mundo". Embora francamente antifascista (era um monarquista roxo), o senhor juiz não queria aporrinhações, e por isso ficava sempre alerta, temendo, claro, que ele, reconhecível até pelo cheiro como probabilíssimo futuro cliente no Tribunal Especial (assim se expressara várias vezes), levasse às escondidas para sua casa certos tipos perigosos: antigos exilados, gente sob vigilância, subversivos. Quanto à sra. Edvige, ela também estava sempre alerta. Passava dias inteiros empoleirada atrás das frestas das persianas do primeiro andar, acontecendo até de vir à sua porta de noite, depois que o escutava voltar para casa. Mas suas ansiedades eram de natureza bem diversa. Como boa ferrarense (porque a senhora, nascida Santini, era ferrarense), ela sabia perfeitamente, garantia, como eram as mulheres da cidade, casadas ou solteiras. Segundo ela, um jovem solitário, diplomado, de fora, fornido de um apartamentinho com entrada independente, podia-se dizer que estava arruinado em Ferrara: insiste, insiste, em pouco tempo as mulheres lhe reduziriam a coluna vertebral a um verdadeiro "*oss boeucc*". E ele? Ele obviamente sempre fez o que pôde para tranquilizar a dona da casa. Mas era evidente: apenas quando conseguisse transformá-lo em um triste pensionista em camisa regata, calças de pijama e chinelos, com o nariz eternamente metido nas panelas da cozinha, apenas aí "madame" Lalumìa ficaria em paz.

"Bem, afinal de contas, por que não?", objetei. "Acho que o escutei esbravejar várias vezes contra restaurantes e trattorias."

"É verdade", admitiu com extraordinária rendição: uma rendição que não parava de me espantar. "Por outro lado, é inútil. A liberdade é sem dúvida uma maravilha, mas, se a certa altura não se topa com limites" (ao dizer isso, piscou para mim), "onde se vai parar?"

Começava a ficar escuro. Malnate se levantou do sofá-cama onde se deitara todo espichado e foi acender a luz, indo em seguida ao banheiro. Estava sentindo a barba um pouco áspera, disse de lá. Eu lhe daria um tempo para fazê-la? Depois sairíamos juntos.

Continuamos conversando assim: ele do banheiro, eu da sala.

Falou que naquela tarde tinha estado na casa dos Finzi-Contini, que acabara de vir de lá. Tinham jogado por mais de duas horas: primeiro ele e Micòl, depois ele e Alberto, e no final os três juntos. Eu gostava de partidas à *americana*?

"Não muito", respondi.

"Entendo", assentiu. "Para você, que sabe jogar, entendo que as *americanas* não façam muito sentido. Mas são divertidas."

"Quem ganhou?"

"A *americana*?"

"Sim."

"Micòl, é claro!", ele riu. "Sorte de quem está com aquela lá. Até na quadra é um verdadeiro míssil de guerra..."

Depois me perguntou por que de uns dias para cá eu não aparecia. O que foi, estava viajando?

E eu, recordando o que Micòl me dissera, ou seja, que ninguém acreditava quando, depois de cada período de ausência, eu contava que tinha estado fora, em viagem, respondi que perdera a paciência, que frequentemente, nos últimos tempos, tivera a impressão de não ser bem-vindo, sobretudo por Micòl, e que por isso resolvera "manter certa distância".

"Mas o que você está dizendo!", fez ele. "Na minha opinião, Micòl não tem absolutamente nada contra a você. Tem certeza de que não está enganado?"

"Certeza total."

"Ah", suspirou.

Não acrescentou nada, e também fiquei calado. Dali a pouco saiu do banheiro, barbeado e sorridente. Percebeu que eu estava examinando os feios quadros pendurados nas paredes.

"E aí", perguntou, "que tal minha ratoeira? Você ainda não me deu sua opinião."

Sorria irônico, à sua velha maneira, esperando minha resposta na passagem, mas ao mesmo tempo decidido a não atacar, como eu podia ver em seus olhos.

"Eu o invejo", respondi. "Quem dera também pudesse ter uma coisa assim à disposição! Sempre sonhei com isso."

Lançou-me um olhar satisfeito. Certo, concordou, ele também se dava conta dos limites do casal Lalumìa em matéria de decoração. Mas o gosto deles, típico da pequena burguesia ("a qual, não por acaso", observou entre parênteses, "constitui o nervo, a espinha dorsal da nação"), tinha de todo modo algo de vivo, de vital, de saudável: e isso provavelmente em razão direta de sua própria banalidade e vulgaridade.

"No fim das contas, os objetos são apenas objetos", exclamou. "Por que se tornar escravo deles?"

Nesse sentido, era só olhar Alberto, prosseguiu. Caramba! De tanto se cercar de coisas refinadas, perfeitas, impecáveis, mais cedo ou mais tarde até ele acabaria se tornando...

Encaminhou-se para a saída, sem concluir a frase.

"Como ele está?", perguntei.

Enquanto isso, levantei-me e fui até ele, na soleira.

"Quem, Alberto?", fez, estremecendo.

Assenti.

"Ah, pois é", continuei. "Nos últimos tempos ele me pareceu meio cansado, um pouco abatido. Não acha? Tenho a impressão de que não está bem."

Ele deu de ombros e então apagou a luz. Já do lado de fora, seguiu à minha frente, no escuro, sem dizer uma palavra até a cancela, exceto para responder a meio caminho ao "boa-noite" da sra. Lalumìa na janela e para me propor, já no portão, jantar com ele no Giovanni.

7

Não, eu não me iludia. Malnate tinha perfeito conhecimento de todos os motivos, sem excluir nenhum (eu me dava conta disso perfeitamente, já naquela época), que me mantinham longe da casa Finzi-Contini. Todavia, o assunto nunca vinha à tona em nossas conversas. Sobre o tema Finzi-Contini, éramos ambos de uma discrição e de uma delicadeza excepcionais, sendo que eu estava especialmente grato por ele fingir acreditar no que lhe disse a respeito na primeira noite: grato por se prestar ao meu jogo, enfim, e por me secundar.

Víamo-nos quase todas as noites. Desde os primeiros dias de julho, o calor, que de repente se tornara sufocante, tinha esvaziado a cidade. Na maioria das vezes era eu quem ia encontrá-lo, entre as sete e as oito. Quando não o encontrava em casa, esperava-o pacientemente, às vezes entretido com as histórias da sra. Edvige. Mas quase sempre lá estava ele, sozinho, deitado no sofá-cama em camisa regata, as mãos cruzadas atrás da nuca e os olhos fixos no teto, ou então sentado, escrevendo uma carta para a mãe, a quem era unido por um afeto profundo, um pouco exagerado. Assim que notava minha presença, apressava-se em ir ao banheiro para se barbear, e depois saíamos juntos, estando implícito que também jantaríamos juntos.

Íamos ao costumeiro Giovanni e ocupávamos uma mesa do lado de fora, em frente às torres do Castelo que se erguiam sobre nossa cabeça como paredes dolomíticas, e, assim como aquelas, banhadas nos picos pela última luz do dia; ou então ao Voltini, uma trattoria fora da Porta Reno, de cujas mesas, alinhadas sob um leve pórtico voltado para o sul e então aberto ao campo, era possível estender o olhar até os imensos prados do aeroclube. Contudo, nas noites mais quentes, em vez de nos dirigirmos para a cidade, dela nos afastávamos indo pela bela estrada de Pontelagoscuro, atravessávamos a ponte de ferro sobre o Pó e, pedalando lado a lado sobre a barragem, com o rio à direita e a campina vêneta à esquerda, alcançávamos depois de mais quinze minutos, a meio caminho entre Pontelagoscuro e Polesella, o isolado casarão da Dogana Vecchia, famoso pela enguia frita. Comíamos sempre muito lentamente. Ficávamos à mesa até tarde, bebendo lambrusco, vinho do Bosco e fumando cachimbo. Mas no caso de jantarmos na cidade, a certa altura deixávamos os guardanapos na mesa, pagávamos cada um a própria conta e então, montados em nossas bicicletas, começávamos a passear ao longo da Giovecca, para cima e para baixo do Castelo à Prospettiva, ou pela alameda Cavour, do Castelo até a estação. Depois era ele quem, por volta da meia-noite, se oferecia para me acompanhar até minha casa. Dava uma olhada no relógio, anunciava que estava na hora de ir dormir (embora para eles, "técnicos", a sirene da fábrica só tocasse às oito — dizia com frequência, solene —, era preciso levantar da cama sempre às quinze para a sete, "no mínimo"...), e apesar de eu às vezes insistir para acompanhá-lo, não havia jeito de ele aceitar. A última imagem que me restava dele era invariavelmente a mesma: parado no meio da rua sobre a bicicleta, ficava ali, esperando que eu fechasse bem o portão na sua frente.

Depois de jantar, em duas ou três noites fomos parar nos bastiões de Porta Reno, onde naquele verão, bem no espaço aberto entre o Gasômetro, de um lado, e a Piazza Travaglio, de outro, tinham montado um parque de diversões. Tratava-se de um parquinho reles, meia dúzia de barracas de tiro ao alvo reunidas em torno do cogumelo de lona cinza e remendada de um pequeno circo equestre. O lugar me atraía. Atraía-me e comovia-me a melancólica sociedade de prostitutas pobres, da garotada, de soldados, de miseráveis pederastas da periferia que habitualmente o frequentavam. Eu citava em voz baixa Apollinaire, citava Ungaretti. E embora Malnate me acusasse de "crepuscularismo decadente" com o ar de quem foi arrastado a contragosto, no fundo ele também gostava, depois de termos jantado no Voltini, de ir até lá e, naquela praça poeirenta, deter-se para comer uma fatia de melancia perto da lâmpada de acetileno de um ambulante, ou de passar uns vinte minutos no tiro ao alvo. Giampi era um ótimo atirador. Alto e corpulento, elegante na bem passada jaqueta saariana de tecido cáqui que eu o via vestir desde o início do verão, calmíssimo ao mirar através das grossas lentes na armação de tartaruga, ele decerto atingira a fantasia da garota toscana maquiada e desbocada — uma espécie de rainha do lugar —, em cuja barraca, assim que despontávamos da escadinha de pedra que conduzia da Piazza Travaglio ao topo do bastião, éramos imperiosamente convidados a parar. Enquanto Malnate atirava, ela, a garota, não o poupava de elogios sarcásticos com sentido obsceno, aos quais ele reagia com muito senso de espírito, aquela tranquila desenvoltura típica de quem passou várias horas da primeira juventude em prostíbulos.

Já em uma noite particularmente abafada de agosto, fomos parar em uma arena ao ar livre, onde, lembro-me bem, estavam passando um filme alemão com Kristina Söderbaum. Entramos com a sessão já iniciada, e sem dar atenção a Malnate, que me repetia para ficar quieto e parar de *bausciare*, já que, de todo modo, não valia a pena, antes mesmo de nos sentarmos comecei a cochichar comentários irônicos. De fato, levantando-se de repente contra o fundo leitoso da tela, um sujeito da fileira em frente me intimou, ameaçador, a fazer silêncio. Rebati com um insulto, o outro gritou: "*Pra fora, seu judeu safado!*", e ao mesmo tempo se lançou sobre mim, agarrando-me pelo pescoço. Minha sorte foi que Malnate, sem dizer uma palavra, rapidamente empurrou meu agressor de volta à sua cadeira e me levou embora.

"Você é um verdadeiro cretino", gritou para mim, depois de termos pegado às pressas nossas bicicletas no estacionamento. "E agora vá!, pedale, e reze a seu Deus para que aquele canalha lá tenha adivinhado por acaso."

Assim passávamos nossas noites, uma após outra, sempre com a sensação de nos congratularmos porque agora, ao contrário do que ocorria quando Alberto estava presente, conseguíamos conversar sem nos atracar, e por isso mesmo sem nunca cogitar a possibilidade de que ele também, Alberto, convocado por um simples telefonema, pudesse sair de casa e vir passear com a gente.

A essa altura, já havíamos deixado de lado os temas políticos. Ambos plenamente convictos de que França e Inglaterra, cujas missões diplomáticas dialogavam havia tempos com Moscou, acabariam se entendendo com a União Soviética (o acordo que considerávamos inevitável teria salvado tanto a independência da Polônia quanto a paz, provocando por tabela, além do fracasso do Pacto de Aço, pelo menos a queda de Mussolini), agora era de literatura e arte que quase sempre conversávamos. Mesmo se mantendo moderado no tom, sem nunca extrapolar para a polêmica (de resto, sobre arte — ele afirmava — entendia até certo ponto, não era seu ofício), Malnate se mantinha inflexível ao negar em bloco o que eu mais amava: tanto Eliot e Montale quanto García Lorca e Iessiênin. Ele me ouvia recitar, comovido, "Não me peçam a palavra que esquadre de todo lado" ou trechos do *Pranto por Ignacio Sánchez Mejías*, e toda vez eu esperava entusiasmá-lo e convertê-lo ao meu gosto, mas em vão. Balançando a cabeça, declarava que não, que para ele o "aquilo que *não* somos, o que *não* queremos" de Montale o deixava frio, indiferente, já que a verdadeira poesia não podia se fundar na negação (e que eu deixasse Leopardi fora disso, por favor! Leopardi era outra coisa, além do mais tinha escrito *A giesta*, era bom não me esquecer...), mas, ao contrário, na afirmação, no *sim* que o Poeta em última análise *não pode* deixar de opor à Natureza e à Morte. Tampouco os quadros de Morandi o convenciam, dizia: coisas finas, sem dúvida delicadas, mas na opinião dele muito "subjetivas" e "desancoradas". O medo da realidade, o medo de errar: eis o que as naturezas-mortas de Morandi no fundo exprimiam, seus famosos quadros de garrafas e de florzinhas; e o medo sempre foi péssimo conselheiro, inclusive na arte... Diante disso, não sem execrá-lo em segredo, eu nunca encontrara um argumento para contrapor. Só a ideia de que no dia seguinte ele, o sortudo, seguramente veria Alberto e Micòl, e talvez até lhes falasse de mim, bastava para que eu desistisse de qualquer veleidade de rebelião, forçando-me para dentro de minha casca.

Apesar disso, eu mordia o freio.

"Ora, mas no fim das contas você também", objetei uma noite, "você também pratica em relação à literatura contemporânea, a única literatura viva, aquela mesma negação radical que, por outro lado, você não suporta quando ela, *nossa* literatura, a exercita diante da vida. Acha isso justo? Seus poetas ideais continuam sendo Victor Hugo e Carducci. Admita."

"Por que não?", respondeu. "A meu ver, as poesias republicanas de Carducci, aquelas anteriores à conversão política dele, ou melhor, ao seu infantilismo neoclássico e monárquico, estão todas por redescobrir. Você as leu recentemente? Experimente, vale a pena."

Rebati que não as tinha relido, que não tinha nenhuma vontade de relê-las. Para mim, essas também continuavam sendo "fanfarronices", cheias de retórica patrioteira. Incompreensíveis, no limite. E talvez engraçadas justamente por isso: porque incompreensíveis e, no fim das contas, "surreais".

Porém, em outra noite, não tanto porque eu quisesse me mostrar, mas movido quem sabe por uma vaga necessidade de me confessar, de esvaziar o fardo cuja pressão sentia dentro de mim havia tempos, cedi à tentação de recitar para ele um poema meu. Tinha escrito no trem, voltando de Bolonha depois da defesa da tese, e, embora por algumas semanas eu continuasse acreditando que ele refletia fielmente minha profunda desolação naqueles dias, o horror que então sentia por mim mesmo, agora, à medida que o dizia para Malnate, enxergava com clareza, mais com incômodo que desânimo, toda a sua falsidade, sua literariedade. Caminhávamos pela Giovecca, lá na ponta, nas bandas da Prospettiva, além da qual a escuridão dos campos parecia densa, uma espécie de muralha negra. Eu declamava lentamente, tentando pôr em evidência o ritmo, carregando a voz de páthos na tentativa de passar por boa minha pobre mercadoria avariada, mas cada vez mais convencido, enquanto me aproximava do final, do fracasso inevitável de minha exibição. No entanto, enganava-me. Assim que terminei, Malnate olhou para mim com extraordinária seriedade e então, para meu espanto, me garantiu que gostara muito do poema, muitíssimo. Pediu que o recitasse uma segunda vez (coisa que fiz imediatamente). Depois disso, começou a falar que, em seu modesto parecer, minha "lírica" valia, sozinha, bem mais que todos os "penosos esforços de Montale e Ungaretti juntos". Sentia-se neles uma dor verdadeira, um "engajamento moral" absolutamente novo, autêntico. Estava sendo sincero? Pelo menos naquela ocasião, eu diria sem dúvida que sim. O certo é que, a partir daquela noite, ele passou a repetir continuamente meus versos em voz alta, afirmando como naquelas poucas linhas era possível entrever uma "abertura" para uma poesia que, como a italiana contemporânea, estava encalhada nos tristes atoleiros do caligrafismo e do hermetismo. Quanto a mim, não me envergonho de confessar que, enquanto escutava o que ele dizia, agora o poema me desagradava muito menos. Diante de seus elogios hiperbólicos, eu me limitava a arriscar de vez em quando algum frágil protesto, o coração cheio de uma gratidão e de uma esperança bem mais comoventes que abjetas, pensando agora.

Seja como for, no que diz respeito aos gostos de Malnate em matéria de poesia, sinto aqui a obrigação de acrescentar que nem Carducci nem Victor Hugo eram de fato seus autores preferidos. Como antifascista, como marxista, ele respeitava Carducci e Victor Hugo. Mas, sendo um bom milanês, sua grande paixão era Carlo Porta: um poeta do qual eu, antes de então, sempre gostara menos que de Giuseppe Belli; mas não, eu estava enganado — sustentava Malnate —, eu ia querer comparar a fúnebre e "contrarreformista" monotonia de Belli com a humanidade variada e calorosa de Porta?

Ele podia recitar de cor centenas de versos do milanês:

Bravo, meu Baltazar! Bravo, garoto!
Já era hora de vir me encontrar:
Sabe, seu safado porco, que aos poucos
faz quase um mês que não me vem trepar?
*Ah, Cristo! Que mãos frias de rachar!**

e dá-lhe a declamar com sua voz grave e meio rouca, milanesa, todas as noites em que, passeando, nos aproximávamos da Via

* "*Bravo el mè Baldissar! Bravo el mè nan!/ L'eva poeù de vegnì a trovamm:/ t'el seet mattascion porch che maneman/ l'è on mes che no te vegnet a ciollamm?/ Ah Cristo! Cristo! com'hin frecc sti man!*": cinco versos iniciais de "La ninetta del Verzee", poema fescenino de Carlo Porta (1775-1821), escrito em milanês.

Sacca, da Via Colomba, ou subíamos bem lentamente a Via delle Volte, espiando através das portas entreabertas os interiores iluminados dos puteiros. Sabia "La ninetta del Verzee" por inteiro, e passei a conhecê-la por causa dele.

Ameaçando-me com o dedo, piscando o olho para mim em uma expressão marota e alusiva (alusiva a algum episódio remoto de sua adolescência em Milão, eu supunha), ele muitas vezes sussurrava:

Não, Tina, não sou capaz
de te trair: fique em paz.
Não me meta nesse saco
*com rufiões e outros porcos...**

etc. Ou então, em um tom sofrido, amargo, atacava:

*Franceses que se vão da Lombardia...***

sublinhando cada verso do soneto com acenos, referindo-se naturalmente não aos franceses de Napoleão, mas aos fascistas.

Também citava com igual entusiasmo e comoção alguns poemas de Ragazzoni e de Delio Tessa; sobretudo de Tessa, que no entanto — como tive de fazê-lo notar certa vez — a meu ver não podia ser qualificado de poeta "clássico", transbordante que era de sensibilidade crepuscular e decadente. Mas a verdade é que qualquer coisa que tivesse a ver com Milão e seu dialeto sempre o predispunha a uma extraordinária indulgência. De Milão ele aceitava tudo, sorria benevolente de

* "*Nò Ghittin: no sont capazz/ de traditt: nò, stà pur franca./ Mettem minga insemma a mazz/ coj gingitt e cont'i s'cianca...*", primeira quartina do longo poema homônimo.
** "*Paracar che scapee de Lombardia...*", primeiro verso do soneto homônimo.

tudo. Em Milão, até o decadentismo literário, até o fascismo tinham algo de positivo.

Declamava:

Pense e faça, escute e veja
tanto se vive e se aprende;
eu, se renascer, que seja
então gato de porteira!

Por exemplo, em Rugabella,
nasço gato de seu Pinho...
... trouxinhas de bons miúdos,
bucho e fígado, gorrinho

*do dono onde durmo em cima...**

e ria sozinho, ria cheio de ternura e de saudade.

É claro que eu nem tudo entendia de milanês, e quando não entendia, perguntava.

"Desculpe, Giampi", perguntei certa noite, "mas o que é Rugabella? Já estive em Milão, claro, mas não conheço tanto a cidade. Acredita? Acho que é o lugar onde me localizo pior: pior que em Veneza."

"Como assim?!", reagiu com estranho ímpeto. "É uma cidade tão clara, tão racional! Não entendo como você tem a coragem de compará-la a essa espécie oprimente de latrina molhada que é Veneza!"

* "*Pensa ed opra, varda e scolta/ tant se viv e tant se impara;/ mi, quand nassi on'altra volta,/ nassi on gatt de portinara!// Per esempi, in Rugabella,/ nassi el gatt del sur Pinin.../ ...scartoseij de coradella,/ polpa e fidegh, barettin// del patron per dormigh sora...*", versos iniciais do poema "El gatt del sur Pinin", de Delio Tessa (1886-1939).

Mas depois, logo se acalmando, me explicou que Rugabella era uma rua: a velha ruazinha, não muito longe do Duomo, onde ele tinha nascido e onde seus pais ainda moravam; e onde dali a poucos meses, talvez antes do fim do ano (supondo que na sede central, que fica em Milão, eles não tivessem jogado seu pedido de transferência no lixo!), ele esperava voltar a viver também. Porque vamos ser claros, enfatizou: Ferrara era uma grande e bela cidadezinha, viva, interessante sob vários aspectos, inclusive político. Aliás, ele considerava uma experiência importante, para não dizer fundamental, os dois anos que passara ali. Mas a casa é sempre a casa, nossa mãe é sempre nossa mãe, e o céu da Lombardia, "tão bonito quando é bonito", não havia outro céu no mundo, pelo menos para ele, que pudesse se comparar.

8

Como já disse, passado o vigésimo dia de exílio, recomecei a frequentar a casa Finzi-Contini todas as terças e sextas. Porém, não sabendo como passar meus domingos (se quisesse reatar relações com os antigos colegas de liceu, Nino Bottecchiari e Otello Forti, por exemplo, ou com os mais recentes, da universidade, que conheci nos últimos anos em Bolonha, não teria sido possível: todos haviam saído em férias), a certa altura comecei a ir lá aos domingos também. E Micòl deixou para lá, sem nunca pretender que eu respeitasse nosso acordo literalmente.

Agora éramos muito respeitosos um com o outro, até demais. Ambos conscientes da precariedade do equilíbrio que tínhamos alcançado, estávamos atentos a não rompê-lo, a nos manter em uma zona neutra, da qual se excluíam tanto as friezas excessivas quanto as confidências exageradas. Se Alberto queria jogar — o que era cada vez mais raro —, eu me prontificava de bom grado a compor a dupla. Mas na maioria das vezes eu nem me trocava. Preferia servir de árbitro às intermináveis e ferrenhas partidas entre Micòl e Malnate, ou então, sentado sob o guarda-sol ao lado da quadra, fazer companhia a Alberto.

A saúde dele me preocupava, me angustiava. Não parava de pensar nisso. Observava o rosto dele, que o emagrecimento fazia parecer mais comprido, surpreendia-me ao notar sua respiração difícil pelo pescoço engrossado, inchado, e me dava um aperto no coração. Eu me sentia oprimido por uma misteriosa sensação de remorso. Havia momentos em que daria tudo para vê-lo revigorado.

"Por que você não dá uma viajada?", perguntei um dia.

Ele se virou para me examinar.

"Está me achando pra baixo?"

"Bem, pra baixo eu não diria... Talvez um pouco mais magro, isso sim. Não se incomoda com esse calor?"

"Muito."

Levantou os braços para acompanhar uma longa inspiração.

"De uns tempos para cá, meu querido, tenho puxado o fôlego com os dentes. Dar uma viajada... Mas viajar para *onde*?"

"Acho que a montanha lhe faria bem. O que seu tio acha? Teve uma consulta com ele?"

"Como não? Tio Giulio me garantiu que não tenho absolutamente nada; e deve ser verdade, não acha? Do contrário, teria me receitado algum tratamento, com certeza... Aliás, segundo meu tio, posso perfeitamente jogar tênis quando quiser. O que mais? Na certa é o calor que está me deixando assim abatido. De fato, não como quase nada, o que é uma bobagem."

"Então, já que se trata do calor, por que não vai passar uns quinze dias na montanha?"

"Na montanha em agosto? Faça-me o favor. Além disso..." (e aqui sorriu), "... além disso, *Juden sind* em todo canto *unerwünscht*.* Já se esqueceu?"

"Conversa fiada. Em San Martino di Castrozza, por exemplo, não. Ainda é possível ir a San Martino, e também ao Lido de Veneza, aos Alberoni. Estava no *Corriere della Sera* da semana passada."

"Que tristeza. Passar as férias de agosto num hotel, esbarrando em bandos esportivos de Levis e de Cohanins, não me

* "*Os judeus são indesejáveis* em todo canto."

anima nem um pouco, me desculpe. Prefiro aguentar firme até setembro."

Na noite seguinte, aproveitando o novo clima de intimidade que se criara entre mim e Malnate depois que tomei coragem de expor meus versos à avaliação dele, decidi falar sobre a saúde de Alberto. Não havia dúvida, comecei: a meu ver, Alberto tinha alguma coisa. Não percebeu como ele respira com dificuldade? E não achava pelo menos estranho que ninguém na casa dele, nem o tio nem o pai, tivesse tido até agora a mínima iniciativa para tratá-lo? O tio médico, aquele de Veneza, não acreditava em remédios, e tudo bem. Mas e os outros, inclusive a irmã? Todos calmos, sorridentes, seráficos: ninguém movia uma palha.

Malnate ficou me ouvindo em silêncio.

"Não queria que você se alarmasse demais", disse por fim, com a voz levemente embaraçada. "Acha mesmo que ele está tão abatido assim?"

"Meu Deus do céu!", reagi. "Ele deve ter perdido uns dez quilos em dois meses!"

"Calma, calma! Olhe que dez quilos são muita coisa!"

"Se não forem dez, devem ser sete ou oito. Pelo menos."

Ficou calado, pensativo. Então admitiu que, de uns tempos para cá, ele também tinha notado que Alberto não estava bem. Por outro lado — acrescentou —, será que não estávamos nos preocupando à toa? Se os parentes mais próximos não faziam nada, se o rosto do professor Ermanno não traía a mínima inquietação que fosse, bem... Sim, o professor Ermanno: caso Alberto estivesse realmente mal, era de imaginar que ele nunca teria pensado em trazer aqueles dois caminhões de terra vermelha lá de Ímola! E ainda sobre a quadra de tênis, eu estava sabendo que dali a uns dias começariam as obras para alargar os famosos outs?

Assim, partindo de Alberto e de sua suposta doença, sem perceber fomos introduzindo em nossas conversas noturnas o assunto até então tabu dos Finzi-Contini. Ambos tínhamos consciência de que caminhávamos sobre um terreno minado, e justamente por isso sempre avançávamos com muita cautela, atentíssimos para não perder o equilíbrio. Mas é preciso dizer que toda vez que se falava deles como família, como "instituição" (não sei exatamente quem usou primeiro esse termo: só me lembro de que gostamos, de que nos fez rir), Malnate não os poupava de críticas, nem mesmo as mais duras. Que gente impossível!, dizia. Que nó curioso e absurdo de contradições insanáveis eles representavam "socialmente"! Às vezes, pensando nos milhares de hectares de terras que possuíam, pensando nos milhares de trabalhadores braçais que capinavam suas terras disciplinados, escravos submissos do regime corporativo, às vezes quase preferia a eles os truculentos latifundiários "normais", aqueles mesmos que em 1920, 1921, 1922, decididos a pôr de pé e alimentar as esquadras de torturadores e corruptos em camisas-negras, não hesitaram um momento sequer em engordar suas bolsas. Esses "pelo menos" eram fascistas. Quando se apresentasse a ocasião, certamente não haveria dúvidas sobre como tratá-los. Mas e os Finzi-Contini?

E balançava a cabeça com o ar de quem, se quisesse, até poderia entender, mas não queria, não estava a fim: as sutilezas, as complexidades, as distinções infinitesimais, por mais interessantes e divertidas que sejam — a certo ponto, chega —, elas também precisam acabar.

Uma noite, depois do feriado de Ferragosto, já tarde, paramos para beber vinho em uma tasca da Via Gorgadello, ao lado da catedral, a poucos passos de distância de onde até um ano e meio antes havia sido o ambulatório médico do dr. Fadigati, o famoso otorrino. Entre um copo e outro, contei a Malnate a história do doutor, de quem, nos cinco meses anteriores ao seu suicídio "por amor", me tornei muito amigo, o último que eu tinha mantido na cidade (eu disse "por amor", e Malnate não conseguiu conter um risinho sarcástico, de tipo expressamente cafajeste).

Entre falar de Fadigati e do homossexualismo em geral, o passo foi breve. Sobre esse assunto, Malnate tinha ideias muito simples: as de um autêntico gói, eu pensava comigo. Para ele, os pederastas eram apenas uns "infelizes", pobres "obcecados" que ele só cogitava tratar sob a ótica da medicina ou da prevenção social. Eu, ao contrário, sustentava que o amor justifica e santifica tudo, inclusive a pederastia; e mais: que quando o amor é puro, isto é, totalmente desinteressado, ele é sempre anormal, antissocial etc., justamente como a arte — acrescentei —, que quando é pura, e portanto inútil, desagrada aos padres de todas as religiões, inclusive a socialista. Deixando de lado nossos belos propósitos de moderação, daquela vez entramos em uma discussão implacável, quase como nos velhos tempos, até que, ambos percebendo que já estávamos meio bêbados, de comum acordo caímos em uma sonora gargalhada. Depois disso, ao sairmos da tasca, atravessamos o Listone semideserto, subimos a San Romano e por fim nos vimos caminhando sem rumo preciso pela Via delle Volte.

Sem calçada, o pavimento pedregoso cheio de buracos, a rua parecia até mais escura que de hábito. Enquanto avançávamos quase tateando, guiando-nos apenas pela luz que vinha dos portõezinhos entreabertos dos bordéis, Malnate como sempre passou a recitar alguma estrofe de Porta: não era da "Ninetta", lembro-me bem, mas uma do "Marchionn di gamb avert".

Declamava a meia-voz, no tom amargo e doloroso que costumava assumir quando escolhia o "Lament":

Por fim o alvorecer tão vasculhado
*despontou igualmente em fios dourados...**

mas então se calou de repente.

* "*Finalment l'alba tance voeult spionada/ l'è comparsa anca lee di filidur...*", versos 152-3 do poema "Lament del Marchionn di gamb avert", de Carlo Porta.

"O que você acha", perguntou, acenando com o queixo para a porta de um puteiro, "se entrarmos para dar uma olhada?"

A proposta não tinha nada de excepcional. No entanto, tendo partido dele, com quem até ali eu só tivera conversas sérias, a coisa me deixou surpreso e constrangido.

"Não é dos melhores", respondi. "Deve ser desses de menos de dez liras... De todo modo, vamos entrar."

Era tarde, quase uma da manhã, e tivemos uma acolhida não propriamente calorosa. Começou com uma velha, uma espécie de camponesa sentada em uma cadeira de palha atrás do batente do portão, criando problema porque não queria as bicicletas. Depois veio a cafetina, uma mulherzinha de idade indefinível, seca, pálida, de óculos, vestida de preto como uma freira, que também se queixou das bicicletas e do horário. Em seguida, uma criada que estava limpando os cômodos carregada de vassouras e espanadores, com a alça da lixeira debaixo do braço, nos lançou um olhar cheio de desprezo enquanto atravessávamos a saleta de entrada. Mas nem mesmo as garotas nos deram bola, todas recolhidas conversando sossegadamente em uma sala com um grupinho de frequentadores assíduos. Nenhuma delas veio até nós. E durante uns bons dez minutos Malnate e eu ficamos sentados na frente um do outro, em uma saleta separada para onde a cafetina nos conduzira, sem trocarmos praticamente uma palavra (pelas paredes nos chegavam os risos das meninas, os acessos de tosse e as vozes sonolentas de seus clientes-amigos), até que uma lourinha de ar fino, com os cabelos recolhidos na nuca e vestida sobriamente como uma colegial de boa família, resolveu aparecer na soleira da porta.

Nem parecia muito irritada.

"Boa noite", cumprimentou.

Ela nos examinou com tranquilidade, os olhos azuis cheios de ironia. Então falou, dirigindo-se a mim:

"E então, olhinhos azuis, alguma sugestão para hoje?"
"Como você se chama?", consegui balbuciar.
"Gisella."
"E de onde é?"
"Bolonha!", exclamou, arregalando os olhos como se prometesse vai saber o quê.

Mas não era verdade. Calmo, senhor de si, Malnate se deu conta no ato.

"Bolonha coisa nenhuma", interveio. "Acho que você é da Lombardia, e nem é de Milão. Deve ser da zona do lago de Como."

"Como é que você adivinhou?", perguntou a outra, espantada.

Naquele momento, por trás de seus ombros despontou a cara de fuinha da cafetina.

"Ora, ora", resmungou, "parece que aqui estamos em uma grande enrolação."

"De modo nenhum", protestou a garota, sorrindo e apontando para mim. "Aquele de olhinhos azuis tem sérias intenções. Podemos ir?"

Eu me virei para Malnate. Ele também me olhava com uma expressão encorajadora, afetuosa.

"E você?", perguntei.

Fez um gesto vago com a mão e se saiu com uma breve risada.

"Não se preocupe comigo", acrescentou. "Vá lá, que eu espero aqui."

Tudo aconteceu muito rapidamente. Quando descemos, Malnate estava papeando com a cafetina. Tinha pegado o cachimbo: falava e fumava. Estava se informando sobre o "tratamento econômico" dispensado às prostitutas, sobre o "mecanismo" de revezamento quinzenal, sobre os "exames médicos" etc., e a dona lhe respondia com igual empenho e seriedade.

"*Bom*", disse por fim Malnate notando minha presença, e se pôs de pé.

Passamos para a antessala em direção às bicicletas, que tínhamos encostado uma à outra na parede ao lado da saída, enquanto a cafetina, agora muito gentil, se apressava em nos abrir a porta.

"Até logo", despediu-se Malnate.

Pôs uma moeda na palma estendida da porteira e saiu primeiro.

Gisella estava mais atrás.

"Tchau, amor", disse em uma cantilena. "Volte, hein!"

Bocejava.

"Tchau", respondi, saindo em seguida.

"Boa noite, senhores", sussurrou respeitosa a cafetina às nossas costas; e ouvi que passava a tranca na porta.

Apoiando-nos nas bicicletas, tornamos a subir passo a passo a Via delle Scienze até a esquina da Via Mazzini, e então dobramos à direita, pela Saraceno. Agora era principalmente Malnate quem falava. Em Milão, coisa de uns anos antes — contava —, ele tinha sido um frequentador bastante habitual do famoso bordel de San Pietro all'Orto, mas somente nessa noite lhe ocorrera a ideia de obter informações mais precisas sobre as leis que regulavam o "sistema". Meu Deus, que vida é essa que as prostitutas levavam! E como o Estado, o "Estado ético", era abjeto ao organizar um mercado de carne humana como aquele!

Percebeu naquele instante meu silêncio.

"O que foi?", perguntou. "Não está se sentindo bem?"

"Não, nada."

Pude ouvi-lo suspirar.

"*Omne animal post coitum triste*", disse melancólico. "Mas não se preocupe", prossegui depois de uma pausa, mudando o tom de voz. "Pode apostar que, depois de uma boa noite de sono, tudo vai ficar ótimo."

"Eu sei, eu sei."

Viramos à esquerda, na Via Borgo di Sotto, e Malnate acenou às casinhas da direita, para os lados da Via Fondo Banchetto.

"A professora Trotti deveria estar por estas bandas", disse.

Não respondi. Ele tossiu.

"Bem...", acrescentou, "e como vão as coisas com Micòl?"

De repente, fui tomado por uma intensa necessidade de me abrir, de revelar meu estado de ânimo a ele.

"Vão mal. Peguei uma gamação terrível."

"Ah, isso a gente percebeu", riu de bom humor. "Já faz tempo. Mas agora, como está? Ela continua te maltratando?"

"Não. Como você deve ter notado, nas últimas semanas alcançamos certo modus vivendi."

"É verdade, eu vi que vocês já não estão se bicando como antigamente. Gosto de ver que estão retomando a amizade. Era absurdo."

Minha boca se deformou em uma careta, enquanto as lágrimas me enevoavam a vista.

Malnate percebeu imediatamente o que estava se passando comigo.

"Vamos, vamos", exortou embaraçado, "não é o caso de se deixar levar assim."

Engoli com esforço.

"Não acredito que vamos reatar a amizade", murmurei. "É inútil."

"Bobagem", rebateu ele. "Se você soubesse o quanto ela gosta de você! Na sua ausência, quando se menciona seu nome, ai de quem ousar atacá-lo. Ela pula que nem uma cobra. Alberto também o admira e lhe quer bem. Aliás, preciso lhe contar que dias atrás (talvez eu tenha sido um tanto indiscreto, me desculpe...) recitei seu poema para eles também. Caramba! Você nem imagina o quanto ela gostou: os dois gostaram, sim, os dois..."

"Não sei o que fazer com a admiração e o afeto deles", falei.

Enquanto isso, tínhamos desembocado na praceta em frente à igreja de Santa Maria in Vado. Não se via vivalma: nem ali, nem pela Via Scandiana até o Montagnone. Seguimos em silêncio até a pequena fonte que fica ao lado do adro. Malnate se inclinou para beber; depois dele, eu também bebi e lavei o rosto.

"Veja", continuou Malnate, retomando a caminhada, "na minha opinião, você está enganado. Em épocas como esta, nada pode contar mais entre as pessoas do que o afeto e a estima recíprocos, do que a amizade. Por outro lado, não me parece que... Pode acontecer perfeitamente que, com o tempo... Olhe, por exemplo: por que não vem jogar tênis com mais frequência, como uns meses atrás? Ninguém garante que a tática das ausências seja a melhor escolha! Tenho a impressão de que você conhece pouco as mulheres, meu caro."

"Mas se foi ela mesma quem me obrigou a diminuir as visitas!", estourei. "Acha que eu vou desobedecer? Afinal de contas, a casa é dela!"

Ficou uns segundos calado, pensativo.

"Acho que é impossível", disse por fim. "Eu até entenderia se entre vocês tivesse havido algo de... grave, de irreparável. Mas o que foi que aconteceu?"

Me perscrutou, incerto.

"Desculpe a pergunta pouco... diplomática", retomou sorrindo: "mas você pelo menos chegou a beijá-la?"

"Ah, sim, muitas vezes", suspirei desesperado, "infelizmente para mim."

Então lhe contei com detalhes a história de nossa relação, começando desde o início e sem omitir o episódio de maio passado, no quarto dela, episódio que eu considerava, expliquei, um divisor de águas em sentido negativo, e irremediável. Quis ainda descrever o jeito como a beijava, ou pelo menos como em várias ocasiões, e não só naquela vez em seu quarto, eu tentei beijá-la, relatando as diversas reações dela, às vezes mais incomodada, às vezes menos.

Ele me deixou desabafar, e eu estava tão absorto, tão perdido nessas evocações amargas, que prestei pouca atenção no silêncio dele, que entretanto se tornara hermético.

Estávamos parados diante de minha casa havia quase meia hora.

De repente, vi-o estremecer.

"Puxa", balbuciou verificando o relógio. "Já são duas e quinze. Tenho que ir: se não, quem acorda amanhã?"

Subiu no selim.

"Tchau, né...", despediu-se, "e pra cima com a vida!"

Notei que seu rosto estava estranho, mais pálido. Será que minhas confidências o tinham aborrecido ou irritado?

Fiquei olhando enquanto ele se afastava depressa. Era a primeira vez que me largava ali daquele jeito, sem nem esperar que eu fechasse o portão.

9

Embora já fosse bem tarde, meu pai ainda não tinha apagado a luz.

A partir do verão de 1937, desde que a campanha racista começara em todos os jornais, ele foi acometido de uma forma grave de insônia, que atingia os picos mais agudos com o calor do verão. Passava noites inteiras sem pregar o olho, em parte lendo, em parte circulando pela casa, em parte ouvindo na copa as transmissões em língua italiana de rádios estrangeiras, em parte conversando com mamãe no quarto dela. Se eu voltava depois da uma, era difícil conseguir atravessar o corredor ao longo do qual se sucediam um após o outro os quartos de dormir (o primeiro era o de papai, o segundo, o de mamãe, depois vinham os de Ernesto e de Fanny, e por fim, ao fundo, o meu) sem que ele percebesse. Eu avançava na ponta dos pés, às vezes chegava a tirar os sapatos; o ouvido finíssimo de meu pai captava os mínimos rangidos e rumores.

"É você?"

Como era de esperar, também naquela noite não escapei à sua sentinela. Em geral, ao seu "É você?" eu acelerava rapidamente o passo sem responder, fingindo não ter escutado. Mas naquela noite, não. Mesmo imaginando não sem aborrecimento o tipo de perguntas a que eu teria de responder, há anos sempre as mesmas ("Por que tão tarde?", "Sabe que horas são?", "Onde você esteve?" etc.), preferi me deter. E enfiei o rosto na fresta da porta entreaberta.

"O que você está fazendo aí?", perguntou logo meu pai, da cama, espiando por cima dos óculos. "Entre, entre um momento."

Mais que deitado, estava sentado de pijama, apoiado com o dorso e a nuca na cabeceira de madeira clara e entalhada, coberto apenas pelo lençol até mais ou menos a base do estômago. Espantei-me ao constatar que tudo nele e ao seu redor era branco: prateados os cabelos, pálido e abatido o rosto, alvos o pijama, o travesseiro atrás dos flancos, o lençol, o livro pousado aberto sobre o ventre; e como aquela brancura (uma brancura de hospital, eu pensava) se harmonizava com a serenidade surpreendente e extraordinária da inédita expressão de bondade cheia de sabedoria que irradiava de seus olhos claros.

"Que tarde!", comentou sorrindo, enquanto dava uma olhada no Rolex de pulso à prova d'água, do qual não se separava nem na cama. "Sabe que horas são? Duas e vinte e sete."

Talvez tenha sido a primeira vez que, tendo eu completado dezoitos anos e recebido a chave da casa, a frase não me irritou.

"Eu estava dando um giro", falei, tranquilo.

"Com aquele seu amigo de Milão?"

"Sim."

"O que é que ele faz? Ainda é estudante?"

"Que estudante que nada. Já tem vinte e seis anos. Está empregado... Trabalha como químico na zona industrial, em uma fábrica de borracha sintética da Montecatini."

"Olhe só. E eu que pensava que ainda estivesse na faculdade. Por que nunca o convidou para jantar?"

"Ah... achei que não era o caso de dar a mamãe mais trabalho do que ela já tem."

"Nããão o, imagine! Qual seria a diferença? Uma tigela a mais de sopa não é nada. Convide, convide. E... onde vocês jantaram? No Giovanni?"

Assenti.

"Me conte o que vocês comeram de bom."

Sujeitei-me de bom grado, não sem me surpreender eu mesmo com minha condescendência, a listar os vários pratos para ele: os escolhidos por mim, os de Malnate. Enquanto falava, sentei-me.

"Bom", meu pai concordou por fim, satisfeito.

"E então", continuou depois de uma pausa, "*duv'èla mai ch'a si 'ndà a far dann, tutt du*?* Aposto" (e aqui ergueu uma mão, como a prevenir minha eventual negativa), "aposto que foram às mulheres."

Entre nós nunca houvera intimidade em relação ao assunto. Um pudor feroz, uma necessidade violenta e irracional de liberdade e de independência sempre me impeliram a bloquear no nascedouro todas as tímidas tentativas dele de abordar esses temas. Mas naquela noite, não. Eu olhava para ele, tão branco, tão frágil, tão velho, e no entanto era como se algo dentro de mim, uma espécie de nó, de um antigo caroço secreto, fosse aos poucos se desfazendo.

"É verdade", respondi. "Acertou em cheio."

"Devem ter ido a um bordel, imagino."

"Fomos."

"Excelente", aprovou. "Na idade de vocês, especialmente na sua, os bordéis são a solução mais benéfica sob qualquer ponto de vista, inclusive o da saúde. Mas me diga: e como você se arranja com o dinheiro? A mesada que sua mãe lhe dá é suficiente? Se lhe faltar dinheiro, pode pedir a mim. No limite do possível, vejo o que posso fazer."

"Obrigado."

"Onde vocês estiveram? Na Maria Ludargnani? Na minha época ela já estava no ramo."

"Não, fomos a um local na Via delle Volte."

* "Aonde é que vocês dois foram aprontar?", em dialeto de Ferrara.

"A única coisa que lhe recomendo", continuou, assumindo de repente a linguagem da medicina, que ele só exerceu na juventude, para depois, com a morte de vovô, se dedicar exclusivamente à administração das terras de Masi Torello e dos dois estabelecimentos que tinha na Via Vignatagliata, "a única coisa que lhe recomendo é não descuidar *nunca* das necessárias medidas profiláticas. É uma aporrinhação, eu sei, seria bem melhor sem isso. Mas basta um nada para se pegar uma blenorragia feia, *vulgo* pingadeira, ou coisa pior. E acima de tudo: se de manhã, ao acordar, você perceber algo estranho, venha *imediatamente* ao banheiro me mostrar. Nesse caso, eu lhe digo como deve proceder."

"Entendi. Fique tranquilo."

Eu sentia que ele buscava um modo mais adequado de me perguntar outra coisa. Agora que eu estava formado — supus que estivesse a ponto de me indagar —, por acaso eu tinha alguma ideia para o futuro, algum projeto? Em vez disso, divagou sobre política. Antes de eu voltar para casa — falou —, entre uma e duas da manhã, ele havia conseguido sintonizar várias estações de rádio estrangeiras: Monteceneri, Paris, Londres, Beromünster. Agora, baseado nas últimas notícias, ele estava convencido de que a situação internacional piorava rápido. Ah, sim, infelizmente: tratava-se de um verdadeiro "*afàr negro*". Parece que a essa altura as missões diplomáticas anglo-francesas em Moscou tinham regredido ao ponto de partida (sem terem conseguido tirar nenhum coelho da cartola, é claro!). Será que sairiam mesmo de Moscou desse jeito? Era um perigo. Depois disso, só restaria a todos recomendar a alma a Deus.

"O que você acha?!", exclamou. "Stálin não é um sujeito de tantos escrúpulos. Se for conveniente a ele, tenho certeza de que não vai pensar um minuto antes de fechar um acordo com Hitler!"

"Um pacto entre a Alemanha e a União Soviética?", sorri fracamente. "Não, não acredito. Não me parece possível."

"É o que vamos ver", ele replicou, sorrindo por sua vez. "Que o Senhor Deus o escute!"

Nesse ponto, do quarto ao lado veio um lamento. Minha mãe tinha acordado.

"O que você disse, Ghigo?", perguntou. "Hitler morreu?!"

"Quem dera!", suspirou meu pai. "Durma, durma, meu anjo, não se preocupe."

"Que horas são?"

"Quase três."

"Mande seu filho para a cama!"

Mamãe ainda pronunciou umas palavras incompreensíveis e então se calou.

Meu pai me fixou demoradamente nos olhos. Depois, em voz baixa e quase sussurrando:

"Desculpe se me permito falar dessas coisas", disse, "mas você vai entender... tanto eu quanto sua mãe percebemos muito bem, desde o ano passado, que você se apaixonou por... por Micòl Finzi-Contini. Não é verdade?"

"É."

"E como vão as coisas entre vocês? Continuam mal?"

"Não podiam estar piores", murmurei, subitamente me dando conta de que estava dizendo a perfeita verdade com extrema clareza, que de fato nossas relações não podiam estar piores e que nunca, apesar da opinião contrária de Malnate, eu conseguiria subir o poço onde há meses me debatia em vão.

Meu pai soltou um suspiro.

"Eu sei, são decepções profundas... Mas no fim das contas é bem melhor assim."

Eu estava de cabeça baixa e não disse nada.

"Com certeza", continuou ele, falando um pouco mais alto. "O que você pretendia fazer? Ficar noivo?"

Naquela noite em seu quarto, Micòl também me fizera a mesma pergunta. Dissera: "O que você queria? Que *noivássemos*?

Me desculpe". Não dei um pio. Não tive nada a responder. Como agora — refletia —, como agora com meu pai.

"Por que não?", contestei, olhando para ele.

Balançou a cabeça.

"Acha que não o compreendo?", falou. "Eu também gosto da moça. Sempre gostei: desde que era uma menina... que descia no templo para pegar a *berahá* do pai. Graciosa, aliás bonita (bonita até demais!), inteligente, cheia de espírito... Mas *noi-var*!", disse escandindo e arregalando os olhos. "Noivar, meu querido, quer dizer se casar. E nessas belas noites que correm, sobretudo sem contar com uma profissão segura, me diga se você... Imagino que para sustentar a família você não buscaria minha ajuda (que aliás eu nem seria capaz de dar, não na medida necessária), muito menos a sua... a dela. A moça com certeza terá um magnífico dote", acrescentou, "e como! Mas não penso que você..."

"Deixe o dote fora disso", falei. "Se a gente se amasse, que importava o dote?"

"Você tem razão", concordou meu pai. "Você está coberto de razão. Eu também, quando fiquei noivo da sua mãe, em 1911, não me importava com essas coisas. Mas naquela época os tempos eram diferentes. Era possível olhar em frente, para o futuro, com certa serenidade. E, apesar de o futuro não ter afinal de contas se mostrado tão alegre e fácil quanto nós dois imaginávamos (como você sabe, nos casamos em 1915, com a guerra já começada, e logo em seguida eu me alistei e parti como voluntário), a sociedade era diferente, uma sociedade que garantia... Além disso, eu tinha feito medicina, enquanto você..."

"Enquanto eu?"

"Certo. Você, em vez de medicina, preferiu fazer belas-letras, e sabe que, quando veio o momento de decidir, eu não criei nenhum tipo de obstáculo. Sua paixão era essa, e nós dois, você e eu, cumprimos nosso dever: você, escolhendo o caminho que sentia que tinha de escolher, e eu, não o impedindo de fazer isso. Mas e agora? Ainda que, como professor, você aspirasse a uma carreira universitária..."

Fiz que não com a cabeça.

"Pior", retomou ele, "pior! É bem verdade que nada, nem mesmo agora, pode impedi-lo de continuar estudando por conta própria... de continuar se cultivando para tentar, um dia, se for possível, a carreira bem mais difícil e aleatória de escritor, de crítico militante tipo Edoardo Scarfoglio, Vincenzo Morello, Ugo Ojetti... ou, por que não?, de romancista, de...", e sorriu, "... de poeta... Mas justamente por isso: como você podia, na sua idade, com apenas vinte e três anos, e com tudo ainda a ser feito... como podia pensar em se casar, em sustentar uma família?"

Ele falava de meu futuro literário — eu pensava comigo — como de um sonho bonito e sedutor, mas não traduzível em algo de concreto, de real. Falava como se eu e ele já estivéssemos mortos e agora, de um ponto fora do espaço e do tempo, discorrêssemos juntos a respeito da vida, de tudo o que ao longo de nossas respectivas vidas poderia ter sido e não foi. Hitler e Stálin fariam um pacto?, eu também me perguntava. Por que não? Era muito provável que Hitler e Stálin entrassem em um acordo.

"Mas afora isso", continuava meu pai, "e afora um monte de outras considerações, permita que lhe exponha com franqueza... que lhe dê um conselho de amigo?"

"Pode dizer."

"Sei bem que, sobretudo na sua idade, quando se perde a cabeça por uma garota, a pessoa não fica ali, calculando... Também sei que você tem um caráter um tanto especial... e não ache que dois anos atrás, quando o desgraçado do dr. Fadigati..."

Desde que Fadigati tinha morrido, nunca mais faláramos o nome dele em casa. O que Fadigati tinha a ver com a conversa de agora?

Olhei-o no rosto.

"Sim, me deixe falar!", fez ele. "Seu temperamento (tenho a impressão de que você puxou sua avó Fanny), seu temperamento... Você é sensível demais, é isso, e assim não se contenta... vai sempre procurar..."

Não concluiu. Acenava com a mão a mundos ideais, povoados de puras quimeras.

"De todo modo, me perdoe", retomou, "mas mesmo como família os Finzi-Contini não eram adequados... não eram gente para nós. Casando-se com uma jovem daquele tipo, estou convencido de que mais cedo ou mais tarde você ficaria mal... Mas claro, claro", insistiu, talvez temendo algum gesto ou palavra de protesto meu, "você sabe bem qual foi sempre minha opinião a respeito. É uma gente diferente... nem parecem *judìm* de verdade. Ah, eu sei: Micòl, talvez você gostasse tanto dela justo por isso... porque era superior a nós... *socialmente*. Mas escute o que lhe digo: foi melhor terminar assim. Diz o provérbio: 'Cada macaco no seu galho'. E aquela lá, apesar das aparências, não era mesmo do seu galho. Nem um pouco."

Baixei de novo a cabeça, olhando para minhas mãos abertas e pousadas nos joelhos.

"Vai passar", prosseguia, "vai passar, e bem mais cedo do que você pensa. Claro, lamento muito: e imagino o que você está sentindo neste momento. Mas até o invejo um pouquinho, sabe? Na vida, se a gente quer entender, entender de verdade como estão as coisas deste mundo, *deve* morrer pelo menos uma vez. Então, visto que a lei é esta, melhor morrer jovem, quando ainda se tem muito tempo pela frente para se levantar e ressuscitar... Entender quando se está velho é terrível, bem mais terrível. Como se faz? Não há tempo para recomeçar do zero, e nossa geração levou tantas, tantas bordoadas! Seja como for, se o bom Deus quiser, você é tão jovem!

Daqui a uns meses, aposto que nem vai parecer verdade que passou por tudo isso. Vai ficar até contente. Vai se sentir mais rico, não sei... mais maduro..."

"Tomara", murmurei.

"Estou feliz de ter desabafado, de ter tirado esse peso do estômago... E agora uma última recomendação. Posso?"

Assenti.

"Não vá mais à casa deles. Volte a estudar, ocupe-se com alguma coisa, quem sabe dando umas aulas particulares, que ouço dizer por aí que há muita procura... E não vá mais lá. De resto, é uma atitude mais masculina."

Tinha razão. Era uma atitude mais masculina, de resto.

"Vou tentar", falei reerguendo o olhar. "Vou fazer de tudo para conseguir."

"Muito bem!"

Olhou a hora.

"E agora vá dormir", acrescentou, "que você está precisando. Eu também vou tentar fechar os olhos um pouquinho."

Levantei-me e inclinei-me sobre ele para beijá-lo, mas o beijo que trocamos se transformou num abraço longo, silencioso e muito terno.

10

Foi assim que renunciei a Micòl.

Na noite do dia seguinte, mantendo a promessa que eu tinha feito a meu pai, me abstive de ir ver Malnate e no dia sucessivo, que era uma sexta-feira, não me apresentei na casa Finzi-Contini. Assim passou uma semana, a primeira, sem que eu reencontrasse ninguém: nem Malnate nem os outros. Por sorte, durante todo esse tempo ninguém me procurou, e tal circunstância seguramente me ajudou. Do contrário, é provável que não tivesse resistido, que acabasse caindo na armadilha.

Uns dez dias depois de nosso último encontro, por volta do dia 25 do mês, Malnate me telefonou. Foi a primeira vez que ele me ligou, e como não fui eu que atendi a chamada, fiquei tentado a mandar dizer que não estava em casa. Mas logo me arrependi. Já me sentia forte o suficiente: se não para reencontrá-lo, pelo menos para falar com ele.

"Você está bem?", ele começou. "Mas você me abandonou mesmo."

"Eu estive fora."

"Onde? Em Florença? Em Roma?", perguntou, não sem uma ponta de ironia.

"Dessa vez um pouco mais longe", respondi, já arrependido da frase patética.

"*Bon*. Não vou fazer perguntas. Então: vamos nos ver?"

Falei que naquela noite eu não podia, mas que no dia seguinte quase com certeza passaria na casa dele, na hora de sempre. Mas, se ele visse que eu estava demorando — acrescentei —, não precisava me esperar. Se fosse o caso, podíamos até nos encontrar direto no Giovanni. Não era lá que ele iria jantar?

"É provável", confirmou, seco. E disse:

"Ouviu as notícias?"

"Ouvi."

"Que situação! Apareça, olhe lá, assim falamos de tudo."

"Então até amanhã", fiz cordial.

"Até."

E desligou.

Na noite seguinte, logo depois do jantar, saí de bicicleta e, depois de percorrer toda a Giovecca, fui parar a uns cem metros da entrada do restaurante. Queria verificar se Malnate estava lá, só isso. De fato, tão logo constatei que estava (sentado como sempre a uma mesa ao ar livre, vestindo a eterna saariana), em vez de ir encontrá-lo, recuei e subi para me postar no alto de uma das três pontes levadiças do Castelo, justamente a ponte de frente para o Giovanni. Calculei que desse modo eu poderia observá-lo melhor, sem correr o risco de ser notado. E assim foi. Com o peito apoiado na ponta de pedra do parapeito, eu o observei longamente enquanto comia. Olhava lá embaixo, ele e os outros clientes enfileirados com as costas contra o muro, olhava o rápido vaivém dos garçons de casaca branca entre as mesas, e me parecia, suspenso como estava, no escuro, sobre a água vítrea do fossado, que estivesse quase em um teatro, espectador clandestino de uma apresentação agradável e insensata. Malnate já estava na sobremesa de fruta. Despelava de má vontade um grande cacho de uvas, uma baga depois da outra, e de vez em quando, com certeza esperando me ver chegar, virava vivamente a cabeça para a direita e para a esquerda. Ao fazer isso, as lentes de seus "óculos pesadões", como Micòl os chamava, brilhavam: palpitantes, nervosas... Terminada a uva, chamou o garçom com um gesto, confabulando um instante com ele. Achei que tivesse pedido a conta; e já me preparava para ir embora quando vi o garçom voltando com uma xícara de café. Bebeu de um só gole. Depois disso, de um dos dois bolsos da frente da saariana tirou algo bem pequeno: um caderninho, no qual começou a escrever depressa com um lápis. Que diabos estava escrevendo?, sorri. Ele também faz poesias? E então o deixei, concentrado a escrever todo curvo naquele caderninho do qual, a raros intervalos, levantava a cabeça para tornar a espiar de um lado e de outro, ou a olhar para cima, para o céu estrelado, como buscando nele inspiração e ideias.

Nas noites seguintes, insisti em perambular a esmo pelas ruas da cidade, notando tudo, atraído imparcialmente por tudo: pelos títulos dos jornais que forravam as bancas do centro, títulos em letras garrafais sublinhados de tinta vermelha; pelas fotografias dos filmes e das pré-estreias expostas ao lado da entrada dos cinemas; pelas corriolas de bêbados parados no meio dos becos da cidade velha; pelas placas dos automóveis alinhados na Piazza del Duomo; pelos tipos diversos das pessoas que saíam dos bordéis ou que despontavam aos poucos da escura galharia do Montagnone para ir tomar um sorvete, uma cerveja ou refrigerantes nos balcões de zinco de um quiosque que apareceu de repente nas encostas de San Tomaso, ao fundo da Scandiana... Uma noite, por volta das onze, me vi nas bandas da Piazza Travaglio, espiando o interior semiescuro do famoso Caffè Shangai, frequentado quase exclusivamente por prostitutas de rua e por operários do não distante Borgo San Luca; e logo em seguida, no alto do bastião sobrestante, assistindo a uma fraca competição de tiro ao alvo que dois rapazotes estavam disputando sob os olhos duros da garota toscana admiradora de Malnate.

Eu ficava ali, à parte, sem dizer nada, sem sequer desmontar da bicicleta: tanto que a certa altura a toscana me interpelou diretamente.

"Rapazinho, aí em cima", disse. "Por que também não vem aqui e tenta alguns disparos? Força, coragem, não tenha medo. Venha mostrar a esses fracotes o que você sabe fazer."

"Não, obrigado", respondi.

"Não, obrigado", repetiu a outra. "Meu Deus, que juventude! Onde você escondeu seu amigo? Aquele, sim, que é um jovem! Me diga: onde você o enterrou?"

Eu me mantinha calado, e ela caiu na risada.

"Coitadinho!", fez com dó de mim. "Vá logo pra casa, vá, senão papai lhe pega de cinto! Vá nanar, vá nanar!"

Na noite seguinte, lá pela meia-noite, sem que nem mesmo eu soubesse por quê, que coisa estava procurando de fato, me vi na parte oposta da cidade, pedalando pela trilha de terra batida que corria lisa e sinuosa sobre a borda interna da Muralha degli Angeli. Havia uma lua cheia magnífica: tão clara e luminosa no céu perfeitamente sereno que tornava supérfluo o uso do farol. Eu pedalava devagar. Deitados na grama, podia ver uma sucessão sempre nova de amantes. Alguns se agitavam uns sobre os outros, seminus. Outros, já separados, permaneciam próximos, de mãos dadas. Outros ainda, abraçados mas imóveis, pareciam dormir. Contei pouco a pouco mais de trinta casais. E embora passasse tão perto deles a ponto de às vezes quase roçá-los com a roda, em nenhum momento ninguém deu sinal de notar minha presença silenciosa. Eu me sentia, e era, uma espécie de estranho fantasma de passagem: cheio de vida e morte misturadas, de paixão e piedade.

Ao chegar à altura do Barchetto del Duca, desci da bicicleta, apoiei-a no tronco de uma árvore e por alguns minutos, voltado para a extensão imóvel e prateada do parque, fiquei ali, a olhar. Não pensava em nada preciso. Olhava, escutava a gritaria fina e imensa dos grilos e das rãs, e me surpreendia eu mesmo com o leve sorriso embaraçado que me repuxava os lábios. "Aqui está", falei baixinho. Não sabia o que fazer, o que tinha ido fazer ali. Uma vaga sensação de inutilidade me invadia a cada ato da memória.

Comecei a caminhar na borda do declive relvoso, os olhos fixos na *magna domus*. Tudo apagado na casa Finzi-Contini, e embora eu não pudesse ver as janelas do quarto de Micòl, que davam para o sul, apesar disso tinha a certeza de que também delas não filtrava nenhuma luz. Quando por fim cheguei a dominar do alto o ponto exato do muro "sagrado", como dizia Micòl, "*au vert paradis des amours enfantines*", fui tomado por uma ideia repentina. E se eu entrasse escondido no parque, escalando o muro? Na infância, numa remotíssima tarde de junho, não ousei fazê-lo, tive medo. Mas e agora?

Em um instante eu já estava lá embaixo, na base do muro, reconhecendo de imediato na sombra abafada o mesmo cheiro de urtigas e de esterco. Mas a parede do muro não, estava diferente. Talvez justamente por ter envelhecido dez anos (eu também tinha envelhecido dez anos nesse meio-tempo, estava mais alto e mais forte), não me pareceu nem tão alta nem tão insuperável como a recordava. Depois de uma primeira tentativa fracassada, acendi um fósforo. Apoios não faltavam; aliás, havia muitos ali. Inclusive ainda estava ali o grande prego enferrujado, despontando da parede. Na segunda tentativa o alcancei e, agarrando-o, depois foi muito fácil chegar ao topo.

Quando me sentei lá no alto, com as penas penduradas do outro lado, não tardei a notar uma escada apoiada no muro, pouco abaixo de meus sapatos. Mais que me surpreender, a circunstância me divertiu. "Tome", murmurei sorrindo, "até a escada." Mas antes de descer por ela me virei para trás, para a Muralha degli Angeli. Lá estava a árvore e, aos pés da árvore, a bicicleta. Que bobagem. Era um ferro-velho que dificilmente atrairia o apetite de alguém.

Toquei o chão. Em seguida, deixando o caminho paralelo ao muro, cortei pelo bosque de árvores frutíferas com a ideia de alcançar a alameda de acesso num ponto equidistante entre a casa colonial dos Perotti e a ponte de traves sobre o Panfilio. Pisava a grama sem fazer barulho: tomado, é verdade, a cada passo, por um início de escrúpulo, mas toda vez removendo com uma sacudida de ombros, no nascedouro, a irrupção de qualquer temor ou angústia. Como o Barchetto del Duca era bonito de noite — pensava —, como a lua o iluminava com doçura! Entre aquelas sombras leitosas, naquele mar de prata, eu não buscava nada. Mesmo se eu fosse surpreendido vagando por ali, ninguém poderia me repreender excessivamente. Ao contrário. Feitas todas as somas, agora eu tinha até certo direito àquilo.

Saí na alameda, atravessei a ponte sobre o Panfilio e então, dobrando à esquerda, cheguei à clareira do tênis. O professor Ermanno tinha mantido a promessa: já estavam aumentando o terreno da quadra. A rede metálica de proteção, derrubada, jazia em um confuso amontoado luminoso na lateral do campo, do lado oposto a onde os espectadores habitualmente se sentavam; por uma faixa de ao menos três metros nas linhas laterais e de cinco nas linhas de fundo, o campo parecia estar em fase de desbaste... Alberto estava doente, restava-lhe pouco tempo de vida. Era preciso ocultar-lhe de alguma maneira, ainda que *daquela* maneira, a gravidade de seu mal. "Perfeito", concordei. E segui adiante.

Avancei a descoberto, pretendendo dar uma larga volta em torno da clareira, e não me espantei quando a certo ponto vi se aproximar, vindo em um breve trote dos lados da *Hütte*, o vulto familiar de Jor. Esperei com os pés plantados, e o cão, quando estava a uns dez metros de distância, também parou. "Jor!", chamei com a voz abafada. Jor me reconheceu. Depois de ter abanado a cauda em um curto e pacífico movimento de festa, voltou devagar sobre os próprios passos.

De vez em quando se virava, como para se assegurar de que eu o seguia. Mas eu não o seguia, ou melhor, mesmo me aproximando progressivamente da *Hütte*, não me afastava da margem extrema da clareira. Caminhava a uns vinte metros da linha curva formada pelas árvores altas e escuras daquela zona do parque, o rosto sempre voltado para a esquerda. A lua agora estava às minhas costas. A clareira, o tênis, o cego esporão da *magna domus* e depois, lá ao fundo, pairando sobre as copas frondosas das macieiras, figueiras, ameixeiras, pereiras, o contraforte da Muralha degli Angeli. Tudo parecia claro, nítido, como em relevo, em maior evidência do que à luz do dia.

Assim prosseguindo, de repente percebi que estava a poucos passos da *Hütte*: não na frente dela, isto é, no lado que dava para a quadra de tênis, mas atrás, entre os troncos dos jovens abetos e dos lariços que a resguardavam. Aqui eu parei. Observava a forma negra e despojada da *Hütte* à contraluz.

"O que fazer?", dizia comigo a meia-voz. "O que fazer?"

Olhava sempre para a *Hütte*. E agora pensava — mas sem que a esse pensamento meu coração acelerasse os batimentos: indiferente ao acolhê-lo como uma água morta se deixa atravessar pela luz —, agora pensava que, sim, se no fim das contas era aqui, com Micòl, que Giampi Malnate vinha todas as noites depois de me deixar no portão de casa (por que não? Não seria por isso, talvez, que ele sempre se barbeava com tanto cuidado antes de sair comigo para jantar?), bem, nesse caso, o vestiário de tênis sem dúvida seria para eles um refúgio magnífico, o mais adequado.

Mas claro, continuava raciocinando calmamente em uma espécie de rápido sussurro interno. Mas claro. Ele circulava comigo apenas para passar o tempo, até ficar tarde, e então, depois de ter por assim dizer me enfiado na cama, vinha pedalando depressa encontrá-la, que já o esperava no jardim... Mas claro. Como eu entendia, agora, aquele seu gesto no bordel da Via delle Volte! Com certeza. Quando se faz amor todas as noites, ou quase todas, logo vem o momento de sentir saudades da mãe, do céu da Lombardia etc. E a escada apoiada no muro externo? Só podia ter sido Micòl que a dispusera ali, *naquele* ponto exato.

Eu estava lúcido, sereno, tranquilo. Todas as contas batiam. Como em um jogo de paciência, cada carta se encaixava milimetricamente.

Micòl, sim. Com Giampi Malnate. Com o amigo íntimo do irmão doente. Às escondidas do irmão e de todos os outros da casa, pais, parentes, criados, e sempre tarde da noite. Normalmente na *Hütte*, mas às vezes até lá em cima, no quarto de dormir, o quarto dos *làttimi*. Mas seria mesmo às escondidas? Ou os outros, como sempre, fingiam não ver, deixavam passar, aliás, no fundo, no fundo até favoreciam, sendo afinal justo e humano que uma jovem de vinte e três anos, se não quer ou não pode se casar, de todo modo tenha tudo aquilo que a natureza manda? Na casa, demonstravam não enxergar nem mesmo a doença de Alberto. Era o sistema deles.

Apurei os ouvidos. Silêncio absoluto.

E Jor? Aonde Jor tinha ido?

Dei alguns passos na ponta dos pés em direção à *Hütte*.

"Jor!", chamei forte.

E eis que, como resposta, me chegava de muito longe, através do ar noturno, um som lamentoso e dorido, quase humano. Imediatamente o reconheci: era o som da antiga e querida voz do relógio da praça, batendo as horas. O que estava dizendo? Dizia mais uma vez que eu havia chegado tarde demais, que era tolo e errado de minha parte continuar torturando assim meu pai, que também naquela noite, inquieto por eu não voltar, provavelmente não conseguia pegar no sono, e que finalmente era tempo de pôr o ânimo em paz. De verdade. Para sempre.

"Que belo romance", ri escarnecendo e sacudindo a cabeça como diante de um menino incorrigível.

E, dando as costas para a *Hütte*, me afastei entre as plantas da parte oposta.

Epílogo

Minha história com Micòl Finzi-Contini termina aqui. Sendo assim, é o caso de que também este relato termine, se é verdade que tudo o que eu pudesse acrescentar não diria mais respeito a ela, mas somente a mim mesmo.

Sobre ela e sua família, já disse desde o início qual foi seu destino.

Alberto morreu de linfogranuloma maligno antes dos outros, em 1942, depois de uma agonia longuíssima que, apesar do profundo sulco escavado na cidade pelas leis raciais, interessou de longe toda Ferrara. Ele sufocava. Para ajudá-lo a respirar havia necessidade de oxigênio, oxigênio em quantidades cada vez maiores. E como na cidade, por causa da guerra, os cilindros escasseavam, nos últimos tempos a família havia acumulado um verdadeiro estoque deles, recorrendo a toda a região, mandando gente comprá-los a qualquer preço em Bolonha, em Ravena, em Rimini, em Parma, em Piacenza...

Os outros foram presos pelos soldados fascistas, em setembro de 1943. Depois de uma breve permanência no presídio da Via Piangipane, já em novembro foram conduzidos ao campo de concentração de Fòssoli, perto de Carpi, e de lá, mais tarde, para a Alemanha. Entretanto, no que diz respeito a mim, devo dizer que, durante os quatro anos que se passaram entre o verão de 1939 e o outono de 1943, não vi mais nenhum deles. Nem mesmo Micòl. No funeral de Alberto, por trás dos vidros da velha Dilambda adaptada para funcionar a gás metano, que acompanhava o cortejo ao ritmo das passadas e que depois, assim que o carro fúnebre atravessou a entrada do cemitério ao fundo da Via Montebello, logo deu meia-volta, tive por um instante a impressão de reconhecer o louro-acinzentado dos cabelos dela. Nada mais. Mesmo em uma cidade pequena como Ferrara é perfeitamente possível, quando se quer, sumir por anos e anos uns dos outros, convivendo juntos como gente morta.

Quanto a Malnate, que fora convocado a Milão em novembro de 1939 (ele tinha me procurado inutilmente por telefone em setembro, até me escreveu uma carta...), depois de agosto daquele ano, também não o encontrei mais. Pobre Giampi. Ele acreditava no honesto futuro lombardo e comunista que então lhe sorria para além do escuro da guerra iminente: um futuro distante — admitia —, porém seguro, infalível. Mas o que é que o coração sabe, de verdade? Se penso nele, que partiu para o front russo com o CSIR em 1941 e não voltou mais, trago sempre viva na memória a maneira como Micòl reagia todas as vezes que, entre uma partida e outra, ele recomeçava a "nos catequizar". Falava com sua voz tranquila, baixa e sonora. Mas Micòl, ao contrário de mim, nunca prestava muita atenção. Não parava de rir, de provocá-lo, de zombar dele.

"Mas você está de que lado, afinal? Dos fascistas?", lembro que ele lhe perguntou um dia, sacudindo a grande cabeça suada. Não entendia.

Então o que houve entre eles dois? Nada? Quem sabe?

O certo é que, quase prevendo o fim próximo, dela e de todos os seus, Micòl repetia continuamente, também a Malnate, que ela não estava nem aí para o futuro democrático e social *dele*, que ela abominava o futuro em si, preferindo a ele muito mais "*le vierge, le vivace et le bel aujourd'hui*",* e o passado mais ainda, "o querido, o doce, o *pio* passado".

E como estas, eu sei, não eram senão palavras, as mesmas palavras enganosas e desesperadas que só um verdadeiro beijo poderia impedi-la de proferir, com estas, pois, e não com outras, seja selado aqui aquele pouco que o coração soube recordar.

* "O virgem, o vivaz e o belo agora", verso inicial de soneto homônimo de Stéphane Mallarmé (1842-98).

Grafia atualizada segundo o Acordo Ortográfico da Língua Portuguesa de 1990, que entrou em vigor no Brasil em 2009.

capa
Flávia Castanheira
imagem de capa
Buyenlarge/ Getty Images
composição
Jussara Fino
preparação
Silvia Massimini Felix
revisão
Jane Pessoa
Ana Maria Barbosa

1ª reimpressão, 2021

Dados Internacionais de Catalogação na Publicação (CIP)
— —
Bassani, Giorgio (1914-2000)
O jardim dos Finzi-Contini: Giorgio Bassani
Título original: *Il giardino dei Finzi-Contini*
Tradução: Maurício Santana Dias
São Paulo: Todavia, 1ª ed., 2021
280 páginas

ISBN 978-65-5692-124-2

1. Literatura italiana 2. Romance 3. Segunda Guerra Mundial 4. Perseguição política 5. Nazifascismo I. Dias, Maurício Santana II. Título

CDD 850
— —
Índice para catálogo sistemático:
1. Literatura italiana: Romance 850

todavia
Rua Luís Anhaia, 44
05433.020 São Paulo SP
T. 55 11. 3094 0500
www.todavialivros.com.br

fonte
Register*
papel
Pólen soft 80 g/m²
impressão
Geográfica